KB129433

별 볼 일
있는
녀석들

별 볼 일 있는 녀석들

양호문 장편소설

㈜자음과모음

차례

골목길 강아지

 길을 걸었다. 반듯하니 넓고 환한 길을 신이 나서 걸었다. 너무 신이 나 촐랑촐랑 촉새처럼 걸었다. 지그재그로 깡충깡충 뛰다가 직선으로 내달리기도 했다. 마치 넓은 벌판을 여봐란 듯이 질주하는 아메리칸 에스키모나 헝가리안 쿠바스라도 되는 양. 강후는 자기가 바로 그런 세계적 명견이라고 생각했다. 기분 좋았다. 아주 좋았다. 모든 것이 다 좋았다. 기온도 적당했고 바람도 알맞았다. 야호! 소리가 연속해서 터져 나왔다.

 18평짜리 임대 아파트에서 24평짜리 낡은 아파트로 이사를 온 이후 이렇게 기뻐해 보기는 처음이었다. 넘치는 기쁨을 도무지 주체할 수가 없었다. 그야말로 기분 짱이었다. 발걸음이 새털보다도 가벼워 몸이 하늘로 날아오를 것만 같았다.

"세상은 아름다워! 뷰티풀 월드야. 으히히히!"

끊이지 않고 웃음이 이어졌다.

강후는 오늘을 해방의 날, 광명의 날로 정했다. 그러자 자유를 박탈당한 채 얽매여 살아야 했던 과거 암흑의 날들이 눈앞에 고스란히 펼쳐졌다. 기억하기 싫은 흑역사를 떨쳐내려 두 눈을 질끈 감고 도리질을 쳤다. 1000원짜리 한 장에 굽실거리고 500원짜리 한 닢에 알랑거렸던 날들이 그 얼마였던가? 더럽고 치사했던 날들이여! 이젠 안녕! 굿바이! 벅찬 기쁨으로 가슴이 터질 지경이었다. 어두운 터널을 헤쳐 나온 자기 자신이 자랑스럽고 존경스럽기까지 했다.

"아아! 신천지가 안전에 전개되도다. 암흑의 시대가 거하고 광명의 시대가 래하도다. 이거 맞나? 맞을 거야."

그토록 외우기가 힘들고 뜻풀이가 난해했던 기미 독립선언서가 입에서 촬촬 흘러나왔다. 마치 학교의 망가진 수도꼭지처럼 거침없이 쏟아졌다. 그 소리에 지나가는 사람들이 힐끔힐끔 쳐다보았다. 그러나 강후는 계속 중얼거렸다. 염불하는 중 모양으로 잠시도 입놀림을 멈추지 않았다. 흡사 말하는 로봇 같았다.

"부지런히 돈을 모아 내년에는 완전한 독립을 쟁취해야 해! 조그마한 원룸을 하나 얻어서 아예 답답하고 지긋지긋한 집을 나가는 거야. 그래서 사탕이와 단둘이 알콩달콩 깨가 쏟아지게 사는 거야."

강후는 아예 내년 계획까지 순식간에 세워버렸다. 아무에게도 간섭을 받지 않는 100퍼센트 자유로운 생활! 생각만으로도 가슴 벅차 심장이 멎을 것 같았다.

"미국에서는 18세만 되면 집에서 나가 독립하라고 등을 떠민다는데, 우리나라는 행여 집을 나갈까봐 이중 삼중으로 감시를 하고 있으니."

한심하다 못해 분노가 치솟았다. 그러면서 부모들은, 선생들은, 어른들은 독립심을 길러야 한다, 자립심이 강해야 한다고 엇박자 노래를 부르고 있었다. 도대체 어느 장단에 춤을 춰야 할지 헷갈린 적이 한두 번이 아니었다.

"멋지다, 여강후! 장하다, 여강후! 그리고 아름답다, 여강후! 으히히!"

드디어 자기 손으로 돈을 벌게 되었다는 감격에 겨워 눈물이 다 나오려고 했다.

"아임 해피! 베리 베리 해피다!"

행복은 결코 멀리 있는 게 아니라고 누가 말했던가. 강후는 바로 자기 동네에서 그것을 찾아낸 것이라고 여겼다. 그것도 모르고 엉뚱한 동네를 그렇게 이 잡듯 뒤지고 다녔던 게 억울했다. 등잔 밑이 어둡다는 속담이 괜히 나온 말이 아니었다. 기가 막히게 맞아떨어졌다. 그것은 행운이 아니라 100퍼센트 자기 노력의 결과라고 확신했다.

"구하라! 그러면 얻을 것이요, 두드려라! 그러면 열리리라!"

언젠가 외갓집에 갔을 때 그곳 개척 교회 목사한테 들었던 성경 구절이 저절로 암송되었다.

"엄마, 두고 봐! 나를 그렇게 무시했지? 엄마 곧 큰 코 다칠 거야. 흥!"

강후는 콧방귀를 힘껏 내쏘고 또 촐랑촐랑 촉새처럼 걸었다. 썰매견 아메리칸 에스키모인 양 껑충껑충 뛰기도 했다. 햇빛으로 생긴 짤막하고 가느다란 자신의 그림자가 앞서갔다. 한참을 그렇게 걷다가 횡단보도 앞에 서서 신호를 기다렸다. 건너편 상가의 대형 유리창에 한 달 전 엄마와 대판으로 싸움을 벌였던 일이 고화질 영화로 재생되었다. 오기가 생겨 양쪽 눈을 가로등만 하게 뜨고서 감상했다.

"안 돼!"

"왜?"

"글쎄, 절대 안 돼!"

"글쎄, 왜 안 되는데?"

강후는 얼굴을 찌그러트려 불독 인상을 만들고 엄마를 노려보았다. 그러자 엄마는 더 험악한 도깨비 인상을 쓰더니 소리를 버럭 질렀다. 유리 접시가 깨지는 듯 아주 날카로운 목소리였다. 귀청이 다 덜그럭거렸고 한참이나 먹먹했다.

"네놈이 지금 제정신이야?"

"제정신이지! 그럼 내가 미쳤어?"

"미쳤지!"

엄마를 노려보는 강후의 눈빛에 순간적으로 번갯불이 번득였다. 장담컨대, 월계교차로를 석 달 열흘 가로막고 서서 지나가는 사람한테 다 물어봐도 자기를 미쳤다고 하는 사람은 단 한 명도 없을 것이라고 확신했다. 그러니까 엄마 눈에만 미쳐 보이는 것이었다. 열을 받은 강후는 연신 콧김을 내쏘았다.

"허! 내가 왜 미쳐?"

"고등학생씩이나 된 놈이 상황 파악을 못하니까 미친 거지. 그게 성한 거야?"

'씩이나'를 강조한 엄마는 아예 검지를 펴서 삿대질을 해댔다. 수틀리면 콧구멍이라도 쑤실 태세였다. 강후는 뒤로 한 발 물러나 안전거리를 확보한 후 계속 따지고 들었다. 상대가 엄마라도 인격 모독을 당한 이상 가만히 있을 수가 없었다.

"우리 집 상황이 뭐가 어때서? 거지야, 우리가? 괜찮게 살잖아?"

"괜찮게는 무슨? 이 비좁은 집에서 그걸? 아빠도 싫어하고 엄마도 싫어하고 명후도 싫어하고. 너는 어째 니 생각만 하니? 너 학교가 있을 때는 누가 돌봐?"

"그땐 혼자 둬도 돼!"

"똥 싸고 오줌 싸고 냄새나고 병균 옮기고. 절대 안 돼! 게다가

값이 한두 푼이야? 응?"

"우리 반 선진욱, 최영규, 박서준, 고승현, 다 있단 말이야!"

강후는 친하지도 않은 학급 간부들 이름을 줄줄이 늘어놓았다. 엄마가 즉시 똑같은 방식으로 반격을 가해왔다. 전혀 예상 밖이었다.

"다 있기는 뭐가 다 있어? 문권이도 없고, 우성이도 없고, 명학이, 승철이, 혜진이, 준태, 수현이, 예빈이네도 없는데?"

어디서 주워들었는지 엄마는 애들 이름을 끝도 없이 늘어놓았다. 앞의 세 명 외에는 전혀 모르는 이름이었다. 황당했다. 강후는 잠시 머리를 굴린 뒤 다시 반격을 가했다.

"임대 아파트에 사는 걔네하고 우리하고 같아?"

"임대 아파트나 우리 이 낡은 아파트나 뭐가 차이가 나?"

"그래도 우리 집은 24평이고 방도 세 개이고……."

"너하고 명후 공부방 하나씩 주려고 무리해서 구입한 거야. 은행 융자 몇천만 원 받아서."

융자라는 말에 강후는 고개를 갸웃거렸다. 금시초문이었다.

"몇천만 원이나?"

"그래! 서울에서 자기 아파트 갖는 게 쉬운 일인 줄 알아? 엄마 아빠가 15년 동안 뼈 빠지게 일해서 겨우 장만한 거야. 이제 또 10년 동안 융자 원금하고 이자 갚아나가야 돼!"

"하여튼 남의 집이 아니라 우리 집이잖아? 그만큼 부자가 된 거잖아? 그러니까 엄마, 내 방 베란다에……."

강후는 애완견을 꼭 키우고 싶은 이유를 장장 두 시간에 걸쳐 설명을 했다. 입안에 침이 다 마르고 아래턱이 뻐근하도록 입술을 놀려댔다. 심지어 기말고사 때는 전교 20등 안에 들겠다는 혁명적인 공약까지 내걸었다. 엄마가 콧방귀를 크게 내쐈다. 반에서 겨우 14, 15등을 유지하고 있는 현실적인 점을 감안해서 전교 50등 안에 들겠다고 수정 제안을 했다. 마찬가지였다. 전혀 먹히지 않았다. 한마디로 엄마는 도봉산 도선사의 돌부처였다. 꿈쩍도 하지 않았다. 펑펑 울고 싶은 심정이었다.

"이 철딱서니 없는 놈아! 사달랄 걸 사달래."

또 철 얘기였다. 뭐라 말만 하면 철! 철! 철! 철! 엄마는 철분 결핍증에 걸린 40대 중반 아줌마임을 스스로 광고를 해댔다. 철은 나보다 엄마가 더 없는 거 아냐? 내심 엄마를 비웃으며 주먹을 움켜쥐었다. 그리고 전열을 가다듬었다.

"그래! 나, 철딱서니 없어! 없다고. 그게 뭐?"

"집안 형편 뻔히 아는 놈이 어째 동생만도 못하니?"

예상대로 엄마는 동생 명후를 끌어들였다. 울화가 치솟았지만 꾹 눌러 참았다. 이야기가 동생에게까지 뻗치면 통제하기가 불가능해 패배할 확률이 매우 높기 때문이었다. 그것만은 막아야 했다.

"맨날 형편 핑계는……. 엄마, 그거만 사주면 내가……."

"시끄러! 하라는 공부는 안 하고."

양쪽 눈을 허옇게 만들고 노려보는 엄마의 얼굴이 기괴하게 일

그러졌다. 그래도 물러설 수 없었다. 더 이상 미루지 말고 확실한 결론을 내려야 했다.

"아니면 원룸을 하나 얻어주든지. 이상하게도 집에서는 공부가 안 되거든."

"뭐, 뭐? 원룸? 주둥이를 확 잡아 뜯어놓을까 보다, 그냥!"

오만상을 지으며 소리를 크게 내지른 엄마는 정말 집게손을 하고 입술을 잡아 뜯으려 했다. 그러더니 집안 형편 얘기를 끝도 없이 꺼내놓았다.

강후는 그래도 자기 집이 중류층이라고 생각해왔었다. 그런데 엄마 말을 듣고 보니 빚이 많아 서민과 별반 다름이 없었다. 기분도 상하고 화도 났다. 차라리 그 임대 아파트에 그냥 살지, 뭐하러 빚을 그리 많이 내서 넓은 아파트로 이사를 온 건지 이해가 되지 않았다. 2년 전, 드디어 서울에 아파트가 생기고 집이 넓어져서 네 식구가 얼싸안고 춤을 추던 장면이 떠올랐다. 그런데 그게 거의 은행 빚으로 장만한 거라는 소리였다. 어이가 없었다. 수업 시간에 들은 하우스푸어가 생각났다. 집을 가진 빈곤층. 한마디로 집이 있는 거지라는 말이었다. 알고 보니 그게 바로 자기네 집이었다. 충격이었다. 이사를 온 이후 자기 같은 명견이 잡견이랑 어울릴 수 없다며 임대 아파트 애들이랑은 전혀 어울리지 않고 완전 무시를 했었는데. 참담한 심정이었다.

"그럼 관둬, 씨! 내가 돈 벌어서 살 테니까."

공연히 짜증이 나 뒤로 멀찍이 물러나 앉으며 큰소리를 쳤다. 엄마의 말을 100퍼센트 다 믿을 수는 없었다. 평소에도 엄마 말은 과장이 심했기에 반 뚝 잘라 50퍼센트만 믿기로 하고 2보 전진을 위한 1보 후진, 즉 작전상 후퇴를 했다. 그러면 엄마도 한발 물러나 협상안을 제시할 줄 알았다. 그런데 그게 아니었다.

"하이고! 그래! 나가서 벌어봐라, 벌어봐!"

"엄마! 나를 무시하는 거야, 지금? 내가 고깟 강아지 값도 못 벌 놈으로 보여? 전철역에서 구걸을 해서라도 한 달이면 벌지."

"네놈이 1000원짜리 한 장이라도 벌어 오면 내가 이 손가락에 장을 지진다, 장을!"

"정말이지, 엄마? 정말 장 지지는 거다? 응?"

강후는 엄마에게 얼굴을 바짝 들이대며 확답을 요구했다.

"그래, 지진다! 에이그! 이 세상 물정 모르는 한심한 놈!"

"내가 세상 물정을 왜 몰라? 나, 열일곱 살이야. 초딩, 중딩이 아니고 고딩이라고."

그날 이후 강후는 엄마의 손가락에 장을 지져놓겠다는 일념으로 번1동부터 시작해서 번2동, 번3동, 창1동, 창2동, 창3동을 거쳐 장위1동, 장위2동, 장위3동을 이 잡듯 뒤졌다. 물론 알바 자리를 찾기 위해서였다. 하지만 강후를 기다리는 곳은 단 한 군데도 없었다. 간혹 빈자리가 있기는 했으나 나이가 어리다는 이유로, 또는 경험이 없다는 이유로 퇴짜를 맞고 말았다. 기가 죽어 어깨가 점점 움츠러들더니 나중에는 보도블록에 붙은 껌딱지처럼 납작하게 짜부라지고 말았다. 처참했다.

"여름방학 하기 전에 알바 자리를 구해서 돈을 벌겠다고 큰소리 쳤는데 운동화에 빵꾸가 나도록 돌아다녔어도 못 구했으니, 씨!"

방학은 점점 다가오고 큰일이었다. 가게마다 거리마다 차고 널린 게 알바생들인데. 원하기만 하면 쉽게 구할 줄 알았는데. 손만 들면 어서 오라며 반길 것 같았는데. 그게 아니었다. 강후의 착각이고 환상이었다. 포기하고 싶은 생각이 솔솔 들었다. 공연히 큰소리를 쳤던 게 후회가 되었다. 하지만 이미 엎질러진 물이었다.

"창피하더라도 우리 동네에서 가까운 쪽을 한번 알아보자."

혹 아는 사람이 보면 창피하다는 이유로 동네에서 먼 곳을 뒤졌던 강후는 작전을 바꿨다. 그리고 월계2동과 월계1동을 뒤져나갔다. 작전은 3일 만에 딱 들어맞았다. 여름방학을 5일 앞둔 지난주 수요일 오후 5시 40분 무렵, 월계로 인도를 따라 늘어선 음식점을 살피며 걷다가 '알바생 급구 최고 대우'라고 쓰여 있는 구인쪽지를 발견했다. 그 쪽지는 마치 강후를 기다리고 있었다는 듯 가게 유리창에 붙어 살랑살랑 손짓을 하고 있었다. 특히 '급구'와 '최고'라는 글자가 강후의 눈에 쏙 들어와 박혔다. 설레는 마음으로 가게 안으로 들어가 사장님을 만났다. 인상이 좋고 덩치가 큰 40대 후반의 점잖은 아저씨였다. 게다가 여느 사장들과는 다르게 아주 친절하고 상냥했다. 한마디로 친절덩어리 그 자체였고 100퍼센트 순수 상냥맨이었다. 생김새도 동글동글하니 도선사 대웅전의 가운데 부처님이었다. 인자함이 철철 넘쳤다.

"알바 자리를 구한다고?"

"예, 사장님! 여기서 일을 하고 싶습니다."

"으음! 무척 덥지? 자, 시원한 사이다부터 한잔 쭉 해!"

여기저기 알바 자리를 구하러 다니느라 목이 말랐던 강후는 황송하게도 사장이 손수 따라주는 사이다 한 컵을 단숨에 들이켰다. 시원하기가 북극 빙하수 저리 가라였다. 더위가 순식간에 사라져 버려 여름 내내 땀 한 방울 흘리지 않을 것 같았다.

"몇 학년이야?"

"고등학교 1학년입니다."

솔직히 대답했다. 속일 이유가 전혀 없었다.

"너, 방학 동안에만 하려고 그러지?"

"아니요. 계속할 겁니다. 오랫동안요."

"오랫동안……. 알바 해본 경험은 있어? 없어?"

"저, 사실은 어, 없는데요!"

더듬더듬 대답을 하면서 속으로 또 틀렸구나, 생각했다. 그동안 만나본 사장들은 모두 다 경험자를 원했기에 실망감으로 목소리가 축 처져 나왔다. 에이! 있다고 할걸! 쓴침을 꿀꺽 삼키고 막 뒤돌아서려는데, 전혀 뜻밖의 소리가 귀로 날아들어 고막을 울렸다. 기분 좋은 울림이었다.

"그래? 그럼 다음 주부터 나와. 척 보니까 일 잘하겠는데."

"예? 정말요?"

강후는 자기 귀를 의심하며 두 눈을 벽에 달린 원형 시계보다 더 크게 떴다. 다음 주부터 나오라는 말만으로도 큰절을 올릴 지경인데 그 말 뒤에 '일 잘하겠는데'까지 붙여주어서 몸 둘 바를 몰랐다. 알바 자리를 찾아 사방팔방 헤맨 보람을 느꼈다. 흐뭇했다.

"오후 6시부터 밤 12시까지야. 처음 두 달은 수습이니까 시급은 4200원이고. 하는 걸 봐서 나중에 많이 올려줄게."

"많이요? 감사합니다! 감사합니다, 사장님!"

감격에 겨워 사장한테 인사를 수십 번도 더 한 뒤 가게를 나섰다. 나서자마자 인디언 전사처럼 '야호!'를 외치며 집을 향해 뛰었다.

내가 내 힘으로 드디어 일자리를 구하다니, 믿어지지 않았다. 엄마한테는 물론 친한 친구들한테 즉시 문자를 날렸다.

— 알바 자리 구했음! 몇 군데서 서로 오라고 난리였는데 내가 한 군데 정한 것임! 힘든 일도 아니고 완전 누워서 떡 먹기임! ㅋㅋㅋ!

은행나무 가로수마다 빼곡하게 달린 녹색 잎들이 모두 만 원짜리 지폐로 보였다. 손만 뻗으면 누구나 따 먹을 수 있는 외갓집 텃밭의 개살구였다. 알바를 해 용돈을 버는 거, 그거 생각했던 대로 별거 아니었다. 강후는 그레이하운드보다 더 빠르다는 세계 최고의 경주견 휘핏이 되어 전속력으로 달렸다. 그래도 숨이 차지 않았다. 더위도 전혀 느끼지 못했다. 탄탄대로 앞길에는 일곱 색깔 무지개가 겹겹으로 걸려 있었다. 동네 전체가 지상낙원이었고 구름 위의 천국이었다.

신호가 바뀌자 강후는 엄마와 싸웠던 지난 기억을 접고 횡단보도를 건넜다. 옆에 파마머리 아주머니가 웬 강아지를 품에 안고 함께 건넜다. 강아지를 척 보니 요크셔테리어였다. 나름대로 예쁘게 치장을 시켰으나 순종이 아닌 잡종 싸구려가 분명했다. 털 길이가 짧고 귀가 살짝 꺾여 있고 주둥이 부분이 뭉툭했다. 15만 원 정도 하겠군! 흥! 콧방귀를 한 번 내쏘고 부지런히 발걸음을 옮겨 약속 시간보다 30분 일찍 가게에 도착했다. 사장이 출입문에 서서 담배를 피우고 있었다. 큰 목소리로 인사를 건넸다.

"사장님, 안녕하세요! 저 왔습니다."

지난번처럼 허리를 90도로 굽혀 깍듯이 예를 표했다. 생판 초보인 자기를 믿고 일을 맡겨준 사람이니 무척이나 고마웠다. 기분 같아서는 땅바닥에 넙죽 엎드려 큰절이라도 두어 번 올리고 싶었다. 인사를 받은 사장이 두 팔을 벌려 아주 반갑게 맞았다.

"어! 여강후, 30분이나 일찍 왔구나?"

"예, 좀 일찍 왔습니다."

"그래! 정신 자세가 아주 좋아. 알바는 그래야 해! 더운데 시원한 음료수 한잔 마셔. 자, 들어와."

가게 안으로 들어가자 처음에 봤을 때보다 홀이 상당히 넓어 보였다. 아마도 근처 가게들 중 가장 클 것 같았다. 식탁도 꽤 많고 대형 쇼케이스 냉장고가 세 대나 되었다. 세 대 다 술병이 가득 차 있었다. 장난감 병정들처럼 가지런히 진열된 모습이 보기에 참 시원하고 좋았다.

"가게가 꽤 크네요."

"이 홀만 35평인데 크기는 뭐가 커? 앞으로 더 키워야지. 서울 곳곳에 체인점 다섯 군데 내는 게 내 꿈이야."

"어휴! 그래도 이 근처에서 제일 크지 않나요?"

바로 옆 가게와 엇비슷했지만 강후는 '제일'이라는 단어를 강조해서 아부성 멘트를 날렸다. 왠지 그래야 할 것 같은 느낌이 들어서였다. 강후의 아부 멘트에 사장이 어깨를 으쓱했다.

"제일 크지! 처음엔 나도 저기 저 위, 우체국 옆 골목 있잖아? 거기서 열 평도 안 되는 코딱지만 한 가게를 얻어서 시작한 거야."

"그래요?"

"그럼! 11년이나 집사람이랑 둘이 죽을 고생을 해서 이 건물로 확장 이전을 한 거라고. 그때를 생각하면……."

사장은 강후에게 자기가 겪었던 고생담을 자세히 들려주었다. 그때 생각에 목이 메는지 이따금씩 말을 멈추고 눈시울을 붉히기도 했다. 그럴 때마다 강후의 눈에도 눈물이 고였다. 아, 정말 훌륭

한 어른이다! 존경할 만하다! 감격과 감탄이 강후의 가슴을 한없이 부풀렸다. 이분이 바로 텔레비전 〈인간극장〉에서 봤던 입지전적인 인물이구나! 그야말로 우러러 보였다. 강후는 사장의 입에서 눈을 떼지 못했다.

"이리로 옮긴 지도 벌써 6년째야. 이제 저쪽에 골든캐슬 아파트도 구입했고, 또 다른 사업도 하나 구상하고 있어."

말을 듣고 보니 더욱 존경스러워졌다. 골든캐슬이라면 월계동에서 가장 고급스런 아파트였다. 넓이가 강후네 아파트의 두 배도 넘었다. 내 엄마 아버지는 18평짜리 임대 아파트에서 고작 24평짜리 낡은 아파트로 옮겼을 뿐인데. 그것도 은행 빚을 왕창 져서. 같은 어른인데 사장님과의 수준 차이가 너무 심하게 났다. 기분이 살짝 다운된 강후는 입맛을 쩝쩝 다셨다. 씀바귀 잎을 뜯어 먹은 것처럼 입안이 몹시도 썼다.

"재작년까지만 해도 나하고 내 집사람이 직접 주방 일을 했었어. 아, 그런데 어느 날 주방에 들어가기가 죽기보다 싫은 거야. 더 이상 손에 물 안 묻히고 종업원들 부려가면서 편하게 살고 싶어지는 거야. 나도 이제 그럴 능력도 있고 그럴 나이도 됐으니까 말이야."

주방에서 일하는 아줌마들한테는 아까 사장이 인사를 시켜줬고, 홀 서빙을 담당하는 아줌마들이 한명 두명 도착하기 시작했다. 사장이 또 일일이 인사를 시켜주었다. 강후는 최대한 공손한 표정으로 허리를 굽혔다. 대부분 엄마와 비슷한 나이였다. 인품이 훌륭

한 사장 밑에서 일을 해서 그런지 인상들이 다 좋았다. 대하기가 편할 것 같았다. 첫 알바 자리를 이상적인 곳으로 구해서 강후는 입이 자꾸 늘어나 하마 입이 되었다.

"자, 이제 나가자. 일하는 방법을 알려줄 테니."

사장을 따라 다시 가게 앞으로 나가서 출입문 옆에 섰다.

"여기 이 박스들이 다 참숯 박스야."

가게 좌측 유리창 벽에 참숯이라는 글자가 유난히 크게 찍힌 박스가 높다랗게 쌓여 있었다. 수량이 많아 족히 30박스는 되어 보였다. 그게 다 장사가 잘된다는 증거라고 강후는 생각했다.

"그리고 이 가마솥만큼 큰 게 대형 화로야. 일단 여기다가 숯불을 많이 피워놓아야 돼. 그랬다가 손님이 오면 이 작은 풍로에 조금씩 옮겨 담아서 홀 안 식탁으로 가져가 세팅하면 되는 거야."

대형 화로 옆에 네 줄로 포개져 있는 작은 풍로는 스무 개쯤 되었다. 대형 화로나 소형 풍로나 둘 다 처음 보는 것이었다. 편리한 가스 불을 쓰지 않고 왜 굳이 숯불을 쓰는지 의아스러웠다. 그래도 숯불 때문에 알바 자리를 구했으니 고마운 마음이 훨씬 더 컸다. 화로와 풍로가 외갓집 화단의 달리아 꽃처럼 예뻐 보였다.

"자, 내가 시범을 보여줄 테니 잘 봐."

사장이 면장갑을 끼고 대형 화로의 뚜껑을 열었다. 그런 다음 신문지 한 장을 꼬깃꼬깃해서 바닥에 넣었다.

"이렇게 신문을 깔고, 이 박스에서 이 숯을 대여섯 개 꺼내 위에 펴놓고……."

대형 화로 뒤쪽 박스에서 꺼낸 숯을 먼저 넣는데 모양이 이상했다. 강후가 알고 있는 숯 모양이 아니었다. 모양과 형태가 다 똑같아 전혀 자연스럽지 않았다. 강후는 고개를 갸웃갸웃하다가 물었다.

"사장님, 이 숯은 모양이 왜 이래요?"

"응! 이건 성형 숯이야. 공장에서 기계로 찍어서 만든 거지. 연탄처럼 말이야."

"성형 숯요?"

"그래! 화약 성분이 많이 들어 있어서 불이 잘 붙어. 화력도 좋고. 이걸로 밑불을 하는 거야."

정말 기계로 찍어낸 듯 크기와 모양이 똑같았다. 길이가 15센티미터 정도 되는 육각형 기둥 모양으로 가운데 구멍이 뻥 뚫려 있었다. 그 구멍 역시도 육각형이었다.

"이제 이 점화기 끝을 신문지에 대고 방아쇠를 당겨서 불을 붙여주면 돼!"

사장이 길쭉한 점화기의 끝을 대형 화로 밑부분 공기구멍에 넣고 방아쇠를 한 차례 당기자 신문지에 불이 붙었다. 그리고 잠시 후 신문지 불이 성형 숯에 옮겨붙으며 불꽃이 크게 일어났다. 그에 따라 연기와 먼지가 위로 솟구쳐 올랐다. 화약 냄새가 코를 쑤시고 기침이 터져 나왔다. 눈이 매워 눈물까지 줄줄 흘렀다.

"이때 머리카락 태우지 않게 조심해야 돼! 먼지 마시지 않으려면 마스크도 써야 하고. 그런데 덥고 답답해서 잘 안 쓰게 돼."

연기가 사라지고 먼지가 가라앉자 사장은 그제야 진짜 참숯을 이미 불이 붙은 성형 숯 위에 올려놓았다. 그러고 나서 주의 사항을 친절히 알려주었다.

"이 참숯은 국산이라 아주 비싼 거야. 그러니까 너무 많이 올려놔선 안 돼. 그리고 너무 타지 않게 이 밑 공기구멍 조절 잘하고, 이 큰 뚜껑으로 위를 덮어놓아야 해! 손님들이 오기 전에 미리 다 타버리면 손해가 막심하니까."

"예! 알겠습니다."

"이게 대략 식탁 열 개 용이야. 매일 이렇게 열 개 분량 정도를 미리 피워놓아야 해. 그랬다가 손님들이 오면 작은 풍로에 적당히 숯불을 덜어서 이 쇠막대를 여기 홈에 끼워 들고 식탁으로 가져가서 세팅하면 돼. 나중에 홀 아줌마들의 말에 따라 추가를 하거나 풍로를 빼 오면 되고."

숯불을 작은 풍로에 옮겨 담아 홀 안으로 가지고 가는 게 조금 어려울 것 같긴 했다. 하지만 다른 과정은 전혀 어려워 보이지 않았다. 자신 있었다. 초등학교 시절 우이천 둔치에서 모닥불을 피워본 경험이 많아 더욱 그랬다. 그때 한겨울의 불장난이 얼마나 재미있었는지 저녁밥도 잊은 채 밤늦게까지 놀곤 했었다. 와! 누워서 떡 먹기보다 쉬운 이런 일로 내가 돈을 벌게 되다니? 야호! 강후는 속으로 또 환호성을 내질렀다.

"어때? 할 수 있겠지?"

"예! 할 수 있습니다."

"이 일은 사실 일도 아니야! 초등학교 4학년만 되면 다 할 수 있는 일이라고."

"그런데 여기, 인도에서 해요?"

지나가는 행인들이 보면 창피하고 쑥스러울 것 같아 슬쩍 물었다. 솔직히 인도에 쪼그리고 앉아 숯불을 피우는 모습을 그 누구에게도 보이고 싶지는 않았다. 자랑스러운 일이 아닌 창피한 일이기에 가능하면 몰래 했으면 하는 마음이었다.

"그럼! 여기가 어때서?"

"인, 인도라서 사람들 지나다니는데요?"

"인도 가운데를 막는 게 아니니까 괜찮아! 자기네가 알아서 다 피해 가. 그리고 행인들이 봐야 더 좋아!"

"예?"

행인들이 봐야 더 좋다니? 무슨 말인지 몰라 강후는 사장의 얼굴을 멀뚱히 바라보았다. 하지만 사장은 설명을 해주지 않았다. 더욱 궁금해진 강후는 눈을 몇 번 끔벅거렸다.

"차차 알게 돼."

사장은 잘 해보라고 어깨를 툭툭 쳐주고서 사우나에 간다며 검은색 고급 승용차를 타고 떠났다. 이따 밤늦게나 온다는 것이었다.

강후는 대형 화로 옆에 쪼그리고 앉아 거리 구경을 했다. 얼굴을 알아보지 못하도록 고개를 약간 옆으로 돌리고 가자미눈을 한 채 오가는 차량과 행인들을 살폈다.

"누구 아는 사람 지나가는 거 아냐? 고딩 알바는 실업고 학생이나 좀 덜 떨어진 애들이 하는 거라고 여길 텐데."

강후네 반에는 알바를 하는 애가 한 명도 없었다. 경험이 있는 애도 없었다. 지난번에 학교에서 조사를 했었다. 몇몇 선생님은 경험 삼아 알바를 해보라고 권하기도 했었다. 그렇지만 입시 공부에 눈코 뜰 새가 없는 인문계 고등학교에서의 그 말은 말장난에 불과할 뿐이었다. 본인이 한다고 해도 부모님이 말릴 게 틀림없었다.

혹시 아는 사람을 만나면 친구 일을 도와주는 거라고 둘러대기로 했다. 그러나 다행히 아는 사람은 지나가지 않았다. 손님도 오지 않았다. 강후는 고개를 바로 하고서 한참 동안 거리 구경에 열중했다. 퇴근 시간이라 차량들과 행인들이 점점 많아지고 있었다.

"얘, 숯불 잘 보고 있는 거니? 이제 좀 있으면 손님들 오기 시작할 텐데."

주방장 아줌마가 인도 쪽으로 난 작은 창문으로 내다보며 물었다.

"예! 잘 보고 있습니다."

"미리 다 타지 않게 바람구멍 조절을 잘해야 돼!"

"알겠습니다."

대답을 하고 나서 대형 화로를 살폈다. 어? 뭔가 이상했다. 화로에 열기가 없었다. 뚜껑을 열었다.

"이런!"

그사이에 숯불이 다 꺼져 불씨 하나 보이지 않았다. 어째 이런 일이? 큰일이었다.

기다란 집게로 대형 화로에 들어 있는 숯을 다 끄집어냈다. 그리고 사장이 보여줬던 방식으로 다시 시작했다. 하지만 마음이 급해 손이 제대로 움직이질 않았다. 수전증을 앓는 알코올 중독자처럼 손이 마구 떨렸다.

"아직 손님이 오면 안 되는데. 안 되는데……."

신문지를 구겨 화로 바닥에 깔고 그 위에 성형 숯 여섯 개를 올렸다. 그리고 점화기 끝을 공기구멍에 넣은 뒤 방아쇠를 당겼다.

'딱! 딱! 딱!'

불이 붙지 않았다. 딱! 딱! 소리만 날 뿐 끝에서 불꽃이 일지 않았다. 강후는 더욱 초조해졌다. 손님들이 들이닥치면 어떡하나? 이마에 진땀이 흘렀다.

"이거 왜 이래? 가스가 떨어졌나?"

점화기를 몇 차례 흔들어도 보고, 보도블록에 서너 번 두드려도 보았다. 그리고 나서 다시 시도했다. 그래도 불이 붙지 않았다. 미칠 지경이었다. 망가진 게 틀림없었다. 혹시 여분의 점화기가 있지 않을까 싶어 화로 주위를 살폈지만 없었다.

"아, 이거!"

천만다행하게도 가스라이터 한 개가 눈에 띄었다. 사장이 담배를 피울 때 쓰려고 놓아둔 것인 모양이었다. 가스도 꽤 많이 들어 있었다.

지체 없이 가스라이터를 대형 화로 밑구멍에 대고서 손잡이를 눌렀다. 몇 번 만에야 신문지에 불이 붙었다. 하지만 신문지를 너무 많이 구겨 넣어서 그런지 불꽃이 커지지 않았다. 오히려 점점 작아지며 꺼지려고 했다.

"이런! 이런!"

강후는 얼른 땅바닥에 옆으로 몸을 굽히고 머리를 끝까지 숙였다. 그런 다음 입술을 길쭉이 내밀어 공기구멍에 가져다 댄 다음 힘껏 불기 시작했다.

"후! 후후—!"

입바람에 죽어가던 불꽃이 살아나기 시작하자 좀 더 세게 불었다. 불꽃이 점점 커졌다.

"어휴! 이제 됐다, 됐어!"

신문지에 불이 넓게 번지자 머리를 들고 안도의 한숨을 내쉬었다. 꼭 죽다 살아난 기분이었다. 일어나서 허리를 폈다.

그런데 바로 그때였다. 퍼버벅! 소리와 함께 불길이 높이 치솟고 연기와 먼지가 자욱하게 번졌다. 화약 냄새도 지독하게 풍겼다. 황급히 뒤로 물러섰지만 이미 늦고 말았다. 눈이 따끔거리고 기침이 연속적으로 터져 나왔다. 급기야 양쪽 눈에서 눈물이 줄줄 흘러내려 홍수를 이루었다.

"아이고! 꼴이 그게 뭐니? 뒷마당에 수돗물 있으니까 가서 얼른 씻어!"

홀 서빙을 담당하는 아주머니 한 분이 밖으로 나와서 혀를 끌끌 찼다.

강후는 눈을 비비며 홀을 통과해 뒷마당으로 갔다. 뒷마당도 꽤 널찍했다. 창고와 화장실이 나란히 붙어 있었고, 마당 한편에 수도 가 설치되어 있었다. 수도로 가서 세숫대야에 물을 받았다.

"그런 게 어딨어요? 빨리 줘요!"

"다음에 준다고 그랬잖아, 인마?"

"지금 줘요. 다음, 다음, 벌써 몇 번짼 줄 알아요?"

"글쎄 다음에 준다고, 다음에. 알았어?"

손을 씻고 막 세수를 하려는 참에 어디서 싸움하는 소리가 들렸 다. 허리를 펴고 일어나 주위를 살폈다.

"에이! 씨바! 정말……."

"뭐, 이 새끼야? 씨발?"

욕설도 오고갔다. 강후는 호기심이 강하게 발동했다.

아무래도 옆 가게인 '일품돼지갈비' 같았다. 가만가만 조립식 담장으로 다가가 틈새에 오른쪽 눈을 들이댔다. 옆 가게 뒷마당 수돗가가 보였다. 바닥에는 돼지갈비 불판이 높이 쌓여 있었다. 그 리고 그 옆에 키도 덩치도 도토리만 한 아이가 웬 어른을 노려보며 서 있었다. 중2? 아니면 중3? 근데 저 애, 저거 왜 저러는 거야? 강후는 속으로 추측하며 눈동자를 키웠다.

"이 자식 이거 어른한테 쌍욕을 하며 덤벼?"

"사장님이 자꾸 약속을 안 지키니까 그러죠."

"이번 달 급료에 더해서 줄 테니까 걱정 마, 자식아! 쩨쩨한 새끼 같으니라고. 내가 그깟 돈 5만 2000원 떼어먹을 사람으로 보여? 일이나 꼼꼼히 해!"

돼지갈비 사장은 싸늘한 눈으로 작은 아이를 두어 번 훑어본 뒤 안으로 들어갔다. 들어가자마자 출입문을 꽝 닫았다. 그 충격에 건물 전체가 우르르 떨렸다.

"에이! 씨바!"

작은 아이는 혼자 서서 성난 코뿔소처럼 씩씩거렸다. 그래도 화가 안 풀리는지 쌓여 있는 불판을 발로 힘껏 걷어찼다. 불판이 한꺼번에 와르르 무너졌다.

"저 도토리 자식, 저거 진짜 버릇없네! 자기 사장님한테 욕을 하며 대들고 불판을 걷어차고. 성질 아주 더러운 놈이네!"

"누구야?"

혼자 중얼거린 말을 도토리가 들은 모양이었다. 도토리가 성큼성큼 담장으로 다가왔다. 성난 황소처럼 콧김을 씩씩 내뿜으면서였다.

"어떤 새끼야?"

도토리가 두 손을 뻗어 담장 윗부분을 잡았다. 곧 도토리의 얼굴이 담장 위로 삐죽이 솟아올랐다. 눈길이 딱 마주쳤다. 짤막한 눈썹, 호박씨 눈, 얄팍한 입술, 유명 축구 선수 누구를 많이 닮은 면상이었다.

"뭐? 어떤 새끼?"

강후는 잔뜩 인상을 쓰고 도토리를 노려봤다. 도토리도 작은 눈으로 강후를 째려보았다. 얼마간 그렇게 보더니 대뜸 반말로 물었다.

"너, 좀 전에 뭐라고 그랬어?"

"성질 더럽다고 그랬다. 왜?"

"이 개뼉다구 같은 새끼! 잘 알지도 못하면서 함부로 지껄여?"

"뭘 잘 몰라? 내가 여기서 다 들었는데. 그리고 너 자꾸 새끼 새끼 할래?"

강후는 양쪽 주먹을 허리에 턱 걸치고 무섭게 인상을 썼다. 한 번만 더 새끼라고 그러면 턱을 한 대 후려갈길 생각이었다.

"너, 저 앞으로 나와!"

도토리가 턱으로 인도 쪽을 가리켰다. 그러고는 금세 담장 밑으로 사라졌다.

"뭐? 저 자식이 정말! 그래, 나간다."

강후는 도토리를 단단히 혼내기로 하고 가게 홀로 들어갔다. 요즘 중딩 녀석들 선배 알기를 뒷골목 개똥처럼 아는데, 오늘 너 죽었다! 버르장머리 확실하게 잡아놓아야지! 다짐을 하면서 어금니를 악물었다.

"야, 너 씻지도 않고 왜 나가? 앞 머리카락은 홀랑 다 타고, 콧등에 뺨에 숯검정은 잔뜩 묻고, 온몸에 먼지는 뽀얗게 뒤집어쓰고. 아호호호!"

아까 그 홀 아줌마가 강후의 모습을 살피며 웃자 다른 아줌마들도 일제히 키득거렸다. 그 웃음소리에 강후는 더 열을 받았다. 주먹을 세게 움켜쥐고 싸움개 로트와일러의 인상을 한 채 인도로 나갔다.

도토리가 먼저 나와 기다리고 있었다. 담장 틈으로 봤을 때보다 더 작은 체구였다. 한주먹거리도 안 되는 놈이 선배를 몰라보고? 어이가 없어서 헛웃음이 새어 나왔다.

"너, 이리 따라와!"

도토리가 따라오라고 손가락을 까딱하더니 옆 골목으로 쏙 들어갔다.

"저 자식 오늘 아주 제 무덤을 파네, 파! 사람이나 짐승이나 죽을 날이 가까워지면 눈에 뵈는 게 없다더니, 한때 월계동 일대에서 작은 시라소니로 불렸던 나한테 따라오라고? 허허!"

손가락을 뚝뚝 꺾으면서 성큼성큼 따라 들어갔다. 들어가자마자 주먹이 날아왔다.

"으헉!"

불시의 기습을 예상 못한 강후는 도토리의 주먹을 그대로 맞고 말았다. 명치에 통증이 느껴지고 호흡이 가빠졌다. 배를 움켜쥐고서 허리를 굽혔다. 숨을 제대로 쉬지 못해 괴로운 신음만 토해냈다. 몸이 점점 아래로 가라앉았다. 한쪽 무릎을 땅바닥에 댄 자세로 간신히 버텼다. 숨을 가쁘게 몰아쉬면서 반격할 기회를 노렸다.

"제대로 알지도 못하면서 함부로 말하면 안 돼, 새끼야!"

"모르긴 뭘 몰라, 자식아? 에잇!"

강후는 웅크린 자세에서 잽싸게 손을 내뻗어 도토리의 다리를 낚아챘다. 도토리가 뒤로 벌렁 자빠졌다. 이때다! 속으로 외치며 도토리의 배 위에 올라탔다. 올라타자마자 주먹으로 도토리의 턱을 후려갈겼다. 한 번, 두 번. 도토리가 밑에서 거세게 저항했다. 그러다 그만 도토리가 내뻗은 주먹에 오른쪽 눈을 정통으로 맞고 말았다. 눈에 별꽃이 보이는가 싶더니 정신이 아찔해졌다.

강후와 도토리는 지저분한 골목길 바닥을 똥강아지처럼 뒤엉켜 뒹굴며 엎치락뒤치락, 치고받고를 10분이 넘도록 계속했다. 행인들이 몰려들었으나 강후는 멈추지 않고 더 센 공격을 가했다. 도토리도 물러서지 않았다. 미치광이풀이라도 뜯어먹었는지 밑에 깔려서도 죽기 살기로 대들었다. 그동안 싸움을 꽤 해보았지만 도토리 같은 독종은 처음이었다. 작은 고추가 맵다더니, 유명 전투견 카나리오를 반으로 축소시켜놓은 것 같았다. 학교에서 공부로는 안 돼도 주먹으로는 10짱 안에 든다고 자부해왔던 강후는 속으로 적잖이 놀랐다.

"억!"

잠시 방심을 한 사이 도토리의 주먹이 코끝을 스쳤다. 강후의 코에서 피가 흐르고 도토리의 입에서도 핏방울이 떨어졌다.

도토리가 강후를 밀치고 일어나 공격 자세를 취했다. 강후도 일어나 복싱 폼을 잡았다. 여러 사람들이 구경하고 있는데 내가 이 작은 녀석에게 맞아서 코피를 다 흘리다니? 너무 창피하고 쪽팔려 눈물이 나오려고 했다. 주먹으로 코피를 닦아냈다. 코피가 입안으로 흘러들어 비릿한 피 맛이 느껴졌다. 강후는 뱁새눈을 뜨고 도토리에게 최후의 일격을 가할 기회를 노렸다. 레프트 훅을 날리는 척하다가 잽싸게 라이트 훅으로 녀석의 턱을 가격해 끝장을 내자! 이른바 눈속임 작전을 쓰기로 했다. 도토리도 강후의 허점을 찾느라 바쁘게 눈알을 굴렸다.

"얘들아, 싸우지 마! 싸우면 못써!"

그때 누군가가 구경꾼들을 헤집고 다가와 강후와 도토리를 강제로 뜯어말렸다.

사각형 몬스터를 보다

어제보다 조금 나아지긴 했는데 여전히 일이 손에 익지 않았다. 처음에 불을 붙이기가 영 쉽지 않아 애를 먹었다. 붙을 듯 말 듯하다가 자꾸 꺼져버렸다. 신문지를 화로 밑바닥에 좀 더 구겨 넣고 그 위에 숯을 올린 다음 다시 시도했다. 그러나 연기만 펄펄 올라올 뿐이었다. 부채질을 아무리 세게 해도 마찬가지. 땅바닥에 무릎을 꿇고 엎드려서 입으로 후후 불었다. 그래도 불꽃은 일지 않고 재 먼지만 뭉게뭉게 피어났다. 연기와 먼지 때문에 눈물, 콧물이 줄줄 흐르고 기침도 터졌다. 완전 홍콩 독감에 걸린 치와와 꼴이었다. 천하의 여강후가 요것도 못하다니? 강후는 자신에게 화가 나 손바닥으로 인도 바닥을 퍽퍽 내려쳤다.

"아! 짱나! 씨!"

저녁 장사가 시작되기 전에 풍로 열 개 분량의 숯불을 피워놓아야 했다. 그래야지 손님들이 한꺼번에 몰려와도 대처할 수 있다는 거였다. 그런데 큰일이었다. 불이 좀체 붙지 않았다.

"왜 이렇게 안 붙는 거야?"

강후는 화로를 노려보며 신경질을 부렸다. 뒤집어엎고 싶은 마음이 굴뚝같았다.

"신문을 그렇게 많이 넣으면 불이 잘 안 붙지!"

"예?"

안에서 내다보고 있던 주방 보조 아줌마가 나와서 한 소리 했다. 직접 면박을 주지는 않았지만, 그것도 제대로 못하느냐고 이마에 크게 쓰여 있었다. 기분이 상했다.

"적당히 구겨 넣고 숯도 적당히 올려야 해! 그리고 부채질도 너무 세게 하지 말고 적당히!"

적당히? 도대체 얼마큼이 적당히라는 거야? 속으로 툴툴거리며 인상을 찡그렸다. 아줌마는 들어가서 아줌마 일이나 하세요, 라고 강후도 이마에 크게 썼다. 그래놓고 퉁명스럽게 대꾸했다.

"어제는 이러다가 붙었거든요."

"내가 시키는 대로 다시 해! 곧 장사 시작할 시간이야."

"이상하네! 오늘은 왜 안 붙지?"

"얼른 해! 사장님 나오시면 너 또 욕 얻어먹겠다."

주방 보조 아줌마가 입술을 씰룩이며 안으로 들어갔다. 강후가 영 못마땅하다는 표정이었다. 다른 아줌마들도 같은 표정으로 강후를 힐끔힐끔 쳐다봤다. 창피하고 쑥스러워 강후의 양쪽 뺨이 벌겋게 달아올랐다.

내키지는 않았지만 아줌마가 시킨 대로 해서 겨우 불을 붙였다. 바람 조절을 해가면서 부채질을 하니까 숯불이 제대로 피어올랐다. 뒤로 한 걸음 물러서서 잠시 쉬기로 했다. 초장부터 진을 뺐더니 벌써 지쳐버렸다. 퇴근할 때까지 버틸 수 있을는지 은근히 걱정이 되었다. 손님들이 한꺼번에 밀려들지 않기를 바랄 뿐이었다.

"내가 일이 있어서 새벽에 왔었는데, 어제 큰일 날 뻔했었다며?"

"예!"

"조심했어야지. 그러다 정말 큰일 났으면 어쩔 뻔했어? 네가 다 변상해야 돼!"

늦게 출근한 사장의 인상이 시멘트 벽돌처럼 딱딱했다. 목소리도 차가웠다. 어젯밤에 있었던 일을 아줌마들한테 들은 것 같았다. 강후는 머리를 깊이 숙였다. 어젯밤에는 큰 실수를 한 것이었다.

"죄송합니다. 앞으로 조심하겠습니다."

"차라리 네가 다쳐야지, 손님을 다치게 해서는 절대 안 돼! 소문 나쁘게 나면 우리 집은 끝이야, 끝! 알았어?"

"예! 알겠습니다, 사장님!"

강후는 거듭거듭 머리를 조아렸다. 혹시 그만두라고 하면 어쩌나, 조마조마한 심정으로 백배사죄를 했다. 사장이 눈을 살폈다.

고개를 옆으로 돌려 사장의 시선을 피했다.

"그런데 눈텡이는 왜 그렇게 시퍼렇게 부었어?"

"그, 그냥 집에서 동생이랑 장난하다가……."

어제 첫날부터 옆 가게 도토리랑 싸우다가 맞았다고 말할 수는 없었다.

"음! 불 꺼지지 않게 잘 봐."

사장은 가게 안으로 들어가 서빙 담당 아주머니들을 모아놓고 잔소리를 퍼부었다. 목소리가 너무 커 지나가는 사람들이 걸음을 늦추고 고개를 돌려 가게 안을 바라보았다. 그러거나 말거나 사장은 더욱 목소리를 높였다. 홀이 쩌렁쩌렁 울렸다.

"정신들 똑바로 차리고 일해요. 주문 제대로 받아서 장부에 확실히 기재하고, 가능한 한 카드는 받지 말고 현금으로 받아요."

하지만 아주머니들은 시큰둥한 반응이었다. 건성으로 예! 예! 대답하며 고개만 살짝 끄덕거렸다. 척 봐도 사장의 지시가 먹히지 않음을 알 수 있었다.

"카드로 받으면 장사 꽝이에요. 대기업인 카드 회사에서 수수료를 얼마나 많이 떼 가는지 알아요? 그놈들 순 날도둑놈이에요. 나 같은 서민이 먹고 살겠다고 이 생고생을 하는데도 0.1프로도 안 낮춰주는 게 바로 그놈들이에요. 차라리 벼룩의 간을 빼먹지. 나쁜 새끼들! 크악 퉤!"

창밖을 향해 누런 가래침을 내뱉은 사장은 주방으로 가더니 거기서도 또 잔소리를 늘어놓았다. 아줌마들이 싫어하는 기색을 보이는데도 일일이 참견을 하며 닦달을 했다. 몇몇 아주머니가 참다 못해 저만치 피해버렸다.

"주방도 빨리빨리 음식을 만들어 내줘요. 우리나라 사람들은 5분만 지나면 짜증을 내기 시작하니까, 5분 대기조처럼 일해야 돼요. 알았어요?"

잔소리는 끝도 없이 이어졌다. 잔소리 여왕인 엄마보다 한술 더 떴다. 가히 잔소리의 황제급이었다. 남자가 그렇게 많은 말을 하는 모습을 강후는 여태 본 적이 없었다. 말이 거의 없는 아버지와는 정반대였다.

"그리고 양념을 좀 아껴 써요. 그렇게 팍팍 퍼 넣으면 뭐가 남아요? 고춧가루값이 장난이 아니에요, 장난이. 마늘값, 양파값, 대파값도 마찬가지고."

침을 튀기며 한참 동안 잔소리를 퍼붓던 사장은 요령 피우지 말고 일하라는 말을 남기고 또 어디론지 가버렸다. 옆 가게 돼지갈비 사장과 함께 검은색 승용차를 타고 우이동 쪽으로 갔다. 골프가 어쩌고저쩌고 하는 걸로 보아 골프 연습장에 가는 모양이었다. 골프와 닭발? 장미와 똥개만큼이나 묘한 조합이라고 생각하며 강후는 슬며시 웃었다.

"에이 지랄! 양념이나 좋은 걸 사다 주고 나서 그런 소리를 해라. 순 싸구려 중국제 가짜를 사다 줘 놓고……."

주방 창문을 통해 누군가가 불만을 내뱉는 소리가 새어 나왔다.

"어이, 당진! 당진! 이거 좀 빨리빨리 해! 우린 좀 쉴 테니."

가늘게 찢어지는 목소리로 보아 주방장 아줌마가 분명했다. 사장이 없을 때는 대장 행세를 똑 부러지게 하는 펑퍼짐한 아줌마였다. 머리카락이 희끗희끗한 게 사장보다 나이가 다섯 살 정도 많아보였다. 그 나이를 숨기려고 그런 건지 화장이 유난히 짙었다.

옆 가게인 돼지갈빗집 출입문을 살폈다. 도토리는 뒷마당에서 불판을 닦는지 보이지 않았다. 강후는 손바닥으로 오른쪽 눈두덩을 비비면서 중얼거렸다.

"아, 쪽팔려! 내 눈텡이 이거……. 방학을 했기에 망정이지 안했으면 학교에서 개 왕쪽을 당할 뻔했네. 내가 중딩 후배한테 맞다니. 가서 한판 더 붙어? 말아?"

오늘은 몸 컨디션이 좋지 않아 다음 기회를 노리기로 했다. 눈텡이가 다 나으면 도토리를 아주 묵사발을 만들어놓기로 결심했다. 인생 최대의 수치를 보복하지 않고 그냥 넘어갈 수는 없었다. 복수 혈전을 벌여서라도 기필코 앙갚음을 하고 말 거야! 눈에는 눈, 이에는 이야! 강후는 이빨을 바드득 갈았다.

"어젠 첫날부터 재수 없게 그 녀석이랑 싸움을 하고. 새끼, 내가 지켜보겠다."

어제 재수가 없었던 건 녀석과의 싸움뿐만이 아니었다. 누군가가 말려서 싸움을 끝내고 수돗물에 세수를 마쳤을 때 손님 두 팀이 연달아 들어왔다. 네 명과 다섯 명, 모두 아홉 명이었다. 너무 많은 손님에 가슴이 덜컹 내려앉았다.

"얘, 빨리 숯불 둘 세팅해!"

"예? 예! 예!"

마음은 급하고 손은 제대로 움직이지 않고 죽을 맛이었다. 집게가 덜덜 떨려 대형 화로 속의 숯덩이가 집어지지 않았다. 몇 번이나 실패한 끝에 네다섯 개를 하나하나 집어 풍로에 넣었다. 그러고는 길쭉 넓적한 쇠막대로 풍로를 들고 안으로 들어갔다. 그러나 중심이 맞지 않아 풍로가 자꾸 흔들렸다.

신발을 벗고 조심조심 방으로 올라 다섯 명이 앉아 있는 식탁으로 향했다. 비닐 장판이라 바닥이 미끄러웠다. 한 서너 발짝 떼어 놓았을까? 왼쪽 발이 살짝 미끄러졌다. 그러자 몸 전체가 휘청거렸다. 당연히 풍로를 들고 있는 오른팔이 심하게 흔들렸다. 벌건 숯불이 가득 담겨 있는 풍로가 떨어질 듯 떨어질 듯 위태위태했다. 금방이라도 뒤집어엎을 것만 같았다.

"어어어! 조심! 조심해, 인마!"

핵폭탄이라도 본 듯이 손님들이 한쪽으로 우르르 피하며 소리를 질렀다.

강후는 땀을 뻘뻘 흘리면서 중심을 잡기 위해 애를 썼다.

"으억!"

하지만 결국 풍로 속에 있던 숯불 덩어리 하나를 식탁 위에 떨어뜨리고 말았다. 숯불 파편이 사방으로 튀었다. 손님들과 서빙 아줌마들이 물수건으로 급하게 파편을 싸서 불을 껐다. 아주 위험한 순간이었다.

"휴! 너 인마, 사람 잡겠다. 엉?"

"어디서 이런 초짜를 데려와 가지고. 간 떨어졌잖아!"

강후는 허리가 부러지도록 수십 번을 굽실거려야 했다. 그 이후 퇴근 시간까지 어떻게 일을 했는지 너무 힘들어 생각도 나지 않았다. 옆 가게 도토리한테 맞은 눈두덩이 퉁퉁 부어올랐는데도 전혀 아픔을 느끼지 못했다. 어제는 정말 개 같은 날이었다. 작년에 어느 고등학교로 갈 것인가 하는 문제를 놓고 엄마 아버지와 심한 말다툼을 벌였던 날보다 더 엿 같은 하루였다. 그때 강후는 내신 성적을 고려해서 차라리 외갓집이 있는 단양고등학교로 가겠다고 주장했었다. 집에서 멀리 떨어져 있어 엄마 아버지랑 트러블이 생기지 않을 거고, 또 자기가 좋아하는 외갓집에서 다닐 수 있는 데다가 시골 학교라 전교 5등 안에도 들 자신이 있었다. 더욱이 외삼촌이 엄마한테 자기를 믿고 무조건 보내라는 전화를 몇 번씩이나 했었다. 그 때문에 엄마와 외삼촌 사이가 서너 발짝 멀어지고 말았다.

대형 화로에 식탁 열 개 분량의 숯불을 겨우 다 피워놓았다.

"나르는 연습 좀 해보자."

어제와 같은 실수를 반복하지 않기 위해 충분한 연습을 하기로 했다. 일을 빨리 손에 익히려면 반복 연습을 하는 것밖에 다른 방법은 없었다.

"이 쇠막대를 풍로 틈에 확실히 끼우고, 위로 살짝 들어 올려서, 팔이 흔들리지 않게 조심하면서, 걸음걸이를 안정적으로. 안에서는 비닐 장판에 미끄러지지 않게 발목에 힘을 주고."

빈 풍로를 들고 은행나무 가로수 사이를 왔다 갔다 했다. 아직 숙달이 안 돼 풍로가 심하게 흔들리지만 조금씩 나아지는 것도 같았다. 강후는 자신의 운동신경을 믿었다. 그래서 일주일 정도 연습하면 한 달을 일한 사람과 비슷해질 거라고 확신했다.

"그래. 연습 많이 해둬!"

"그런 자세로 나르니 꼭 오리 궁둥이 같네!"

"허리 펴고, 엉덩이 들이밀고. 다시."

폼이 우스운가 보았다. 아줌마들이 내다보고 히죽히죽 웃었다. 강후도 히죽이 웃어주었다. 자신이 봐도 폼이 영 아니었다. 그렇지만 숯불 풍로를 손님에게 쏟을 수는 없었다. 손님이 데기라도 하면 다 책임져야 한다니? 그러면 알바로 버는 돈보다 치료비로 쓰는 돈이 몇 배나 많을 것 아닌가? 등줄기에 소름이 다 돋았다. 이를 악물고 열심히 연습을 했다.

"매일 20분씩 해서 나르는 실력을 급상승시켜야 해!"

목이 컬컬했다. 아까 숯불을 피우느라 연기와 먼지를 잔뜩 마셔서 따끔따끔 아프기도 했고, 풍로 운반 연습을 하느라 몸도 끈적끈적하니 갈증도 났다. 시원한 음료수 생각이 간절했다. 냉각이 잘 된 사이다 한 병을 꿀꺽꿀꺽 마시면 목이 뻥 뚫리고 더위도 싹 가실 것 같았다. 가게 안으로 들어가 한 병 달래볼까 하다가 그만두었다. 눈치가 보여 사장이나 아줌마들이 주기 전에 먼저 달라고 할 수가 없었다.

휴대폰으로 시간을 확인했다. 아직 손님들이 오려면 15분 정도 여유가 있었다. 편의점에 가서 자기 돈으로 사 먹고 오기로 했다. 공기구멍을 조절하고 뚜껑도 살펴보고 나서 24시 편의점을 향해 걸었다. 월계교차로 귀퉁이에 있는데 거리는 한 5, 60미터쯤 되었다.

"얼른 갔다 오면 돼! 설마 그사이에 무슨 일이 있으려고."

나란히 붙어 있는 다른 음식점들을 하나하나 살펴보며 뛰다시피 걸었다. 모두들 저녁 장사 준비를 하느라 바빴다. 벌써부터 자리를 잡고 앉아 술을 마시는 손님들도 꽤 보였다. 서로 권커니 잣거니 하면서 잡담을 나누었다.

"정말 술 권하는 사회군!"

편의점 유리문을 열고 안으로 들어갔다.

"어서 오……!"

카운터에 서 있던 여자가 인사를 건네다가 멈췄다. 그러고는 뻣뻣한 자세로 눈동자를 아래위로 움직여가며 훑어보았다. 스무 살이나 스물한 살 정도 된 아가씨였다. 헐렁한 반팔 티셔츠 차림이 알바 대학생인 것 같았다. 곁눈으로 살펴보니, 얼굴이 사각형에 가깝고 광대뼈와 턱이 앞으로 조금 튀어나와 그리 호감이 가는 인상은 아니었다. 눈은 큰 편이나 쌍꺼풀이 아니라 예쁘지 않았다. 개로 치면 덩치 크고 인상 험한 티베탄 마스티프 같았다. 그러나 피부는 맑고 뽀얀 게 얼굴에 점 하나 없었다.

"시원한 사이다 있어요?"

"저기 저쪽 냉장고 안에······."

여자답지 않게 목소리가 걸걸했다. 게다가 지나치게 큰 목소리라 귀에 거슬렸다. 어찌 들으면 대형 수렵견 레트리버가 짖는 소리처럼도 들렸다.

"근데 넌, 처음 보는 애네! 너, 저쪽에서 알바 하지?"

허! 대뜸 반말이었다. 어제 그 중딩 놈도 처음부터 반말을 하더니 이 여자도 그러네? 어째 이 동네 물이 좋지 않은가 보다! 예의의 예 자도 모르는 것들이 사방에 널려 있고. 강후는 이맛살이 저절로 찌푸려졌다. 아니꼽다는 눈빛으로 마주 바라보며 대답했다.

"아, 아닌데, 요!"

"아니긴 뭐가 아냐? 척 보니까 그런데."

"······?"

정말 웃기는 여자였다. 자기가 무슨 점쟁이라고 척 보고 알아? 예의도 없는 데다가 정신마저도 온전치 못한 것 같았다. 강후는 입술을 일그러뜨려 살짝 비웃음을 띠었다. 여자도 한쪽 입꼬리를 조금 늘였다. 늘인 상태로 툭 뱉었다.

"너, 닭발나라에서 알바 하는 거 맞지?"

"예에?"

귀신이 곡할 노릇이었다. 그걸 어떻게 알았을까? 만난 적도 없고 본 적도 없는데? 누가 얘기를 해줬나? 그럴 리가 없었다. 강후가 닭발나라에서 숯불 피우는 알바를 한다는 사실을 알고 있는 사람은 아무도 없었다. 엄마나 친구들한테는 그냥 알바 자리를 잡았다고 했을 뿐 정확히 무슨 알바를 하는지는 말하지 않았다. 눈치 빠른 엄마는 옷에 밴 숯불 냄새를 맡고 알아챈 듯도 했지만, 어디에 있는 가게인지는 아직 몰랐다. 그런데 닭발나라를 콕 찍어서 말하다니? 귀신이 곡할 노릇이었다.

"아녜요. 나, 알바 안 해요."

시치미를 딱 잡아뗐다. 고딩 알바생들은 나쁜 의도 아니면 공부를 못해서 일을 하는 걸로 대부분의 사람들이 생각하기에. 솔직히 강후 역시 그렇게 여기고 있었다. 아무튼 알바생이 아니라고 대답하고 안쪽에 있는 냉장고로 가려는 순간 사각형 여자가 불러 세웠다.

"야! 너, 자꾸 거짓말할래?"

아주 협박조로 나왔다. 뭐 이런 여자가 다 있어? 손님이 왕이 아니라 똥개로 보이나? 불쾌지수가 급격히 상승했다. 여자도 기분이 상했는지 얼굴이 외갓집 강아지 몽실이 냄비처럼 찌그러졌다. 오늘도 어째 일진이 더러울 것 같은 불길한 예감이 머릿속을 맴돌았다. 어제는 중딩 남자 놈이랑 싸웠는데, 오늘은 대딩 여자 년이랑 싸워야 하나? 열 받지 말자! 열 받지 말자! 강후는 속으로 주문을 빠르게 외워 머리 가죽을 뚫고 나오려는 흥분을 겨우 가라앉혔다.

"저 위 닭발나라에서 숯불 피우는 숯돌이 맞잖아?"

강후는 깜짝 놀라 사각형의 얼굴을 멀뚱멀뚱 바라봤다. 확실히 알고서 말하는 것이 틀림없었다. 더 이상 아니라고 우길 수가 없어 더듬더듬 물었다.

"어, 어떻게 알⋯⋯?"

"뭘 어떻게 알아? 네 이마에 숯검정이 묻어 있고, 콧구멍이 시커멓고, 옷에서 화약 냄새가 나니까 알지!"

그 말에 코를 옷에 대고 킁킁 냄새를 맡아보았다. 정말 화약 냄새가 많이 났다. 유리문에 얼굴도 비춰 보았다. 이마에 검은 띠가 가로로 길게 그려져 있고 콧구멍은 연탄 공장 굴뚝이나 다름없었다. 게다가 어제 그 중딩 도토리한테 맞은 한쪽 눈텡이는 시퍼렇고. 숯불 화로에 넘어진 듯 얼굴 전체가 화끈거렸다. 아! 오늘도 쪽 엄청 팔리는 날이구나! 도저히 얼굴을 들고 있을 수가 없어서 강후는 그냥 나가려고 몸을 돌렸다.

"너, 조심해!"

"예?"

조심하라는 말에 나가려다 말고 뚝 멈췄다. 고개를 틀어 사각형을 째려봤다. 조심하라니? 그게 대체 무슨 의미야? 지금 날 협박하는 거야? 눈으로 물었다.

"네 목이 달아날 수도 있어!"

사각형이 손바닥을 펴 들어 목을 자르는 시늉을 해 보였다. 동시에 가소롭다는 표정으로 씨익 웃었다. 그 시늉 역시 무슨 의미인지 몰라 강후는 송아지처럼 두 눈을 끔뻑거렸다. 나를 죽이겠다는 거야? 물건을 안 사고 그냥 나간다고? 너무 어이가 없어 양쪽 눈에 힘을 주고 사각형을 쏘아봤다. 나, 참! 살다 살다 별 해괴망측한 여자를 다 보네! 맨발로 개똥을 밟은 기분이었다.

"거기는 불량품 성형 숯을 사용하는데, 어떤 것은 화약을 너무 많이 넣어서 펑! 터지기도 하거든."

그런 뜻의 시늉이었나? 진작 그렇게 말하지, 왜 그따위 식으로 말을 돌리는 거야? 씨! 강후는 두 눈에 힘을 빼고 부드러운 목소리로 사각형의 말을 받았다.

"아, 그 그래요? 참나무 숯도 쓰던데요?"

"그건 눈속임이야. 나도 그 집에서 3개월 일했어. 돈도 다 못 받고 쫓겨 나왔지만. 거기는 두세 달에 한 번 꼴로 숯돌이를 바꿔. 이런저런 꼬투리를 잡아서 내쫓는 거지."

에이! 설마? 강후는 사각형의 말을 믿지 않았다. 우리 사장님은 절대 그럴 분이 아니야! 사각형 자기가 일을 잘못해 잘리고서 우리 사장님 욕을 하는 것이야! 나도 사람 볼 줄 안다고. 사람은 원래

자기 잘못을 남의 잘못으로 돌리려는 성향이 있다잖아! 잘되면 제 탓 못 되면 남 탓이라는 말도 있고. 그렇게 생각하면서 사각형의 다음 말을 기다렸다.

"첫 달은 그럭저럭 잘해줘. 그러니까 첫 달 급료만 받고 그만두는 게 좋을 거야. 물론 다 챙겨주지도 않겠지만."

그만두긴 내가 왜 그만두냐? 얼마나 힘들게 구한 알바 자리인데. 속으로 콧방귀를 내뀌고서 사각형을 슬쩍 흘겼다. 그러자 사각형도 강후를 잠시 째리다가 고개를 옆으로 돌렸다.

"두범아, 뭐하니? 골랐으면 빨리 가지고 나와!"

고개를 돌린 사각형이 갑자기 안쪽에다 대고 소리쳤다. 안쪽에 누가 있는 모양이었다. 잠시 후 정말 누군가가 안쪽에서 걸어 나왔다. 어? 눈이 휘둥그레졌다. 도토리였다. 어제 골목에서 주먹질을 했던 바로 그 중딩 도토리가 안쪽에서 우유 팩 한 개를 들고 카운터 쪽으로 다가왔다.

"이런 씨!"

녀석과 마주치지 않으려고 애를 썼건만 하필 여기서 맞닥뜨리다니? 요즘 원수는 24시 편의점에서 만나나? 이거 뒤돌아 나갈 수도 없고 그대로 서 있을 수도 없고. 그야말로 진퇴양난이었다. 목덜미로 식은땀이 다 흘렀다. 이 상황을 대체 어떡해야 하나? 갈등으로 머리가 뱅뱅 돌았다. 에이! 이왕 이렇게 된 거. 용기를 냈다. 고딩인 내가 중딩인 녀석을 피해 도망갈 수는 없지! 그랬다가는 고등학교 3년 내내 고개를 들고 다닐 수 없을 테니까. 쪽팔리는 소문은 태풍보다 빨리 퍼진다는 걸 강후는 경험을 통해 알고 있었다.

뱁새눈을 하고 도토리를 뚫어져라 쳐다봤다. 도토리도 강후를 잡아먹을 듯이 노려봤다. 불꽃 튀는 눈싸움이 한참 동안 지속되었다. 비겁하게 녀석이 또 선제공격을 할지 몰라! 강후는 두 주먹을 움켜쥐고 방어 태세를 취했다. 사각형이 고개를 길게 빼내어 강후와 도토리를 자세히 살폈다.

"어? 너희 왜 그래?"

눈싸움 중인 둘을 번갈아 바라보며 사각형이 물었다.

"둘이 아는 사이야?"

강후는 대답하지 않았다. 도토리 역시 대답하지 않았다. 단지 서로를 매섭게 노려보기만 했다. 두 눈에 힘을 너무 주었더니 눈알이 시큰해졌다. 어제 도토리의 주먹에 맞았던 오른쪽 눈에는 눈물까지 가득 고였다. 눈두덩이 욱신욱신 쑤시기도 했다. 사각형만 없다면 복수 차원에서 도토리의 눈두덩을 한 대 힘껏 후려갈기고 싶었다. 주먹이 근질근질했다.

"아아! 너네 싸웠구나? 그치?"

"……!"

"두범이 너, 아까 내가 물었을 때 자전거 타다 다쳤다는 거, 거짓말이지?"

그래도 도토리의 입은 녹슨 철 대문이라도 되는지 열리지 않았다. 도토리의 한쪽 볼이 탁구공을 물고 있는 듯 불룩하게 부어 있었다. 어제 강후의 주먹에 맞아 입 안쪽이 찢어졌기 때문이었다. 심히 아플 텐데도 도토리는 아픈 내색을 하지 않았다. 가식적인 놈! 억지로 참고 있는 저 꼬락서니 좀 봐! 웃음이 터져 나오려고 했다.

"야! 너희 둘, 대체 왜 싸운 거야?"

"그게 저……."

강후는 대답을 하려다 도로 입을 닫았다. 코딱지만 한 중딩 녀석이랑 싸워서 자기 눈탱이가 그렇게 된 과정을 말하려니까 자존심이 허락지 않았다. 절대 말할 수 없었다.

"야, 숯돌이! 너, 어느 학교 몇 학년이야?"

"나요? 저, 한신고 1학년인데요."

도토리가 들으라고 크게 대답했다. 야, 인마! 그래도 우리 학교는 강북에서는 꽤 알아주는 인문계 고등학교야! 공연히 목에 힘이 들어가고 어깨가 으쓱해졌다.

"뭐? 1학년? 두범이 얘는 영운전자고 2학년이야."

"예? 그, 그래요?"

믿을 수가 없었다. 키도 작고 덩치도 작아 중2나 중3쯤 되는 줄 알았었다. 이런 개 같은 경우가 다 있다니? 당황스러워 시선을 이리저리 옮겼다. 하지만 시선을 둘 마땅한 곳이 없었다. 그냥 고개를 들어 천장을 봤다. 날벌레들이 날아들어 형광등 주위를 어지러이 맴돌았다. 강후의 눈동자도 빙빙 돌았다.

"너, 선배를 때리면 돼?"

"아니! 그게 아니고요."

강후는 미안한 마음에 뒤통수를 긁적거렸다. 그러면서도 도토리가 전문계고 학생임을 속으로 비웃었다. 별 볼 일 없는 놈! 나보다 한참 아래군! 앞길이 훤하다, 훤해!

"두범이하고 숯돌이 너, 이따가 일 끝나고 저쪽 월계2교 건너에 있는 꿈숲공원으로 와!"

완전 명령이었다. 지가 뭐라고 나한테 명령이야? 더욱이 여자가. 그리고 뭐? 숯돌이? 강후는 떨떠름한 표정으로 입맛을 쩝쩝 다시며 눈알을 대룩대룩 굴렸다. 당장은 그것 외에 불만을 표출할 마땅한 방법이 없었다.

"월계교 건너서 저쪽 번동에 있는 꿈숲공원 알지?"

"거기가 꿈숲공원이었어요? 알기는 알아요."

"거기 월영지라는 연못이 있어. 그 연못가 벤치로 와! 꼭 와!"

어제보다 손님이 더 많아 일이 아주 바빴다. 성형 숯 세 박스에 참숯을 다섯 박스나 썼다. 쉴 새 없이 오가며 숯불을 날랐으나 다행히 큰 실수는 하지 않았다. 실수할까봐 신경을 너무 썼더니 뒷골이 다 뻐근했다. 어깨도 결리고 허리도 아팠다. 뒷마당으로 가서 수도꼭지에 입을 대고 배가 빵빵하도록 물을 마셨다.

"오늘은 잘했는데, 내일부터는 참숯은 위에 조금 넣고 밑에는 성형 숯으로 채워! 숯 구입 비용을 최대한 아껴야 해!"

조금 전에 사장은 그 말을 건넨 뒤 그만 퇴근하라고 했다.

갈까? 말까? 강후는 자기 아파트 단지로 통하는 길 횡단보도 앞에 서서 고민을 했다. 시간은 밤 12시 17분. 꿈숲공원은 반대 방향으로 20분 정도 걸어가야 하는 곳에 있었다. 자정이 넘어 거리는 한산하고 덥지 않아 좋았다. 저녁때보다 기온이 5, 6도 정도 떨어진 것 같았다.

"집에 가봐야 갑갑하기만 하고 잠밖에 더 자? 그 사각형이 도대체 뭔 얘기를 하려는지 한번 가보자."

휴대폰을 꺼냈다. 구입한 지 2년이 다 돼가는 것이었다. 올해 3월 고등학교에 진학했을 때 입학 선물로 신형 스마트폰을 사주겠거니 무척 기대를 했었는데, 그렇게 여러 번 눈치를 보냈는데, 말짱 꽝이었다. 아직도 3년은 너끈히 쓸 수 있다면서 엄마는 통신비 좀 줄이라는 타령을 한 시간이나 늘어놓았다. 강후는 먼저 비송을 산 다음에 최신 스마트폰을 구입해야겠다고 마음먹었다. 내가 번 돈으로 내가 사겠다는데 엄마가 뭐라고 하겠어? 그게 바로 경제적 독립의 매력이라고 생각했다.

— 엄마, 나 오늘 좀 늦을 것 같아!

문자를 보냈다.

방향을 틀어 꿈숲공원을 향해 걸었다. 엄마한테 곧 답 문자가 오겠지, 기대하면서.

— 왜 늦어? 빨리 와!
— 알았다. 조용히 들어와서 자!

그 둘 중에 하나로 답 문자가 올 것이었다.

"열 걸음을 옮길 동안에 올 거야."

속으로 걸음 수를 헤아렸다. 하나, 둘, 셋, 넷, 다섯, 여섯, 일곱, 여덟, 아홉, 열. 하지만 소식이 없었다. 다섯 걸음을 더 가도 감감무소식이었다.

"벌써 잠들었나 보네."

급한 일이 아니기에 천천히 걸었다. 빨리 갈 이유가 없었다. 가다가 돌아서도 그만이었다.

"여기 이름이 꿈숲공원이야? 꿈숲! 이름은 참 좋네."

입구에서 잠시 머뭇거렸다. 애완견을 끌고 나와 산책을 하는 사람들이 더러 있었다. 개를 살펴보니 비글, 몰티즈, 시추 등 대부분 소형견이었다. 진돗개로 보이는 중형견도 한 마리 있었으나 순수 혈통은 아닌 듯했다.

천천히 공원 안으로 들어갔다. 일정한 간격으로 켜져 있는 가로등 불빛이 하얀 목련 꽃봉오리처럼 예뻤다. 자정이 넘은 시간인데도 인근 주민들이 꽤 많이 나와 있었다. 둘씩 셋씩 어울려 산책로를 걷거나 조깅을 했다. 잔디밭에 가족들이 둘러앉아 음식을 먹으며 이야기를 나누는 모습도 드문드문 눈에 띄었다. 부러운 광경이었다.

"야, 숯돌아! 이쪽이야, 이쪽!"

월영지 가까이에 이르자 커다란 버드나무 밑에서 사각형이 불렀다. 그러면서 손을 크게 흔들었다. 사람들이 사각형과 강후를 쳐다봤다.

"아, 저 사각형 저거, 숯돌이가 뭐야, 숯돌이가? 사람들 많은데."

기분이 상해 느릿느릿 다가갔다. 그냥 되돌아가고 싶은 마음도 약간 생겼다.

"잘 왔다. 이쪽에 앉아!"

모인 사람이 사각형과 영운전자고 2학년이라는 도토리, 그렇게 두 명이 아니었다. 다른 사람이 한 명 더 있었다. 약간 작은 듯한 키에 청바지를 입은 여학생이 함께 앉아 있었다. 가로등이 여학생 등 뒤에 있어서 얼굴은 잘 보이지 않았다.

"과자하고 음료수 좀 먹어! 먹으면서 얘기하자."

강후는 엉거주춤 앉아서 과자를 한 개 집었다. 마치 바늘방석에 앉은 듯 자리가 어색하고 불편했다.

"우린 가끔씩 여기 모여. 알바 하느라 늦게 끝나니까 어디 갈 데도 없고, 여기가 젤 나아! 숲도 잘 가꿔져 있고 연못도 있어서 포근하고 아늑한 느낌을 줘!"

강후는 시선을 밤하늘에 두고 잠자코 있었다. 밤하늘에는 샛별들이 빼곡하게 떠서 반짝거렸다. 마치 수많은 꼬마전구를 한꺼번에 켜놓은 듯한 착각이 들었다. 좁쌀알만 한 안개꽃이 무리 지어 피어 있는 것 같기도 했다. 밤하늘엔 역시 별이 총총해야 보는 맛이 났다. 외갓집에서도 마당 평상에 누워 밤하늘의 별을 보곤 했었다.

"어때? 연못 이쁘지? 이름도 이쁘잖아? 월영지!"

건성으로 고개를 끄덕거렸다.

"이 월영지가 저 위 체력 단련장에서 내려다보면 발자국 모양이야. 꿈을 향해 앞으로 나아가는 발자국! 이 공원 이름이 꿈숲공원이잖아? 여기 오면 꿈을 꼭 이룰 것 같은 느낌이 들어서 나는 여기가 좋아!"

사각형은 눈을 지그시 감고 공원을 휘둘러보았다. 잘 가꿔진 공원 경치에 흠뻑 취한 표정이었다. 가로등 불빛이 은은히 비치는 연못 주변은 어느 정도 환상적인 분위기를 자아내기는 했다. 인공적인 배치이기는 해도 조경석, 조경수들이 연못과 제법 자연스럽게 어울려 싫증을 주지 않았다.

"낮에 보면 색이 온통 녹색이야. 녹색 잎의 작은 꿈들이 모여 꿈의 숲을 이룬 거지! 아 참! 소개할게. 이 애는 성문여고 1학년 채보라야."

응? 성문여고? 성문여고라면 우리 학교와 비슷한 수준으로 꽤 이름 있는 학곤데? 강후는 곁눈으로 채보라를 슬쩍 쳐다봤다. 귀여워 보였다.

"안녕하세요. 채보라예요."

같이 인사를 하면서 가로등 불빛에 드러난 얼굴을 좀 더 자세히 살폈다. 통통하니 예쁘장한 얼굴이었다. 특히 눈이 큼직한 게 별처럼 반짝였다. 귀엽고 깜찍한 애완견 포메라니안과 흡사했다. 강후는 갑자기 심장이 두근거렸다. 어? 나, 왜 이러지? 초등 6학년 초, 여자 짝을 처음 보았을 때보다 더 두근거렸다. 숨이 막히고 팔다리에 힘이 빠졌다. 2만 5000볼트 전동차 전기선에 감전이 된 듯 도무지 맥을 못 췄다. 숯불 때문에 땀을 많이 흘려 그런 것 같지는 않았다.

사각형이 보충 설명을 해줬다.

"보라는 우리 편의점 건너편에 성북주유소 있지? 거기 총잡이야."

"총잡이요?"

"거기서 알바 하는데, 휘발유 넣는 주유기를 그렇게 불러!"

채보라가 부끄럽다는 듯 고개를 숙였다. 긴 속눈썹이 외갓집 별채의 싸리나무 울타리처럼 가지런했다. 오똑하니 곧게 뻗은 콧날과도 잘 어울렸다.

"얘도 너처럼 알바 초보야. 보라 너, 아직 한 달 안 됐지?"

"응, 언니! 한 달 되려면 일주일 정도 남았어."

목소리도 차분하고 고와 사각형과는 완전 딴판이었다. 가슴이 마구 떨렸다. 호흡 조절을 해 마음을 진정시키려 애써보았지만 잘 안 됐다. 그런 기분 처음이었다.

"남두범은 알지? 너네 옆 가게에서 불판 닦는 판돌이! 허허!"

사각형이 도토리를 소개해주고 허허! 웃었다. 웃음소리조차 여자답지 않았다. 도토리 두범이는 강후를 쳐다보지도 않고 빨대만 쪽쪽 빨았다. 강후도 자존심이 상해 인사를 건네지 않았다. 먼저 악수를 청하면 사과하려 했는데! 강후는 과자를 한 개 집어 입에 넣고 우적우적 씹었다. 그러다 음료수 캔을 들어 벌컥벌컥 과장된 동작으로 마셨다. 자꾸 채보라가 신경 쓰였다. 자신도 모르게 눈길이 보라한테로 가 머물렀다.

"이제 네 소개 좀 해봐!"

사각형이 자기소개를 하라 말하는 순간 강후는 당황했다. 뭐라 말하지? 소개할 게 전혀 없었다. 얼굴색이 홍당무 색깔로 변하고, 이마에 식은땀이 맺히고, 입속의 침이 말랐다. 가슴이 마구 뛰고 호흡마저 거칠어졌다.

"괜찮아! 간단히 말하면 돼."

그래도 강후는 뭉그적거렸다. 뻥을 쳐서라도 잘 보이고 싶은데 좀체 말문이 열리지 않았다. 아무리 머리를 굴려봐도 떠오르는 말이 없었다. 애꿎은 음료수만 연거푸 마셔대 금세 배가 볼록해졌다.

"그럼 내가 먼저 하지!"

기다림에 지쳤는지 사각형이 먼저 자기소개를 했다. 여유 있는 표정에 여유 있는 목소리로 차분차분 말했다.

"나는 저 위 보건복지고 간호과 2학년이야."

뭐? 뭐? 보건복지고 2학년? 고등학교 2학년이라면 나보다 겨우 한 살 많다는 거잖아? 강후의 두 눈이 놀란 암소 눈처럼 휘둥그레졌다. 아무래도 잘못 들은 것 같았다. 대학교 2학년이겠지! 고개를 갸웃거리자 사각형이 뒷말을 이었다.

"간호조무사를 거쳐 정식 간호사가 되는 게 꿈이지."

말하는 걸 보니 정말 고2 같기도 하고 얼굴을 보면 그게 아닌 것 같고. 무척 헷갈렸다. 자기 입으로 고2라고 했으니 일단 그렇다고 치고. 흥! 주제에 간호사는 무슨? 병원 청소부나 하시지! 강후는 속으로 콧방귀를 내쏘고 비아냥거렸다.

"암튼 앞으로 나를 은림이 누나라고 불러줘. 잘 부탁해!"

뭐? 뭐? 은림이? 생김새와 전혀 어울리지 않는 이름이었다. 게다가 누나라고 부르라고? 더욱이 '부탁해!'에서는 찡긋, 윙크까지 보냈다. 강후는 등줄기가 오싹해지면서 온몸에 소름이 우툴두툴 돋았다. 꼭 어두컴컴한 빗속에서 애꾸눈 귀신을 본 느낌이었다.

미안하지만 나는 아무 여자나 누나라고 부르지 않아! 최소한 나보다 다섯 살은 많아야 부른다고. 그것도 확실하지는 않고 부를 수도 있다는 말이야! 사촌인 현아와 세아는 강후보다 두 살, 네 살이 많지만 여태 누나라고 부른 적이 없었다. 그 때문에 큰아버지 한테 욕을 바가지로 얻어먹고 큰엄마한테는 부지깽이 매타작을 당할 뻔도 했었다. 그러나 강후는 자존심이 걸린 문제이기에 뜻을 굽히지 않았다. 그날 이후 강후는 함평 큰집에 발걸음을 하지 못했다. 벌써 4년째였다.

"뭐, 이건 내 자랑은 아니지만, 나는 알바라는 알바는 안 해본 게 없어. 전단지 알바, 세차장 알바, 서빙 알바, 애 보기 알바, 놀이공원 곰 인형 알바 등등. 학교 친구들이 나를 알바 여신 또는 알바 지존이라고 부르지. 허허허!"

자랑이 아니라면서 자기 자랑을 잔뜩 늘어놓았다. 게다가 너무 크게 웃어 웃음소리가 넓은 공원에 쩌렁쩌렁 울려 퍼졌다. 완전 괴물이었다. 강후는 사각형 몬스터라고 별명을 짓고 속으로 몇 번이나 부르면서 썩은 미소를 날렸다. 사각형이 대형 수렵견 레트리버라면 채보라는 귀엽고 깜찍한 애완견 비숑이나 코카스파니엘이었다.

"주유소 총잡이, 돼지갈비 판돌이, 닭발나라 숯돌이도 다 해봤어!"

"정말로 우리 가게에서 숯불도 피웠어요?"

"그럼! 거짓말인 줄 알았니? 숯불 하면 내 앞에서 숯 자도 꺼내지 마!"

이번에는 또 숯에 대해 줄줄이 늘어놓았다.

"이제 네 소개 해야지?"

"아, 예!"

더 이상 뒤로 뺄 수가 없었다. 큼! 큼! 목청을 가다듬고 가만히 입술을 뗐다.

"저는 저, 이름은 여강후이고요, 한신고 1학년입니다. 그리고……, 그리고…….''

모두 말똥말똥한 눈으로 바라보고 있으니까 다음 말이 생각나지 않았다. 특히 채보라의 시선이 얼굴에 꽂혀서 혀가 딱딱하게 굳어버렸다. 시퍼러둥둥한 눈텡이를 보이지 않으려고 애를 쓰다 보니 더욱 그랬다. 간단한 자기소개도 못하다니? 강후는 자기 자신에게 처음으로 실망을 했다.

"꿈이 뭐예요? 장래 희망이요."

채보라가 호기심이 담긴 목소리로 물었다. 꿈? 아, 하나 정해둘 걸! 뭐라고 대답하지? 머릿속에 떠오르는 것이 전혀 없었다. 솔직히 꿈에 대해, 장래 희망에 대해 여태 심각하게 생각해보지 않았다.

"꿈이라…….''

말을 얼버무리고 뒤통수를 긁었다. 꿈? 그런 게 꼭 있어야 하나? 장래 희망? 딱히 되고 싶은 것도 없고 하고 싶은 일도 없었다.

"아직 뚜렷한 꿈은 없어요. 장래 희망도 마찬가지고요. 뭐, 선생님들이 이끄는 대로 따라가다 보면 성적에 맞는 대학, 성적에 맞는 학과에 가게 되겠죠. 대학 가서 또 어영부영 따라가다 보면 졸업하고, 취직하고, 무언가 되겠죠."

강후의 대답에 실망을 했는지 채보라가 시선을 연못으로 돌렸다. 아차! 내가 너무 성의 없는 대답을……! 조금 높여서 수의사가 되고 싶다고 뻥이라도 칠걸! 후회가 되었지만 이미 엎질러진 물이었다. 입술을 깨물고 밤하늘을 올려다보았다. 별은 아직도 많이 떠 있었다.

대화가 이상하게 변했다. 강후가 자기소개를 하는 게 아니라 사각형이 추궁조로 묻고 강후는 마지못해 대답하는 꼴이 되었다. 기분이 그다지 좋지 않았다. 채보라만 없다면 그냥 집에 가고 싶은 마음이었다.

"강후 너네 부모님은 무슨 일 하셔?"

대답하지 않았다. 아까부터 자꾸 심문을 당하는 것 같아 기분이 상해서였다. 그리고 왠지 솔직히 말하기가 꺼려졌다. 엄마, 아버지가 하는 일은 남들에게 당당하게 말할 만한 일이 아니기 때문이었다. 아무래도 괜히 온 것 같았다.

"말하기 곤란하면 안 해도 돼. 근데 넌 왜 알바를 하는 거야? 나는 눈 쌍꺼풀 수술을 하고, 이 턱을 좀 깎으려고 그래. 돈이 되면 코도 좀 높이고. 울 학교 선배들이 그러는데 이런 얼굴로는 졸업해도 간호사 취업이 불가능하대. 알아봤더니 견적이 2500만 원이나 나오더라고. 그것도 여학생 20퍼센트 특별 할인 기간에 해야한대. 허허허!"

사각형은 솔직하고도 자세하게 말하고 나서 또 허허 웃었다. 보라와 판돌이도 따라 웃었다. 여자가 자기의 얼굴 약점에 대해 이리도 당당하게 말하다니? 사람은 누구나 자기 약점을 숨기기 마련인데? 강후는 약간 감동을 받았다. 그래서 자기가 왜 알바를 하는지 당당히 말했다.

"이제부턴 용돈을 직접 벌어 쓰고, 그리고 애완견 한 마리 사려고요."

내친김에 살짝 허풍을 쳐버렸다.

"엄마가 사준다는 걸 내가 직접 돈을 벌어서 산다고 그랬어요. 고등학생이니까요. 두 달 정도만 알바 하면 살 수 있을 것 같아요."

"무슨 애완견?"

"비숑프리제라고, 줄여서 비숑이라 부르는데, 하얀 털이 복슬복슬한 작고 귀여운 개예요. 꼭 걸어 다니는 솜사탕 같아요. 이름도 미리 지어놨어요, 사탕이라고. 근데 100만 원 넘어요."

"예? 100만 원요?"

채보라가 놀라 입을 월영지 연못보다 더 크게 벌렸다. 놀란 얼굴도 참 예쁘고 귀여웠다. 보라가 관심을 가져주자 강후는 개에 대해 좀 더 크게 떠벌렸다.

"골든캐슬에 사는 내 친구는 300만 원이 넘는 핏불테리어도 키우는데요 뭐! 그 핏불은 완전 전투견이에요. 생김새 자체가 무시무시하죠. 일단 물었다 하면 죽어도 안 놔요."

"개에 대해 많이 아네?"

"네! 전에 밤새워 인터넷 찾아보며 공부 열심히 했어요. 그렇다고 개 지존은 아니에요."

한때 개에 심취해서 개 공부만 죽어라 했더니 침대에 누우면 천장에 온통 개떼들만 보였었다. 사방에서 개 짖는 소리가 그치질 않았었다. 심지어 잠꼬대를 개 짖는 소리로 하기도 했었다. 전생에 자기가 혹시 개가 아니었나 의심이 들 정도였다.

많은 이야기를 주고받아 서로의 사정을 자연스레 알게 되었다. 그 때문에 친근감이 조금 생겼다. 하지만 강후와 두범이는 여전히 서로를 외면한 채 딴청만 부렸다. 상대가 먼저 사과하기를 기대하는 자존심 싸움이었다. 보다 못해 사각형이 또 나섰다.

"야! 너희 둘, 그렇게 서로 외면만 하고 있을래? 서로 화해 안 할래? 엉?"

"……!"

"둘 다 일어나봐! 빨리!"

강후는 마지못해 일어났다. 두범이도 주춤주춤 일어났다. 두 사람은 마주하고 서 있었지만 얼굴을 바라보지는 않았다. 각기 상대의 어깨 너머 멀리로 시선을 보냈다.

"서로 돕지는 못할망정 쌈박질을 하면 되니?"

그래도 강후는 두범이를 외면했다. 공연히 헛기침을 하면서 월영지에 비친 버드나무 그림자를 바라봤다. 월영지에 잔물결이 일 때마다 버드나무 그림자도 어지럽게 흔들렸다.

"자! 악수해! 어서!"

화해의 악수를 하라는 말이었다. 강후는 손을 내밀지 않았다. 두범이도 쭈뼛거리기만 할 뿐 선뜻 손을 내밀지 못했다.

"빨리 안 할래?"

사각형 몬스터가 버럭 소리를 질렀다. 그래도 강후와 두범이는 손을 내밀지 않았다.

"둘 다 이리 손 내!"

사각형이 두 사람의 손을 한쪽씩 잡아 강제로 악수를 시켰다. 그러고서 자기도 같이 손을 포개 잡고 어른스럽게 한마디 했다.

"우리끼리만이라도 사이좋게 지내자. 응? 알았지? 똘똘 뭉쳐야 이 바닥에서 살아남아. 안 그러면 악덕 업주들에게 이용만 당한다고."

사각형이 손을 놓자마자 강후와 두범이의 손은 저절로 떨어져버렸다. 막대자석의 같은 극인 양 서로를 밀쳐냈다. 끝끝내 섞이지 못하는 물과 기름이라고 강후는 생각했다.

"내가 연락하면 즉시 이리로 모여! 강후 너, 휴대폰 번호 대봐."

번호를 대주면서도 강후는 속으로 투덜거렸다. 흥, 웃기시네! 사각형 네가 뭔데 모이라 마라야? 네가 내 대장이야? 콧방귀를 뀌며 무시해버렸다. 채보라는 저만치 버드나무 밑에 혼자 서서 연못 속을 바라보고 있었다. 무슨 고민거리가 있는지 표정이 그리 밝지 않았다. 자연스럽게 다가가서 말을 좀 붙여보고 싶은데 좀체 용기가 나지 않았다. 물 마시는 병아리처럼 밤하늘을 보았다가 연못 물을 보았다가만 반복했다. 한 줄기 새벽바람이 버드나무 가지를 흔들고 지나갔다.

황당 시추에이션

숯돌이 생활을 한 지 벌써 5일이 지났다. 참숯 박스를 하나 내려 개봉했다. 척 보니 흑탄이었다. 숯이 온통 새까맣고 허연 부분이 전혀 없었다. 사장이 백탄은 아예 주문을 안 하는 모양이었다. 한 번 직접 보고 싶은데, 아쉬웠다. 꿈숲공원에서 사각형 몬스터에게 들었던 말이 귓속에서 웅웅거렸다.

"참숯도 흑탄과 백탄으로 나뉘어. 새까만 색인 흑탄은 순간적인 화력은 강하지만 연소 시간이 부족한 질이 낮은 숯이고, 다소 흰 빛을 띠고 있는 백탄은 화력이 매우 세며 연소 시간도 긴 질이 젤 좋은 숯이야."

"값이 아주 비싸겠네요?"

"당연히 제일 비싸지! 원래 참숯은 다 비싸. 그러니까 사장들이 잘 안 써. 쓴다고 해도 흑탄을 사다가 저질 성형탄이랑 섞어 쓰지.”

“왜요?”

강후도 대충 감을 잡고 있었지만 확인 차원에서 물었다.

“눈속임이지 뭐. 손님들이 참숯불에 굽는다면 더 많이 몰리거든!”

사각형은 성형 숯은 발암물질이 있다면서 연기를 마시지 않도록 하라고 주의까지 주었다. 걱정을 다 해주고. 겉보기와 달리 마음이 따뜻해 조금 고맙기는 했었다.

“와! 그 사각형, 완전 숯 박사야, 숯 박사!”

박스에서 숯을 꺼내다 말고 월계교차로 쪽을 살폈다. 채보라가 알바 한다는 성북주유소가 멀찍이 보였다. 알바생 셋이 주유기 주변을 왔다 갔다 했다. 하지만 모두 똑같은 색깔의 옷을 입고 똑같은 모양의 모자를 쓰고 있어서 누가 채보라인지 알 수가 없었다. 키마저도 엇비슷했다. 그래도 기분이 참 이상야릇했다. 보라 생각에 가슴이 자꾸 두근거렸다. 가슴에 두 손바닥을 대고 꾹 눌러봐도 좀체 가라앉지 않았다.

“만화가가 꿈이라고 그랬지? 나, 만화 짱 좋아한다고 그럴걸!”

말 한마디 제대로 나누지 못한 게 몹시 후회가 되었다. 그러고 보니 중학교 진학 이후 여태껏 또래 여자애랑 단둘이 말을 나눠본 적이 없었다. 기회도 없었거니와 스스로도 그럴 필요성을 느끼지 못했었다. 사춘기가 늦게 시작돼 이성에 대한 눈이 덜 뜨였기 때문인지도? 아니, 그보다는 친구 녀석들 말대로 여자를 은근히 깔보고 무시하는 내 가치관 때문이라는 게 맞는 말이지! 강후는 자기가 그런 경향이 좀 있다는 걸 인정했다. 성경을 믿는 건 아니지만, 여자는 남자의 갈비뼈로 만들어진 제2차적 피조물에 불과하다고 생각했다. 즉 남자 없이는 여자가 있을 수 없는 것! 고로 남자가 당연히 여자보다 모든 면에서 우월하다는 게 강후의 지론이었다.

"자식들! 여자도 여자 나름이지. 내가 아무 여자나 깔보고 무시하나?"

흰색 승용차 한 대가 주유소로 들어갔다. 잽싸게 다가가는 알바생 한 명, 아무래도 채보라 같았다. 아닐지도 모르지만 강후는 손을 들어 가볍게 흔들었다. 강아지로 말하자면 반갑다고, 자기 좀 봐달라고 꼬리를 치는 것과 같았다.

"오늘 밤엔 안 모이려나? 모이면 휴대폰 번호 좀 알려달라고 해봐야지."

사각형한테 전화가 오기를 기다리며 숯불을 피웠다. 보라를 생각하니 머리가 가뿐했고 동작도 가벼웠다. 무언가를 기다린다는 거, 그게 은근히 정신을 집중시키고 힘을 덜 들게 한다는 걸 깨달았다. 문학 시간에 졸면서 얼핏 들었던, 기다림도 하나의 행복이다, 라는 말이 귓전에 맴돌았다. 누가 한 말인지 진짜 명언이라고 여겨졌다.

숯불을 다 피워놓고 빈 박스를 모아 가로수에 기대놓았다. 시키기 전에 알아서 일을 찾아 해야 사장이 좋아할 것 같아서였다. 그리고 그게 자기의 성실성과 근면성을 입증하는 한 방법이라 판단했다. 이게 어떻게 구한 알바 자리이던가? 놓치지 않으려면 잘해야만 했다.

"그 사각형, 우리 사장님 험담은 너무 심했어. 여기저기 사방팔방 다 돌아다니면서 알바를 한 걸 보면 일을 잘하지 못했던 게 분명해!"

소변이 마려워 뒷마당으로 갔다. 화장실에서 나와 수돗물에 손을 씻으려고 하다가 담 너머에 귀를 기울였다. 세척하는 소리가 들렸다. 담장 틈새에 눈을 들이댔다. 도토리 판돌이가 열심히 불판을 닦고 있었다. 고무 함지에 물을 듬뿍 받아 세제를 풀고 불판을 가득 담근 후 한 개씩 꺼내 닦는 중이었다. 철수세미로 불판을 빡빡 문지르는 동작이 꽤나 숙련돼 보였다. 사각형에 의해 강제로 화해의 악수를 나누기는 했어도 두 사람은 여전히 나쁜 감정이 남아 있는 사이였다. 어제도 가게 앞에서 잠깐 마주쳤었는데 알은체를 하지 않았다. 알은체는커녕 고양이 물 피하듯 기겁을 하며 즉시 외면해버렸다. 판돌이도 마찬가지였다.

"근데, 저 판돌이 아버지가 병원장이라고?"

도무지 믿지 못할 일이었다. 아무리 뜯어보아도 병원장 아들다운 구석이라고는 눈곱만큼도 없었다. 생김새도 그렇고, 키도 그렇고, 옷 꼬라지도 그렇고.

"아니, 병원장 아들이 왜 저런 데서 지저분한 불판을 닦고 있어?"

대체 어느 병원이냐고 물었을 때 사각형은 대답을 않고 웃기만 했었다. 판돌이 본인도 그냥 슬쩍 웃어넘기고, 보라의 눈빛도 수상했다. 강후는 궁금증이 일어 가만히 있을 수가 없었다. 설렁탕 솥 뚜껑처럼 엉덩이가 들썩거렸다.

"내 추측대로 이혼을 당한 엄마와 함께 무일푼으로 쫓겨났거나, 사각형이 뺑을 친 게 분명해. 하여간 그 사각형은 알바의 여신이 아니라 뺑의 여신이야!"

그래도 궁금했다. 직접 물어보고 싶었다. 하지만 그러려면 자기가 먼저 말을 걸어야 했다. 먼저 말을 거는 건 자존심이 왕창 상하는 일이라 심히 꺼려졌다.

딜레마에 빠진 강후는 얼마간 망설이다가 결심을 했다. 본의든 아니든 어차피 화해의 악수를 나눴고, 또 나보다 1년 선배이지 않은가? 그러니 먼저 말을 건다고 해도 그다지 자존심이 상하진 않을 거야! 그렇게 애써 자기 합리화를 하고 나니 마음이 한결 가벼웠다. 우선 양쪽 팔을 위로 뻗어 담장을 잡았다. 힘을 써서 턱걸이 자세로 몸을 끌어올리자 곧 머리가 담장 위로 떠올랐다. 저번 날 판돌이가 했던 바로 그 자세와 똑같이 되었다. 옆 가게 뒷마당이 훤히 보였다.

"저, 저……."

뭐라고 불러야 하나? '야!'는 안 되고, '도토리야!'도 안 되고, '두범아!'도 안 될 거고, '판돌아!'는 더더욱 안 될 테니. 다시 고민에 잠겼다. 시간이 흘렀다. 너무 힘이 들어 팔이 부들부들 떨렸다. 팔이 떨어질 것 같아 도저히 더 이상은 버티기가 힘들었다.

"혀, 형!"

급한 김에 형이라고 부르고 말았다. 여자가 아닌 남자이고 1년 선배이니 형이라 불러도 크게 손해 볼 건 없었다. 하지만 못 들었는지 판돌이는 불판 닦는 동작을 멈추지 않았다. 좀 더 큰 소리로 부를 수밖에.

"형! 두범이 형!"

그제야 판돌이가 하던 일을 멈추고 뒤돌아보았다. 담장 위로 삐죽이 솟은 강후의 얼굴을 발견하더니 천천히 일어났다. 의아해하며 다가왔다. 여전히 굳은 표정이었다.

"나 불렀니?"

"예! 형!"

형이라고 분명하게 불러주었다. 그러자 판돌이의 표정이 조금 풀렸다.

"저번 날 미안했어요, 형! 사과할게요."

먼저 사과까지 하니 자존심이 상하긴 했다. 그렇지만 속은 좀 후련해졌다. 오며 가며 자주 맞닥뜨릴 텐데 서로 외면을 하며 지낼 수는 없었다. 한 번 싸웠다고 원수는 아니잖은가? 스스로를 설득했다. 1년 전, 중딩 때만 해도 절대 그러지 않았었다. 해병대 출신인 외삼촌이 주장하는 것처럼 한 번 원수는 영원한 원수, 한 번 친구는 영원한 친구였다. 곰곰이 생각하면 외삼촌의 주장이 불합리해 보이기는 해도 일단 듣기에는 남자답고 멋있어 보였었다.

"아냐, 내가 미안해! 내가 먼저 주먹을 날렸잖아? 사과할게."

어쭈? 뭘 좀 아는 녀석이네! 강후는 기분이 완전히 풀어져 입이 반달 모양으로 변했다. 생글생글 눈웃음을 치며 나긋한 목소리로 좀 쉬었다 하라고 말했다.

"좀 쉬었다 해요, 형! 그쪽 사장 안 나왔죠? 우리 사장님도 아직 안 나왔는데. 가게 앞으로 나와요."

"그래!"

가게 앞 인도, 은행나무 가로수 밑에서 강후와 두범이는 진정한 화해의 악수를 나눴다. 강후의 눈텡이는 여전히 푸르뎅뎅하고 두범이의 볼때기도 퉁퉁 부어 있었지만, 서로의 얼굴을 마주보며 환하게 웃었다. 은행나무도 기쁜지 잎을 흔들어주었다. 바람도 시원했다.

"초콜릿 하나 먹을래요? 집에서 동생 것 몇 개 가져왔어요. 자요."

"응! 고마워!"

"형은 집도 부자이면서 왜 그런 힘든 알바를 해요?"

멈칫멈칫 하다가 묻고 싶은 질문을 슬그머니 던졌다.

"우리 집 부자 아냐."

"형 아버지가 병원장이라고 편의점 그 은림이랬던가? 그 여자가 그랬잖아요?"

"그건 그냥 그 누나가 장난한 거야."

그럼 그렇지! 생김새 하며 입고 있는 옷, 신고 있는 신발 등이 병원장 아들과는 거리가 멀어도 한참이나 멀었다. 그런데 이상하게도 그게 오히려 친근감을 불러일으켰다. 나란히 붙은 음식점에서 알바도 나란히 하고 첫날부터 주먹다짐을 하고. 되돌아보니 인연도 보통 인연이 아니었다.

"근데 형은 왜 그 여자를 누나라고 불러요? 같은 2학년인데 쪽 팔리지 않아요?"

"같은 학년이지만 나이는 더 많아."

"더 많아요? 몇 살이나요?"

얼굴로 보아 두세 살은 더 많으리라 추측하며 물었다. 어쩌면 네 살 정도 많을지도 몰랐다.

"한 살! 중학교 졸업하고 1년 있다가 그 보건복지고에 들어간 거래!"

"한 살요? 겨우 한 살 많은 여자한테 누나라는 소리가 나와요? 나는 죽어도 안 나와요. 근데 왜 1년 묵었대요?"

"그건 몰라! 말을 안 해주니 알 수가 없지."

거기까지는 모르나 보았다. 고개를 세게 가로저었다. 사각형과 친해 보이더니 그렇지 않은 모양이있다. 상후는 갑자기 말문이 막혀 날씨 얘기를 꺼냈다.

"오늘도 덥지요, 형? 사이다 한 캔 사드릴까요?"

"아니야. 덥기는 나보다 네가 훨 더 덥지. 무더위에 숯불을 피워
야 하니까."

이해심도 있었다. 마음 씀씀이가 외모와는 영판 달랐다. 체구는
작아도 마음은 커 보였다. 묘한 매력이었다. 어쩐지 좋아지려고
했다.

"그래도 형한테 미안해서 그래요."

"괜찮아. 우리 그 일 잊어버리고 친하게 지내자. 그리고……."

잠시 망설이던 두범이가 강후를 똑바로 쳐다보며 뒷말을 이었다.

"존댓말 쓰지 마."

"예?"

"편하게 우리 그냥 말 놓고 지내자."

"그래도 돼……니?"

"그럼! 자, 악수!"

강후와 두범이는 앞으로 말을 놓고 친구로 지내기로 약속했다.
모처럼 기분 좋은 날이었다. 그에 힘입어 강후는 채보라에 대해
물어보려고 타이밍을 쟀다. 하지만 끝내 물어보지 못하고 말았다.
보라에 대한 자기 마음이 다른 사람에게 노출되는 게 싫어서였다.
자기 마음을 속에 꼭꼭 감춰두었다가 적당한 기회가 오면 본인에
게 직접 밝힐 예정이었다. 그렇게 하는 게 남자다운 행동이라고
강후는 확신했다.

해가 기울고 거리가 어둑어둑해졌다. 본격적인 장사가 시작될 시간이었다. 오늘은 실수를 하지 말아야지, 다짐부터 했다. 그리고 만반의 준비를 마쳤다.

"저, 이거 가져가도 되는가?"

누군가가 묻기에 뒤를 돌아다봤다. 은행나무 가로수 옆에 웬 할아버지가 서 있었다. 하얀 머리카락, 거무튀튀한 얼굴, 허름한 옷차림, 허리가 굽은 바짝 마른 체형. 바로 그 할아버지였다. 지난번 옆 골목에서 두범이와 싸움을 할 때 다가와 말렸던 할아버지. 찻길에는 녹슨 손수레가 한 대 세워져 있었다. 폐휴지가 반쯤 실려 있는 상태로. 아까 빈 박스를 납작하게 펴서 인도 옆 가로수 밑에 놓아두었는데 할아버지가 가져가려는 것이었다.

"네, 가져가세요. 우린 필요 없어요."

"고마워!"

할아버지가 박스를 하나하나 주워 손수레에 실었다. 빈 박스는 대략 열두 개 정도. 할아버지의 동작이 느려서 강후가 다가가 도와줬다. 한꺼번에 세 개씩 들어 폐휴지 위에 쌓았다. 무안하게시리 할아버지는 연신 고맙다며 허리를 굽실거렸다. 이윽고 박스가 다 실리고 할아버지가 막 떠나려는 순간, 사장의 검은 승용차가 손수레 뒤에 바짝 다가와서 멈췄다.

"그거 가져가지 마요!"

사장이 소리치며 차에서 뛰어나왔다. 절도범을 잡으려는 사람처럼 몸놀림이 잽쌌다. 모형 토끼를 쫓는 경주견 그레이하운드 같았다.

"도로 내려놔요."

"응?"

놀란 할아버지가 손수레를 놓고 사장을 바라봤다. 강후도 놀란 눈으로 사장을 살폈다. 대체 왜 저러는 거야? 저깟 빈 박스가 뭐라고 못 가져가게 하는 거야? 도무지 이해할 수 없는 일이었다.

"다시 내려놓으라고요."

"버리는 거 아니었어?"

"아니에요."

손수레로 다가간 사장은 자기가 직접 빈 숯 박스를 내리더니 가게 출입구 옆에 세워놓았다. 몹시 아쉬운 표정을 짓던 할아버지는 다시 손수레를 끌고 느릿느릿 멀어져갔다. 걸음걸이가 힘겨워 보였다. 강후는 할아버지한테 미안해 뒤통수를 긁적거렸다. 굳은 얼굴로 다가오는 사장. 그리고 퉁명스럽게 내뱉는 거친 말.

"야, 인마! 이 박스 이거 귀한 거야."

"그래요?"

"그래, 인마! 이 박스 가져가게 하면 절대 안 돼!"

숯을 담은 박스라 내부가 시커먼 숯가루투성이였다. 그런데 귀한 거라니? 무슨 말인지 몰라 멀뚱히 사장의 얼굴을 쳐다봤다. 설명을 해주기를 바라면서.

"너, 여기 쓰여 있는 글씨 안 보여?"

"글씨요?"

"여기 인쇄돼 있는 이 글자 말이야."

박스 겉면에는 '백운참숯'이라고 큼직하게 쓰여 있었다. 눈에 확 띄는 고딕체였다.

"백운참숯요?"

"그래, 인마! 이건 진짜 국산 참숯이란 말이야. 중국제 가짜가 아니야."

사장이 심하게 인상을 썼다. 말투도 한층 더 거칠었다.

"뒷마당 창고에 가면 '오대참숯'이라는 숯 박스가 가득 차 있어. 시간 날 때 놀지 말고 이 빈 박스를 가지고 가서 그 숯을 채워다가 여기에 쌓아! 오가는 사람들이 잘 보도록."

편의점 사각형 몬스터가 한 말이 떠올랐다. 이게 바로 눈속임이군! 중국산 숯을 국산 참숯 박스에 옮겨 담는 이른바 박스 바꿔치기! 속으로 말하며 사장의 눈치를 살폈다. 사장이 목소리를 높였다.

"내 지시대로 똑바로 해!"

"예, 사장님!"

사장이 급하게 나간 뒤 손님들이 한팀 한팀 몰려들었다. 한꺼번에 몰려오지 않아 일하기는 수월했다. 성급하게 서두르지 않아도 되니까. 하지만 만약을 위해 여분의 숯불을 더 피워놓기로 했다. 대형 화로 뚜껑을 열고 식탁으로 가져간 분량만큼 새 숯을 채워

넣었다. 공기구멍을 활짝 열고서 부채질을 했다. 불꽃이 공중으로 화르르 날아오르고 뜨거운 열기가 사방으로 퍼졌다. 강후의 몸은 이미 땀과 먼지로 범벅이 된 상태였다.

평생 흘려야 할 땀을 이번 여름방학 알바로 다 흘려버릴 모양이다. 정말 개고생이다. 그래도 두 달만 참으면 꿈에 그리던 비숑을 갖게 되잖아? 그러니 참고 견뎌야 해! 인내는 쓰다! 그러나 그 열매는 달다! 속으로 외쳤다.

"아! 눈은 따갑고 몸은 뜨겁고. 죽겠네! 죽겠어!"

너무 더워 화로에서 멀찍이 떨어졌다. 빠르게 부채질을 하면서 열기를 식혔다. 주유소를 보니 차량들이 꼬리에 꼬리를 잇고 있었다.

"보라도 꽤 바쁘겠군!"

혼잣말로 중얼거리는데, 저 앞쪽에서 한 꼬마 애가 촐랑촐랑 걸어왔다. 뿔이 난 것처럼 머리카락 양쪽을 위로 올려 묶고 파란 반팔 티에 멜빵 청바지 차림이었다. 여섯 살쯤 되었을까? 옷차림은 후줄근했으나 얼굴이 보름달처럼 동그랗고 눈망울이 아주 초롱초롱했다. 만화영화 주인공 영심이랑 이미지가 엇비슷했다. 귀염둥이 강아지 요크셔테리어나 몰티즈 같기도 했다.

"그냥 지나가는 아이겠지!"

하지만 아니었다. 꼬마 애는 대형 화로 옆에서 걸음을 멈췄다. 그러더니 숯불 구경을 하며 이따금 가게 안을 기웃기웃 살폈다.

"야, 꼬마야! 거기 위험해. 저쪽으로 비켜!"

말을 듣지 않았다. 한 발짝도 움직이지 않고 그대로 서 있었다.

"아빠 찾아온 거니?"

"……!"

"엄마가 아빠 여기 있나 가보라고 한 거냐고?"

말을 못하나? 일절 대답을 않고 왕방울만 한 눈을 끔뻑끔뻑하면서 입맛만 쩝쩝 다셨다. 목소리를 높여서 다시 쫓아내려는 참에 꼬마 애가 먼저 입을 열었다.

"나 신경 쓰지 말고 오빠 할 일이나 하세요!"

"뭐? 뭐?"

혹시 내가 잘못 들었나? 의아해하며 강후는 고개를 갸웃거렸다. 입술을 축이고 다시 말해보라고 하려는 순간 손님들이 세 팀이나 들이닥쳤다.

강후는 또 바빠졌다. 풍로를 들고 가게 안으로 들어갔다 나왔다를 여러 차례 반복했다. 꼬마 아이는 대형 화로에서 풍로로 숯불을 옮겨 담을 때나 한 걸음 비켜설 뿐 날파리처럼 계속 주위를 맴돌았다. 성가셔서 미칠 것 같았다.

"꼬마야, 이제 가! 여긴 위험해!"

소리를 꽥 질렀다.

"자꾸 꼬마라고 그러지 말고 내 이름을 불러요. 내가 오빠를 숯돌이라고 부르면 좋겠어요?"

"뭐? 네 이름이 뭔데?"

"영금이, 유영금이에요."

영금이? 영심이가 아니라 영금이었네! 꼬마 아이는 자기 이름을 또박또박 알려주었다. 그래 놓고 여태 자기 이름도 모르고 있었냐는 듯 강후를 한심하다는 눈빛으로 훑어봤다. 그 눈빛에 강후는 그만 기가 막혔다.

"나, 이거 참! 쥐어박을 수도 없고. 미치겠다. 그런데 너, 여긴 왜 온 거야?"

"그걸 꼭 말해야 돼요?"

"뭐라고?"

강후는 너무 어이가 없어서 잠시 할 말을 잃고 꼬마를 싸늘하게 노려보았다. 꼬마도 강후를 노려보았다. 눈싸움을 많이 해본 자세였다. 입을 앙다물고 두 눈에 힘을 넣어 고개의 움직임이 전혀 없었다. 물러날 눈빛이 아니라는 걸 강후는 직감했다. 결국 강후가 먼저 눈을 깜박이고 말았다. 꼬마의 조그마한 입이 활짝 열렸다.

"오빤 새로 온 초짜 숯돌이 맞죠? 먼젓번 숯돌이 오빠보다 일이 아주 서투네요."

"뭐야?"

소리를 버럭 지르고 눈을 크게 키워 꼬마 애를 잔뜩 째렸다. 그래도 꼬마 애는 겁을 먹지 않았다. 오히려 동물원 원숭이 구경하듯 강후를 꼼꼼히 살폈다. 머리카락에서부터 얼굴, 목, 가슴, 배, 다리, 신발까지 두세 차례나 훑었다. 강후는 돌아버릴 것 같았다.

"빨리 가!"

더 크게 소리쳤다. 역시 막무가내였다. 들은 척도 하지 않았다. 손님 중에 아빠가 없는 게 확실한데도 도무지 가려고 하질 않았다. 암소 등의 쇠파리처럼 끈질기게 달라붙어 있었다. 완전 새끼 괴물이었다. 동그라미 몬스터! 자세히 살펴보니 편의점 사각형 몬스터와 눈매하고 입매가 닮은 것도 같았다. 동생인가?

또 다른 손님들이 오고 똑같은 일이 한참 동안 반복되었다. 좀 뜸해지는가 싶어 은행나무 가로수에 기대 손부채질을 했다. 오늘은 두범이가 일하는 돼지갈빗집도 손님들이 꽤 많았다. 그래도 닭발나라만은 못했다. 메뉴에는 양념삼겹살, 돼지주물럭, 달밝모듬, 닭내장볶음, 닭도리탕, 닭똥집구이 등 다른 것들도 있는데 닭발구이가 가장 많이 팔렸다. 어떤 때는 닭발 굽는 고소한 냄새가 일하는 내내 군침을 흘리게 했다.

"돼지갈비는 가스 불로 굽는댔지. 정말 저 참숯 때문에 우리 손님이 더 많은 건가? 월계시장 골목 입구에 있는 다른 닭발집은 별로 없던데?"

어쨌든 손님들이 갈 때 맛이 좋다고들 했다. 가짜 참숯으로 굽는 것도 모르고 참나무 향이 나서 입맛이 더 당긴다고 칭찬을 아끼지 않았다. 그러면서 다른 데보다 15퍼센트 더 비싼 값을 흔쾌히 지불했다.

"어? 근데 그 꼬마 애는 언제 갔지?"

꼬마 애가 보이지 않았다. 바쁘게 일하는 사이 가버린 모양이었다. 앓던 이가 빠진 것처럼 속이 후련했다.

"원 별 거지 같은 꼬마가 와서 내 성질을 건드리고. 위험하게 왜 불 가까이에서 얼쩡거려! 그 꼬마 혹시 정말 사각형 몬스터 동생 아닐까?"

사장의 지시가 생각나 빈 박스에 숯을 채워놓기로 했다. 백운참숯 빈 박스를 한 개 집어 들었다. 가게 안 홀을 거쳐 가면 손님들에게 숯 먼지가 날릴까봐 뒷마당으로 통하는 쪽문으로 다가갔다. 쪽문을 열면 뒷마당까지 쭉 이어진 좁은 통로가 나오고, 통로 끝부분에는 주방으로 직접 들어가는 출입문도 있었다.

"으억!"

막 쪽문을 열려는데 안에서 무언가가 휙 튀어나왔다. 그러더니 인도를 따라 힘껏 내달렸다. 아까 그 꼬마였다.

"아니, 저 꼬마가…… 어?"

꼬마 애의 손에는 검은 비닐봉투가 들려 있었다.

"뭘 훔쳐 가는 거잖아?"

강후는 직감적으로 꼬마 애가 도둑이라고 판단했다.

박스를 내려놓고 즉시 꼬마 애를 뒤쫓았다. 저만치 도망가던 꼬마 애는 어느새 좌측 언덕길로 꺾어 들어 보이지 않았다. 속력을 더 높였다. 강후도 곧 언덕길로 들어섰다. 언덕길 저 위, 꼬마 애가 이번에는 우측 골목으로 들어갔다. 빠르기가 날다람쥐 뺨을 쳤다.

부지런히 뛰어올라 강후도 우측 골목에 이르렀다. 그런데, 없었다. 꼬마 애가 감쪽같이 사라져버렸다. 귀신이 곡할 노릇이었다. 내가 마약 탐지견 보더콜리라면 인간보다 1만 배나 뛰어나다는 후각을 이용해 금방 찾을 수 있을 텐데! 보더콜리가 아닌 게 아쉬웠다.

"요게 어디로 사라졌지? 금방 뒤쫓아 왔는데."

방범등 불이 훤하게 켜져 있어 어둡지 않은 골목이었다. 대문을 닫는 소리도 들리지 않았었다.

"그렇다면? 이 골목 입구의 어느 한 집으로 들어간 게 분명해!"

골목 입구에 있는 네다섯 집만이라도 확인해보기로 마음먹었다. 꼭 잡아서 사장한테 칭찬을 듣고 싶었다. 아까 빈 참숯 박스를 손수레 할아버지한테 함부로 줬다고 화를 내던 사장의 얼굴이 또렷이 떠올랐다.

첫 번째 집은 2층 양옥으로 부잣집이었다. 두 번째 집도 마찬가지였다. 강후는 그런 몰골의 꼬마 애가 부잣집에 살 리는 없다고 판단했다. 세 번째 집은 좀 허름하지만 역시 2층 양옥이었다. 그런데 담장 옆에 지하로 내려가는 철문이 있었다. '초원교회'라는 간판이 큼지막한 십자가와 함께 철문 위에 붙어 있었다. 개척 교회로 보였다. 입구를 살폈다. 출입문이 잠겨 있었고 인기척이 없었다.

초원교회 다음 집에서 걸음을 멈췄다. 수상했다. 아주 낡은 3층짜리 다세대 주택이었다. 하지만 지하층이 또 있었다. 흐릿한 백열등이 켜져 있는 계단을 하나하나 조심스레 밟으면서 지하로 내려갔다. 벽면에 금이 많이 나 있었고 페인트칠이 벗겨져 금방이라도 무너질 것만 같았다. 라면 봉지, 신문 쪼가리, 양말 조각 등 각종 쓰레기가 계단에 잔뜩 널려 있었다. 여기저기 쥐똥도 많았다. 게다가 천장에는 거미줄이 치렁치렁했고 퀴퀴한 냄새도 풍겼다.

마침내 맨 마지막 계단에서 바닥으로 내려섰다. 바닥 한쪽 벽에 라면 박스와 헌 신문지가 쌓여 있었다. 두 가구가 사는지 철문이 두 개였다. 오래전에 폐쇄된 듯 문 한 개는 녹이 벌겋게 슬고 손잡이에 먼지가 뽀얗게 내려앉은 상태였다. 사람이 살지 않는 집이 분명했다. 이제 남은 건 안쪽 문. 결정적인 증거가 눈에 띄었다. 아무렇게나 벗어던진 그 꼬마 아이의 신발이 문 앞에 놓여 있었다. 때가 꼬질꼬질하고 곳곳이 해진 아동용 운동화, 만화영화 〈도라에몽〉 캐릭터 그림이 붙어 있는 분홍색 신발이었다. 어린애용 신발을 보며 강후는 회심의 미소를 지었다.

"그럼 그렇지! 네까짓 게 도망가 봤자 부처님 손바닥 안이지!"

마른침을 꿀꺽 삼키고 가만가만 다가갔다. 아귀가 맞지 않아 다 닫히지 않은 문틈으로 안을 살폈다. 예상대로 안에 그 꼬마 애가 앉아 있었다. 무얼 연신 집어 먹으면서 흥얼흥얼 콧노래를 부르는 중이었다. 텔레비전에서 나오는 노래를 따라 하는 모양이었다. 살며시 출입문 손잡이를 잡았다. 그러고는 문을 벌컥 열어젖힘과 동시에 최대한 크게 소리쳤다.

"야! 이 도둑년아!"

꼬마 애가 깜짝 놀라 토끼처럼 깡충 뛰어오르며 손에 든 닭발을 놓쳐버렸다.

"아줌마! 제가 좀 도와드려요?"

"응? 싫어! 싫어! 내가 할 거야."

"새벽 손님이 많았나 봐요?"

"응! 많았어. 엄청 많았어."

석쇠, 접시, 술잔, 냄비, 공기, 숟가락, 젓가락 등등 설거짓거리가 산더미였다. 아무리 잘한다고 해도 혼자 하기에는 너무 많아 보였다. 강후는 뒤에 서서 잠시 동안 지켜보다가 다시 말을 붙였다.

"혼자 하기에는 너무 많잖아요?"

"안 많아. 나 혼자 다 할 수 있어."

당진 아줌마가 자세를 틀고 몸을 웅크렸다. 자기 일거리를 빼앗길까봐 극도로 경계하는 눈빛이었다. 제 밥그릇을 지키려는 강아지처럼 자꾸 강후 눈치를 보면서 등을 돌렸다. 강후는 괜히 무안해져 꼬마 애 얘기를 슬쩍 꺼냈다.

"딸이 참 귀여워요!"

"응? 내 딸 봤어?"

아줌마가 고개를 돌려 물었다. 매우 반가워하는 얼굴이었다. 그러면서도 얼굴 한편에 그늘이 져 있었다. 눈빛 또한 기쁨과 근심이 섞여 복잡했다.

"예! 어제요. 이름이 뭐랬더라?"

"영금이, 유영금이야."

"아, 맞아! 영금이! 나이가…….."

"나이? 몰라, 몰라!"

당진 아줌마는 손가락을 꼽다가 그만두고 도리질을 쳤다. 자기 딸 나이도 모르다니? 딸이라고 달랑 그 꼬마 애 하나밖에 없고 또 단둘이 살고 있는데? 말이 되지 않았다. 강후는 아줌마가 한편으로 측은하면서도 다른 한편으로는 어이가 없었다.

"그런데 영금이는 매일 그렇게 집에 혼자 있어요?"

걱정이 되어 물었다.

"응! 혼자 잘 놀아."

"낮에는 뭐해요? 유치원 다녀요?"

"아니! 낮에도 혼자 놀아. 나랑 돈도 벌러 다녀."

무슨 말인지 모르는 소리를 했다. 혼자 논다면서 함께 돈을 벌러 다닌다니? 어디서 무슨 돈을 번다는 말이야? 도대체 알 수 없는 말이었다.

"아줌마! 근데 그 지하실 방 월세가 얼마예요? 거기 빈방 하나 있는 것 같던데."

내년에 방을 하나 얻어 사탕이랑 단둘이 살려고 물었다. 건물이 낡았고 방도 작았고 또 지하였지만 그만큼 방세가 싸리라는 계산에서였다. 반 친구 중에 원룸을 얻어 혼자 사는 애가 있는데 강후는 그 애가 늘 부러웠다. 집에서는 집중이 안 돼 공부를 할 수 없다고 그러자 엄마가 집과 가까운 곳에 얻어줬다는 것이었다. 강후는 애초에 원하는 고등학교에 간 게 아니었고, 또 공부를 하기 위해 얻는다는 게 아니었지만, 어쨌거나 혼자 살고 싶기는 했다. 사탕이랑 함께.

"모, 몰라! 우리 목사님이 알아. 난 몰라!"

"목사님이요?"

"응! 우리 목사님!"

다른 아주머니들이 당진이라고 부르는 영금이 엄마는 설거지 담당이었다. 그동안 주방에서 일하는 모습을 두어 번 봤을 뿐 말을 나눠보기는 처음이었다. 주방 아주머니들은 장사 준비 때문에 오후 4시에 출근해서 다음날 새벽 2시까지 일을 했다. 당진 아줌마는 정신지체가 약간 있는 듯 말을 잘 못하고 몸동작도 부자연스러웠다. 사실 강후는 장애자들에 대해 그다지 좋은 선입견을 가지고 있지 않았다. 더욱이 장애가 있는 몸으로 일을 하는 모습은 보기가 영 거북해 눈살을 찌푸리게 했다. 시장 골목에서 땅바닥을 기어 다니며 구걸을 하는 지체 장애 아저씨와 승객이 꽉 찬 전동차 안에서 찬송가를 부르면서 바구니를 내밀던 장님 부부를 본 이후 더욱 그렇게 되었다. 그런 구걸 행위를 여러 번 목격하다 보니 전체 장애인들에 대한 부정적 선입견이 굳어버린 것이었다.

"영금이를 집에 혼자 두면 위험하지 않아요?"

누구나 드나들 수 있는 지하실에 현관문도 잠기지 않는 집이 몹시 위험해 보였다. 강후의 질문이 무슨 뜻인지 이해를 못하는지, 아니면 잘 못 들었는지 당진 아줌마가 고개를 갸웃거렸다. 가까이 다가가서 다시 질문을 하려는 참에 사장이 불쑥 들어왔다. 넥타이까지 맨 말쑥한 양복 차림이었다. 표정을 보니 천둥이 칠 조짐이 느껴져 불안했다.

"야, 인마! 너 왜 거기 서 있어? 설거지하는 거 처음 봐?"

"아니, 그게 아니라······."

"어서 가서 네 일이나 해!"

일찍 나와서 시간 여유가 있었다. 아직 홀 서빙 담당 아줌마들은 출근도 하지 않았다. 그런데도 사장은 강후한테 계속 호통을 쳤다. 더위를 먹었거나 집에서 사모님이랑 부부 싸움이라도 했나 보았다.

"이봐요, 당진댁~. 널찍한 주방 놔두고 왜 여기 나와서 해요?"

반대로 당진 아줌마한테 건네는 말은 나긋나긋했다. 걱정이 듬뿍 담긴 말투였다. 아부 끼가 다분히 느껴졌다. 극에서 극으로의 순간 이동이다.

"주방장이 여기서 하라고 그랬어요."

"주방 싱크대에서 하는 게 편하지. 여기 쪼그리고 앉아서 하면 힘들지요?"

"괜, 괜찮아요."

"야! 이것 좀 주방으로 들어다 줘!"

홀을 거쳐 가게 밖으로 나가려는 강후를 사장이 불러 세웠다.

주방에서 한바탕 잔소릴 퍼붓고서 밖으로 나온 사장이 고개를 들어 하늘을 살폈다. 하늘이 흐릿하기는 했지만 비가 올 것 같지는 않았다. 큰비가 한번 쏟아져야 시원할 텐데 벌써 열흘 넘게 비 소식이 없었다. 마른장마라나 뭐라나? 이상한 일기예보가 얼마 전에 있었다.

"에이! 이놈의 나라는 어떻게 된 게 물가가 천정부지로 자꾸 오르기만 하고 내려갈 줄은 모르니 원! 이번에는 대통령을 잘 뽑아야 해. 우리 같은 서민들이 도대체 살 수가 있어야지. 크악 퉷!"

사장님이 뱉은 누런 가래침은 은행나무 가로수 가지로 날아가 녹색 잎에 철썩 달라붙었다. 은행잎 하나가 놀라 몸을 흔들었다. 그러자 도미노처럼 옆의 잎들도 차례로 흔들리더니 마침내 가지 전체가 몸부림을 쳤다.

사장은 승용차를 몰고 가버렸다. 주방에서 다시 큰 소리가 들려왔다. 강후는 참숯 박스를 열려다 말고 귀를 기울였다.

"하이고! 인건비가 마구 뛰어? 지랄하고 자빠졌네. 내 인건비는 3년째나 제자리야. 오후 4시부터 새벽 2시까지 열 시간을 꼬박 서서 일하는데 보너스 한 푼 안 주는 놈이……. 때려치우고 다른 데로 가든지 해야지, 더러워서 정말……."

주방장 아줌마의 불평이 한참 동안 이어졌다. 그리고 나서 잠시 조용하다 싶더니 짜증기가 가득 섞인 목소리가 다시 들려왔다.

"어이 당진! 설거지 빨리 끝내고 저 닭발 좀 손질해! 나는 어깨가 아파서 좀 쉬어야겠어."

"예! 알았어요."

"그런 다음 양념도 좀 버무려 놔! 자꾸 허리가 결리는 게 죽겠어!"

"예! 그럴게요."

당진 아줌마는 고분고분 대답했다. 거절하는 법이 한 번도 없었다. 오히려 일을 시켜줘서 고맙다는 표정이었다. 지켜보는 강후는 열불이 올랐다.

"우리 말 잘 들어! 안 그러면 사장한테 말해서 즉시 짤리게 할 거야."

"잘 들을게요."

"어제도 손님들이 남긴 닭발 딸애한테 줬지?"

"예! 줬어요. 좋아해요, 영금이가."

강후가 지하실 방문 틈으로 집 안을 봤을 때 영금이는 검은 비닐봉투에서 닭발을 꺼내 허겁지겁 뜯어 먹고 있었다. 손과 입이 완전 시뻘건 양념투성이였다. 마치 산토끼의 간을 꺼내 씹어 먹는 여우처럼 비쳐져 흠칫했었다.

"근데 그 딸 정말 당진이 낳은 애야?"

"예! 내가 낳았어요."

"애 아빠는 누구야?"

"모, 몰라요."

주방장 아줌마와 보조 아줌마는 짓궂게 자꾸 캐물으며 당진 아줌마를 놀려댔다. 그러는 걸로 스트레스를 해소하는 것 같았다. 종로에서 뺨 맞고 한강에 가서 눈 흘기는 격이었다. 당진 아줌마는 옛날에 있었다는, 고된 시집살이 하는 며느리의 화풀이용 똥개 같았다. 심심하면 발로 차이고 부지깽이로 두드려 맞는 누렁이, 꼭 그 짝이었다.

　강후의 가슴속에서 무언가가 꿈틀거렸다. 그만 좀 괴롭히세요! 라는 소리가 목구멍까지 올라왔다. 하지만 강후는 그냥 숯을 대형 화로에 넣고 불을 피웠다. 10분쯤 지나자 서빙 담당 아줌마들이 한명 두명 나타났다. 그들도 주방 아줌마 둘과 어울려 당진 아줌마를 놀리기 시작했다. 그래 놓고 한꺼번에 큰 소리로 웃었다. 아줌마들의 웃음의 의미를 모르는 영금이 엄마도 같이 따라 웃었다. 가게에서 새어 나온 아줌마들의 웃음소리가 흐릿한 저녁 하늘로 넓게 퍼져 나갔다. 월계교차로가 막히는지 차량들이 길게 늘어섰다. 가슴이 답답해졌다.

깡다구 시합

드디어 연락이 왔다. 퇴근하고 즉시 꿈숲공원으로 오라는 편의점 사각형 몬스터의 문자였다. 아마 두범이 일 때문일 것이었다. 두범이는 연이틀이나 자기 사장과 말다툼을 벌였다. 달라. 못 준다. 그만둔다. 그만둬라. 한참이나 고성이 오갔었다. 결국 두범이는 아까 8시 반경에 하던 일을 버려두고 가버렸다. 성난 코뿔소처럼 콧김을 씩씩 내뿜으면서 어디론가 뛰어갔다. 그런 두범이의 뒤통수에 대고 돼지갈비 사장은 상스러운 욕을 끝없이 퍼부어댔다. 듣기가 몹시 민망한 쌍욕이었다. 어른이 어떻게 저런 욕을? 강후는 벌린 입을 한참이나 다물지 못했다.

"일을 시켜먹고 돈을 왜 안 주려고 그러는 거야? 그 사장 그거, 그냥 확!"

시간이 지루하게 흘렀다. 수시로 시계를 보아 시간을 확인했다. 그러나 본드로 붙여놓았는지 시간은 좀체 흘러가질 않았다. 가게 안은 왁자지껄했다. 도떼기시장보다 더 시끄러웠다. 합창 소리도 들렸다. 저녁때 단체 손님을 받아서였다. 무슨 친목회 모임이라는데 아줌마 아저씨들이 뒤섞여 40명이 넘었다. 닭발을 안주 삼아 술잔이 계속 돌고 있었다. 스무 명 이상 단체일 경우는 10퍼센트 할인해준다는 사장의 사기성 상술에 홀려 몰려온 손님들이었다. 하지만 손님들이 모르는 게 있었다. 주방에서 나누는 대화를 듣고 판단하건대 10퍼센트 할인해주는 만큼 양이 10퍼센트 적었다.

손님들의 합창 소리에 돼지갈비 사장이 와서 들여다보고 부러운 표정을 지었다. 그러더니 혼잣말로 중얼거렸다.

"우리도 참숯불로 바꿔볼까? 손님이 바글대는 걸 보니 배가 살살 아프네!"

"……!"

"야! 너네 사장 어디 갔니? 연락이 안 되네."

"모르겠는데요. 7시 조금 넘어서 나가셨는데."

인도 쪽으로 난 창문을 통해 주방 안을 살피던 돼지갈비 사장이 또 물었다.

"상의 좀 할 게 있는데 어딜 간 거야? 야! 너, 우리 집 두범이 그 녀석 잘 아니?"

"아니요, 잘 몰라요."

"정말?"

"예! 정말이에요."

돼지갈비 사장이 강후를 위아래로 훑어봤다. 눈빛이 기분 나빠 강후는 슬쩍 그를 외면했다. 그가 목소리를 낮춰 속삭이듯 말했다. 저하고 나하고 무슨 비밀 얘기를 할 사이라고 이러는지! 강후는 더욱 기분이 나빴다.

"너, 그놈 닮지 마라! 그놈 아주 못된 놈이다. 그런데 혹시 너, 너처럼 말 잘 듣고 일 잘하는 애 모르냐? 친구 중에 없냐?"

"제 친구 중에요? 글쎄요."

"있으면 데리고 와라. 대우 잘 해줄 테니. 시급을 다른 데보다 200원 더 준다고 그래."

내가 일을 잘한다고? 듣기에는 괜찮은 말이었다. 그 말을 남기고 돼지갈비 사장은 자기 가게로 어슬렁어슬렁 걸어갔다. 키가 크고 뚱뚱한 체격이라 마치 알래스카 백곰이 걷는 모습이었다. 일본 스모 선수와 거의 맞먹는 덩치였다. 개로 치면 송아지만 한 초대형견 오브차카나 그레이트피레네, 혹은 사자 개 짱아오쯤 되었다. 저 사장은 틀림없이 뒷마당으로 가서 두범이가 하던 불판 닦기를 대신 할 거야! 돼지갈비 가게는 일하는 아줌마가 네 명뿐이라 일손이 부족하다는 걸 강후는 알고 있었다. 일의 양을 보면 여섯 명이 해야 알맞았다.

"아직도 한 시간이나 남았네."

술과 안주를 더 주문하는 소리가 홀에서 들려왔다. 이어서 합창 소리가 아까보다 더 크게 들렸다. 닭발을 뜯는 사람들이 왜 저렇게 많은 거야? 날마다 손님들이 끊이질 않았다. 점점 더 많아지는 것 같았다. 혼자서 숯불을 피워 대주기가 힘들었다. 아줌마들도 힘들다고 불평을 늘어놓았다. 아줌마를 한 명 더 고용해야 일이 원활하게 돌아갈 것 같았다.

꿈숲공원 월영지 연못가 벤치에 편의점 사각형과 주유소 채보라가 앉아 있었다. 둘이서 무슨 얘긴가를 소곤소곤 나누는 중이었다. 한집의 자매인 양 제법 다정한 모습이었다. 강후는 멀찍이서 그들을 얼마간 지켜보다가 살금살금 다가갔다.

"어? 둘뿐이에요? 두범이는요?"

"금방 올 거야. 앉아."

"오늘 무슨 일 있어요?"

두범이 때문이라는 걸 다 알고 있으면서 넌지시 물었다. 솔직히 보라가 없으면 그다지 어울리고 싶지 않았다. 생김새도 호감이 가지 않았고 다니는 학교도 수준 차이가 너무 나고. 남자인 두범이는 친구로 지내기로 했으니 조금 나았지만 여자인 사각형 몬스터는 영 아니었다. 여자다운 구석이라고는 눈을 씻고 찾아봐도 없었다.

"일은 뭐. 본 지 일주일 넘었으니까 그냥 얼굴 한번 보자는 거지."

"얼굴요? 그게 아닌 것 같은데요."

"사실은 보라가 한턱 쏜대! 여기 봉투 있잖아."

벤치 밑에 큼지막한 편의점 비닐봉투가 놓여 있었다. 먹을 게 꽤 많이 들었는지 배가 불룩했다. 강후는 눈가의 멍이 많이 사라졌기에 용기를 내 보라를 똑바로 바라보았다. 보라의 오른쪽 뺨 가운데에 사인펜으로 콕 찍어놓은 듯한 점이 한 개 있었다. 크기가 쥐눈이콩보다도 작았지만 하얀 피부에 까만 점이라 금세 눈에 띄었다. 즉시 김유정의 소설 『봄봄』에 나오는 여주인공 이름이 떠올랐다. 지난 기말고사 국어 시험에서 강후는 고민 고민 하다가 2번 점순이를 두고 3번 점례를 찍어 틀리고 말았다. 맘씨 좋은 국어 선생님이 애들 점수 올려주려고 가장 쉽게 낸 문제였다는데, 점순이랑은 인연이 없는지 강후 혼자만 틀린 것이었다. 그것 때문인지는 몰라도 기말고사 성적은 수직 낙하를 해 반에서 15등 안에도 들지 못했다. 너무 억울하고 분해서 강후는 일주일 동안이나 점순이를 달달 외우며 학교를 다녔었다. 빌어먹을 점순이! 그런데 지금 생각하니 그게 채보라를 만나려고 틀렸던 것 같아서 기분이 나쁘지 않았다.

"오늘 특별한 날이에요? 혹시 생일?"

말을 걸기에는 아직도 가슴이 두근거리지만 낮은 목소리로 물어봤다.

"아니요. 첫 급료 탔어요. 근데 요거밖에 못 사서 미안해요."

"미안하긴 뭘 미안해? 보라 너, 돈 아껴서 부지런히 미술 학원비

모아야지."

"맞아요. 빨리 모아서 학원 다녀야죠."

정말 두범이 일 때문에 모이라고 그런 게 아닌 모양이었다. 알고 있는 눈치가 아니었다. 강후는 그래도 한번 떠보기로 했다.

"저, 두범이가 아무 말 안 해요?"

"두범이가? 아니! 왜? 두범이한테 뭔 일 있어?"

"그, 그게 아니라……."

강후는 일어나서 벤치 주위를 이리저리 오가며 딴전을 피웠다. 보라에게 휴대폰 번호 좀 알려달라고 말을 해야 할 텐데. 거절하면 그게 무슨 개망신이람! 사각형 몬스터한테 슬쩍 알려달라고 해볼까? 그랬다가 사각형이 다 까발리면 엄청 창피할 것 같고. 좀체 용기가 나지 않았다. 여자 앞에서 쫄아보기는 생전 처음이었다. 야, 여강후! 너, 남자 맞냐, 맞아? 스스로를 나무라며 더 빨리 오갔다.

"야, 강후야! 여기 가만히 앉아 있어 좀! 똥 마려운 강아지마냥 그렇게 왔다리 갔다리 하지 말고."

"예? 예!"

교양머리 없기는! 비유도 하필이면 똥 마려운 강아지가 뭐야? 보라가 있는데. 강후는 기분이 상해 벤치에 앉지 않고 한자리에 꼿꼿이 서 있었다. 사각형이 또 듣기 싫은 소리를 했다.

"너는 아직 어려서 그런지 약간 촐랑끼가 있어!"

"예? 촐랑끼요?"

"그래! 행동에 무게가 없어 보인다고. 그 점만 고치면 그런대로 괜찮은데."

출랑끼라니? 따지고 들려다가 보라 때문에 꾹 참았다. 하지만 속이 부글부글 끓었다. 똥 마려운 강아지에, 출랑끼에, 무게 없는 행동에. 사람 무안을 줘도 정도가 있어야지. 야, 이 사각형 몬스터야! 너 한번 혼나 볼래? 강후는 곁눈으로 힐끔힐끔 사각형을 노려보며 속으로 중얼거렸다. 언제 단단히 혼을 내주기로 속으로 별렀다.

고개를 들어 밤하늘을 보았다. 여기저기 별들이 몰려 있었다. 그렇지만 저번보다 개수도 줄고 빛도 흐릿했다. 천천히 고개를 내려 연못으로 시선을 옮겼다. 약한 바람에 물결이 일어 가로등 불빛이 흔들렸다. 얼핏 보면 은색 종이 가루를 흩뿌려놓은 듯도 했고 흰색 꽃잎이 떨어져 내린 듯도 했다. 불빛이 어지러이 흔들리는 연못 물을 물끄러미 바라보다 휙 돌아섰다.

"참! 저, 저……."

"응! 왜?"

"우리 가게에 좀 이상한 아줌마 있어요."

"이상한 아줌마? 누구?"

채보라도 호기심을 나타냈다. 샌들을 만지작거리던 동작을 멈추고 강후에게 시선을 주었다. 그러자 강후는 얼굴이 화끈거리고 아까보다 가슴이 더 뛰었다.

"설거지하는 아줌만데, 머리가 좀……."

"아! 그 아줌마? 그 아줌마 도와줘야 해! 딸이랑 둘이 어떻게든 살아보려고 아주 열심히 일하는데. 참 불쌍해!"

"잘 알아요?"

"조금 알아. 정신지체 장애인인데 거기서 일한 지 거의 3, 4개월 됐을걸! 성이 유 씨라는데 딸도 유 씨야. 그 딸애 얼굴이 동그랗고 똘방똘방한 게 아주 귀엽지!"

영금이도 아는 모양이었다. 영금이의 생김생김을 정확히 알고 있었다. 당돌하게 말하던 그 애를 떠올리니 쓴웃음이 나왔다. 머리에 털 나고 그런 꼬마 애를 만나기는 처음이었다. 생각해보니 요크셔테리어나 몰티즈보다는 여우처럼 영리한 애완견 허배너스를 닮은 것 같았다.

"맞아요. 그 당돌한 꼬마 애 그저께 첨 봤어요. 그런데 엄마랑 딸이랑 성이 똑같이 유 씨예요? 어떻게 그럴 수가 있어요?"

"왜 없어요? 아버지 성이 유 씨겠지요! 아니면 아버지가 누군지 몰라서 엄마 성을 따랐거나."

보라가 나름대로 유추를 해서 말했다. 강후는 대충 짐작을 하며 고개를 끄덕였다.

"누나, 그 아줌마 어떻게 그 가게에서 일하게 된 거예요?"

"정확히는 모르고. 사장이 월계역 부근 무슨 식당에서 데리고 왔다는 말은 들었어. 누가 소개해서 왔다는 말도 있고."

"왜 그런 아줌마를 데리고 왔을까요? 말도 잘 못하고 동작도 부자연스럽고…….”

아무리 머리를 굴려봐도 이해하기가 어려운 일이었다. 멀쩡한 사람들도 많은데 왜 군이 그런 아줌마를 쓰는 건지. 강후 자신의 상식으로는 도저히 납득이 되지 않았다.

“그거야 뻔하지. 실컷 부려먹고서 급료는 조금만 줘도 되니까. 그리고 장애인 고용하면 정부에서 보조금도 나온대. 또 사람들이 착한 일 한다고 좋게 보기도 하잖아?”

“어머! 그래요?”

채보라가 놀라 물었다. 금시초문이라는 눈빛이었다. 강후 역시 처음 듣는 소리였다. 그런 의도가 숨어 있었다니? 강후는 반신반의하며 사각형의 다음 말에 귀를 기울였다.

“그래! 일부러 약간 부족한 아줌마들 쓰는 사장들 많아. 일 열심히 잘하고, 고분고분 말 잘 듣고, 돈 적게 주고, 정부 보조금 받고 좀 좋아! 거기다가 또…….”

사각형이 뒷말을 끊고 내 눈치를 살폈다. 내가 들으면 안 될 말이라도 있나? 강후는 강한 궁금증이 발동했다. 곧 궁금증이 최고치에 이르렀다.

“또 뭐요?”

강후는 궁금증을 누르지 못하고 퉁명스레 물었다.

“또…… 다른 꿍꿍이속도 있고.”

“다른 꿍꿍이요? 그게 뭐예요?”

무슨 뜻인지 알 수가 없어 보라를 쳐다보며 아느냐고 물었다. 그러나 보라도 모르는 일이라는 듯 입술을 삐죽이 내밀어 오리 주둥이를 만들었다. 그 모양마저도 예뻤다.

"음흉한 꿍꿍이지 뭐! 보라 너도 주유소 간사리 조심해!"

"간사리요?"

"그놈, 아주 간사하게 놀아서 별명이 간사리야. 닭발나라 김 사장은 거짓말을 너무 잘해 오리발이고, 돼지갈비 박 사장은 인상 쓸 때 이마 주름살이 많이 생겨서 쭈글이, 그 세 명이 월계로 3대 마왕이야. 그중에 오리발이 대표 격이고."

닭발집 사장 별명이 오리발? 강후와 보라는 사각형의 설명에 큭 큭큭 웃었다. 그러고 보니 돼지갈비 사장은 온몸이 주름살투성이인 개 샤페이를 닮은 모습이었다. 그 개가 떠올라 강후는 더욱 크게 웃었다. 사각형도 잠깐 따라 웃다가 뚝 그쳤다. 그러더니 얼굴에 웃음기가 싹 가신 표정으로 한마디 더 했다.

"거기가 닭발나라는 무슨 닭발나라? 오리발나라지!"

"언니네 편의점 사장은?"

"우리 편의점은 지금 사장이 인수한 지 얼마 안 됐고, 나도 이제 두 달밖에 안 지나서 아직 잘 모르겠어! 근데 괜찮은 것 같아. 대체로 믿고 맡기는 편이야. 잔소리도 별로 안 하고."

그동안 편의점에 몇 번이나 갔었는데 강후는 편의점 사장을 한 번도 보지 못했다. 누군지 궁금했다. 그 일대에 다른 편의점이 없어서 장사는 잘되는 편이었다.

"아무튼 간사리는 여자 알바생들 몸매 슬쩍슬쩍 훔쳐보고 화장실에도 몰래 따라가고 그래."

"어머머! 화장실도요?"

"그렇다니까. 알바생들 얼굴 보고 뽑는 사장들도 많아! 우선 얼굴과 몸매가 돼야 매출이 오른대. 하여튼 그런 변태들이 사방 천지에 쫙 깔렸으니……. 성질대로라면 남자들은 다 단칼에 이걸 해버리고 싶어!"

사각형이 손바닥을 세워 목을 치는 시늉을 해보였다. 그러더니 강후를 지그시 노려봤다. 뭐야, 저 눈빛은? 나를 그런 파렴치한 놈으로 보는 거야? 강후는 한바탕 눈싸움이라도 벌여볼까 하다가 고개를 슬며시 돌리고 애꿎은 뒤통수만 벅벅 긁었다. 그러다 떠오르는 장면이 있어서 다문 입을 열었다.

"우리 사장은 그 아줌마 꽤나 위하던데요. 말도 부드럽게 하고 잔소리도 거의 안 해요. 다른 아줌마들은 막 야단치면서."

"글쎄, 그게 왜 그러겠어? 뭔 목적이 있으니까 그러지."

"그게 뭐 꼭……. 하여간 불쌍하더라고요. 다른 아줌마들이 자기들 일까지 마구 시키고 험담을 해대고 하는데도 예, 예, 그러기만 해요. 그리고 내가 꼬마 따라서 그 아줌마 집에 가봤는데……."

꼬마 애를 뒤따라갔던 이야기를 하려는 참에 두범이가 도착했다. 계속 뛰어왔는지 숨소리가 거칠었다. 반팔 티셔츠 겨드랑이가 땀에 젖어 흥건했다.

"늦었네?"

"그냥 여기저기 거닐다가 뛰어온 거야."

"하여간 잘 왔어. 자, 이제 모두 둘러앉아서 이거 나눠 먹자!"

사각형이 보라가 첫 급료를 타서 내는 것이라고 설명하며 봉지를 펼쳤다. 보라는 또 요거밖에 못 사서 미안하다는 말을 했다. 두범이 형이 잘 먹겠다며 과자 하나를 꺼냈다. 사각형이 아예 다 꺼내서 벤치 위에 죽 늘어놓았다.

그간 알바 일터에서 있었던 이야기를 나누며 과자를 먹었다. 조촐한 파티이지만 그래도 보라가 있어서 꽤 정겨웠다. 강후는 과자를 그다지 좋아하지 않았으나 보라가 산 것이기에 맛있다는 표정으로 먹었다.

"야, 숯돌이! 너, 두범이랑은 말 놓기로 한 거야?"

"예! 저번에 정식으로 화해하고 친하게 지내기로 약속했어요."

"어! 잘했어! 멋진 사나이들이야. 싸울 땐 싸우더라도 화해할 땐 화해를 해야 남자이지. 나한테도 말 놔."

"어떻게 갑자기 그래요. 차차 놓을게요."

"괜찮아! 야, 이제 다 말 놓고 지내자. 강후하고 보라 너희 둘도 서로 말 놔!"

강후는 보라를 보며 고개를 끄덕였다. 보라도 강후를 보며 고개를 끄덕였다. 아주 잠깐의 눈 맞춤에 강후의 가슴은 또 콩닥거렸다. 혈압이 상승되고 호흡이 가빠졌다. 기분 좋은 설렘이 일시적이 아니라 오래오래 지속되기를 마음속으로 빌었다. 보라도 자기 마음과 같을 것이라 믿으면서. 그러자 과자가 진짜 맛있어졌다. 한꺼번에 두 가지를 집어 입에 쑤셔 넣고 아귀아귀 먹었다.

"좋아! 자, 그럼 건배하자. 잔 다 채워!"

각자 사이다를 종이컵에 가득 채운 뒤 높이 치켜들었다. 사각형이 걸걸한 목소리로 건배사를 읊었다.

"우리나라 모든 알바 청소년들의 단결, 단합, 건강을 위하여!"

건배사가 거창했다. 강후도 크게 '위하여!'를 외쳤다. 산책 나온 사람들이 그들의 외침에 놀라 걸음을 멈췄다. 그러거나 말거나 그들은 한 번 더 크게 외쳤다.

지난번보다 훨씬 분위기가 좋았다. 강후 역시 어색함이 없어져 즐겁게 어울렸다. 아직은 마음을 완전히 터놓고 지내기가 약간 꺼려졌지만 어떻든 채보라가 있어서 좋았다. 보라도 기분 좋은 표정이었다. 얼굴이 환하고 입가에서 미소가 지워지지 않았다.

"나, 돼지갈비 때려치울 거야. 그 쭈글이 놈 더 못 참겠어!"

갑자기 두범이가 심각한 표정으로 말했다. 그 말이 나올 줄 예상했다는 투로 사각형이 물었다.

"지난달에 다 못 받은 돈은 받았어?"

"아니, 아직 못 받았어!"

두범이의 대답에 과자 한 개를 입에 넣고 으깨 썹던 사각형이 동작을 뚝 멈췄다. 그리고 매우 진지한 눈빛으로 두범이를 바라봤다. 곧 입을 열었으나 목소리가 무겁게 가라앉아 있었다.

"너, 그 돈 안 받고 그만두면 끝내 못 받아. 자꾸 다음에 다음에 하면서 계속 미뤄. 그거 사람 아주 말려 죽이는 거라고."

쭈글이를 성토하는 사각형의 표정이 굳어졌다. 많이 당해봤다는 듯 눈빛 또한 가늘게 흔들렸다. 두범이 얼굴이 바람 빠진 풍선처럼 찌그러졌다.

"그럼 어떡해?"

"그러니까 끝까지 남아서 돈을 받고 나가야 돼!"

분위기가 급격히 다운됐다. 모두 마음이 무거워 말없이 과자만 주워 먹었다. 공원 어디선가 왁자지껄한 아이들의 말소리가 들렸다. 싸움을 하는지 상스러운 욕설이 오갔다. 교복을 보니 중딩들이었다. 연못 우측 산책로 가로등 밑에 예닐곱 명의 남녀 중딩들이 모여 자기들끼리 말다툼을 하고 있었다. 담뱃불도 보였다. 앙칼진 여자애의 목소리가 밤하늘을 갈랐다.

"가장 좋은 방법은 애초 시작할 때 근로 계약서를 쓰고서 알바하는 거야."

다른 과자 한 개를 집어 들며 사각형이 입을 열었다. 하지만 목소리에 힘이 느껴지지 않았다.

"근로 계약서요?"

강후가 물었다. 근로 계약서? 그런 게 있었나? 그냥 찾아가 일하

겠다고 말하고, 사장이 하라고 하면 되는 것 아닌가? 정식 직원도
아니고 시간제 알바인데? 내가 이렇게 모르는 게 많았다니? 강후
스스로도 놀랐다. 이것저것 잡다한 것들을 많이 알고 있다고 자부
했었는데 사각형한테는 쩝도 안 됐다. 또 자존심이 상했다.

"그걸 확실히 써서 사인을 받아두면 도움이 돼. 그런데 그걸 써
주는 사장들이 거의 없으니까 문제이지. 애초에 얘기를 못하는 애
들이 대부분이고, 또 처음에 그 얘길 하면 사장들이 아예 그냥 가
라고 그래. 나중에 골치 아픈 문제가 생길까봐."

사각형은 근로 계약에 대해 장시간 설명을 해줬다. 언제 그렇게
공부를 했는지 조금도 막힘이 없었다. 하지만 근로 계약서를 쓰고
서 알바를 하는 학생은 채 20퍼센트도 안 된다며 한숨을 지었다.

"고딩 알바는 10퍼센트도 안 돼! 암튼 각자 사장들한테 한번 얘
기해보자. 저쪽 반응을 봐서 강하게 나가고."

듣기 좋은 이야기가 아니라 가라앉은 분위기는 좀체 되살아나
지 않았다. 강후는 보라와 단둘만의 대화를 나누고 싶은데 기회가
오지 않아 초조했다. 사각형의 말에 귀를 기울이면서도 신경은 온
통 보라한테 쏠려 있었다. 그런 강후의 마음도 몰라주고 보라의
시선은 사각형한테 고정되어 움직이질 않았다.

"이대로 있다가는 우리는 물론 우리 후배 알바들 계속 저놈들에
게 이용만 당해. 우린 단지 저놈들의 먹잇감에 불과한 하찮은 존
재가 되고 만다고. 급료가 많기나 하면. 요즘 대학생들을 88만 원

세대라고 그러잖아? 근데 우리는 44만 원 세대야."

"그거야 그렇지만 우리가 뭘 어떻게 해, 누나?"

"싸워야지. 싸워서 쟁취해야지! 가만히 죽은 듯이 있으면 누가 떡을 입에 넣어줘? 내 떡은 내가 찾아 먹어야 하는 거야. 우리끼리 똘똘 뭉쳐 권리를 쟁취해서 정당한 대우를 받아야 한다고. 전국 청소년 알바 노조를 결성해야 해!"

사각형은 투쟁적인 말을 계속 늘어놓았다. 자기가 무슨 혁명 전사라고? 참! 웃기지도 않네! 강후는 속으로 빈정거리다가 "흥!" 자기도 모르게 그만 콧방귀를 힘껏 내쏘았다. 하필 그 소리를 들었나 보았다. 사각형의 얼굴이 급격히 일그러졌다. 강후를 쏘아보는 눈빛에는 살기마저 감돌았다. 강후는 등골이 오싹했다.

"뭐야, 너? 지금 날 무시하는 거야?"

"아, 저, 그게 아니라……."

"아니긴 뭐가 아냐, 인마? 사람 완전 깔보는 표정을 해가지고. 전문계고 다닌다고 내가 우습게 보여?"

"강후야, 은림이 누나한테 미안하다고 그래! 누나라고 불러서 예의도 지키고."

두범이가 강후를 나무라며 옆구리를 찔렀다.

"어서 언니한테 사과해!"

보라마저도 거들고 나섰다. 하지만 강후는 아무 반응도 보이지 않고 마른침만 연신 삼켰다.

분위기가 꽁꽁 얼어붙어 싸늘한 긴장감이 장시간 흘렀다. 여전히 사각형은 강후를 똑바로 쳐다보며 사과하기를 기다리고 있었다. 사과하지 않으면 턱이라도 한 대 후려칠 자세였다. 벌써 양쪽 주먹을 꽉 움켜쥔 상태였다. 강후는 처음 봤을 때부터 반말지거리에, 똥 마려운 강아지니, 촐랑끼가 있느니 한 말 모두가 마음에 들지 않았다. 내가 보라 때문에 여기 온 거지 몬스터 너 때문에 온 거냐? 보라만 없었다면 먼저 눈텡이를 한 대 갈겨주고 싶었다.

"빨리 사과해, 강후야! 누나 미안하다고."

두범이가 다시 한 번 재촉했다. 보라도 눈치를 줬다. 강후는 머리를 굴렸다. 그러다 고개를 가로저었다.

"그렇게는 못해!"

잘못도 없는데 여자한테 사과를 한다는 것은 도저히 자존심이 허락지 않았다.

"어쭈! 하룻강아지 범 무서운 줄 모른다더니. 허허!"

"뭐? 하룻강아지? 이게 정말…….."

강후도 사각형을 노려보며 주먹을 움켜쥐었다.

"어? 나랑 한번 해보겠다는 거야?"

사각형이 벌떡 일어나 강후 앞에 턱 버티고 섰다.

"그래! 한번 해보자고."

강후도 벌떡 일어나 사각형을 잡아먹을 듯 노려봤다.

"좋아! 뭐로 할까? 주먹으로? 아니면 깡다구 시합으로?"

생각해보니 남자가 체면이 있지, 여자와 직접 치고받는 주먹질을 할 수는 없었다. 남자는 죽어도 깡다구야, 깡다구! 외삼촌의 말을 떠올리며 선택했다.

"깡다구!"

깡다구라면 나도 둘째가라면 서러워하는 놈이야! 초딩 4학년 때 친구들과 도봉산 골짜기에 놀러갔다가 독사를 맨손으로 잡아 찰떡 주무르듯 했었어! 한밤중에 엄마를 찾으러 혼자 도선사까지도 올라갔었고. 건방진 계집애! 본때를 보여줘서 납작코를 만들어줘야지! 다짐을 하고 어떻게 할 것인지 그 방법을 고르라 말했다.

"깡다구 시합을 어떻게 할 거야? 골라봐!"

"따라와!"

사각형을 따라 공원 밖으로 나갔다. 그리고 인도를 걸어 우이천에 가로놓인 월계2교 앞에 섰다. 뭐야? 여기서 뛰어내리기를 하자는 거야? 좀 켕겼다.

"이 다리 양쪽 난간에 올라서서 저 끝까지 뛰어갔다 오는 거야! 어때?"

폭이 약 25센티미터, 길이가 약 60미터인 다리 난간에 올라가서 달리기 시합을 하자는 말이었다. 왕복 6차로 교량인데 인도까지 치면 8차로 정도의 폭이었다. 이미 새벽 2시가 가까워 행인들은 없었고 어쩌다 차량들만 지나갔다. 다리 높이는 대략 7, 8미터쯤 되고 바닥에는 물길과 일부 모래사장을 빼고는 돌멩이가 가득

했다. 만약 떨어진다면 최소 중상을 입을 게 뻔했다.

"좋아, 까짓 거! 이런 건 누워서 떡 먹기야."

강후는 사각형 들으라고 일부러 큰소리를 쳤다.

"너, 지면 나한테 정중히 사과하고 앞으로 깍듯이 예의 지켜야 해?"

"물론이지!"

두범이와 채보라가 한사코 말리는 걸 사각형과 강후는 다리의 양쪽 난간으로 올라갔다. 처음 올라가 보는 것이라 생각보다 높이는 높고 폭은 좁았다. 몸의 균형도 잘 잡히지 않았다. 약간만 헛디뎌도 그대로 우이천 바닥으로 떨어져 추락사로 생을 마감할 것 같았다. 심장이 마구 뛰고 손바닥에 땀이 고였다. 그러나 보라가 지켜보고 있으니 도로 내려갈 수는 없었다. 어금니를 악물었다.

"강후 너 준비됐지?"

"그럼! 빨리 하자고."

"좋아! 두범아, 네가 신호 좀 해!"

"그, 그래! 자! 시이작!"

막상 시작 구호를 듣자 강후는 다리가 후들거리고 발바닥이 달라붙어 떨어지지 않았다. 젖 먹던 힘까지 짜내 겨우 발을 떼었으나 채 열 걸음도 가지 못해 인도로 뛰어내리고 말았다. 하지만 사각형은 다리 끝까지 달려갔다가 다시 제자리로 돌아왔다. 그대로 게임 오버였다. 강후의 완벽한 패배였다.

"내가, 져, 졌어!"

강후는 깨끗이 패배를 인정했다.

"앞으로 누나라고 부, 부를게!"

그리고 앞으로는 무조건 누나라고 부르고 깍듯이 예의를 지킬 것을 맹세했다. 인생 최대의 수치였기에 쥐구멍 속이라도 기어 들어가고 싶은 심정이었다. 그러나 다른 한편으로는 자기 자신을 냉정하게 되돌아보는 계기가 되었다. 자기가 그렇게 대단한 놈이 아니라는 걸 깨달았다. 말하자면 우물 안 개구리에 불과했고 허세만 부리는 졸장부였다는 사실을 뼈저리게 느꼈다.

3일이 또 훌쩍 지났다. 3일 동안 열대야가 나타나 강후는 잠을 설쳤다. 앞으로 날씨가 점점 더 더워져 열대야가 계속될 거라는 일기예보가 있었다. 다행히 오늘은 저녁 무렵부터 비가 내리기 시작해 아직도 그치지 않고 있었다. 그러나 후텁지근하기는 매일반이었다. 장작불로 감자를 삶는 외갓집 가마솥에 들어앉은 느낌이었다. 펄펄 끓는 뚝배기 속의 삼계탕 닭이나 다름없었다.

"야! 오늘은 숯불 조금만 피워! 비 오는 날은 손님이 팍 주니까."

출근하자마자 퉁명스럽게 지시한 사장은 가게로 들어가 안쪽 식탁에 자리를 잡았다. 그러더니 휴대폰으로 사람들을 불러 모았다. 잠시 후 돼지갈비 사장 쭈글이와 성북주유소 소장 간사리가 도착해 이른바 월계로 3대 마왕이 긴급 회동을 가졌다. 무슨 중대한 일이라도 생겼나 보았다.

세 마왕은 쉬지 않고 술잔을 돌리면서 무언가를 열심히 논의하고 있는 중이었다. 벌써 2시간 째였다. 닭발 손님은 세 팀 열한 명이 오고 간 뒤로 뚝 끊겼다. 월계교차로 쪽 성북주유소도 차량이 뜸했다. 보라도 보이지 않았다. 사무실에 들어가 있는 모양이었다. 돼지갈빗집은 손님이 좀 있었다. 그래서 두범이는 바빠서 나와 보지도 않았다. 가서 좀 도와주고 싶은데 사장이 싫어할 게 뻔해 그러지 못했다.

빗줄기가 많이 가늘어졌다. 강후는 가게 출입구 옆에 쪼그리고 앉았다. 고개를 치켜들고 처마 끝에서 떨어지는 낙숫물 방울을 하나하나 헤아렸다. 빗소리가 작아지자 술에 취한 사장들의 목소리가 점점 크게 귓속으로 날아들었다.

"어디서 들었는지 글쎄 두범이 그놈이 근로 계약서 얘길 하더라고. 어떡하지, 김사장?"

"그거, 절대 쓰면 안 돼!"

"맞아! 어떻게든 쓰지 말고 일 시켜야 돼! 함부로 써줬다가는 나중에 개피 볼지 모른다고."

오리발의 말에 간사리가 동의했다. 주유소 소장인 간사리의 가느다란 목소리가 몹시 기분 나쁘게 들렸다. 마치 옛날 궁궐의 내시가 손바닥을 비비며 왕에게 아부를 떠는 목소리와 흡사했다. 생긴 것도 완전 비호감이었다. 특히 눈매가 날카롭고 사악하게 생겨 보기조차 꺼려졌다. 강후도 실은 근로 계약서 작성에 대해 사장한테 말을 하려다 아직 못하고 있었다.

고개를 돌려 한쪽 눈으로 조심조심 가게 안을 살폈다. 오리발이 거만한 폼으로 소주잔을 비웠다.

"까다롭게 따지는 것들은 아예 처음부터 받아주지 말고."

"그것들 눈치를 봤더니 끼리끼리 뭉치는 것 같더라고."

"뭉쳐? 뭉쳐서 뭘 어떡하겠다는 거야?"

"혹시 노조라도 결성하려는 거 아냐?"

쭈글이가 소주잔으로 식탁을 내려찍었다. 겉보기엔 유순하게 생겼는데 술에 취하니 과격한 면이 드러났다. 숨기고 있던 마각을 저도 몰래 내보이는 것이었다.

"아이고! 하라고 그래! 크허허! 참! 쥐방울만 한 것들이 세상 무서운 줄 모르고."

"그래도 무슨 대책이라도 세워야 하지 않을까?"

"대책은 무슨 대책? 젖비린내 나는 것들을 상대로 우리 어른이 대책을 세워? 흥! 지나가는 똥개가 다 웃겠다."

오리발은 아주 여유로운 표정으로 술잔을 연거푸 비워댔다. 한껏 무게를 잡고 팔을 느리게 움직여 술잔을 들었다. 안주도 천천히 집고 천천히 입으로 가져갔다. 씹는 동작 또한 느려 외양간에 누운 암소가 되새김질하는 모양새였다. 그야말로 여유만만이요, 자신만만이었다.

"그래도 그놈들이 세게 나오면 골치 아프잖아?"

"내가 이 바닥에서 장사 1, 2년 했나? 그런 놈들 어디 한두 놈 써 봤냐고?"

"다룰 방법이 있어?"

"내가 시키는 대로만 해! 그러면 만사형통이야."

간사리에게 술을 따라주면서 오리발이 큰소리를 쳤다. 자기가 모든 일을 다 처리하고 해결할 수 있다는 표정이었다. 거만함이 흘러넘쳤다. 세상이 전부 자기 발아래 있는 것처럼 거드름을 피웠다.

"애초에 기어오르지 못하게 아주 싹을 밟아놓아야 한다고. 그래야 찍소리 안 하고 고분고분 시키는 대로 일해. 애들은 그렇게 다루는 거야. 여차하면 꼬투리 잡아서 확 잘라버려! 일할 놈들은 쎄고 쎘으니까. 하여간 요즘 것들은 기본 예의를 몰라! 어른한테 따지며 대들고. 참, 말이 나왔으니 말인데, 내 딸 세진이를 봐! 예의 바르고 똑똑하고 말 잘 듣고……. 애들은 그래야 돼! 이거 내 딸이라고 자랑하는 게 절대 아니야."

자기 딸 자랑을 한참이나 늘어놓던 오리발이 서빙 아줌마 중 한 명을 불렀다. 이 씨 아줌마가 다가가자 게슴츠레해진 눈을 깜빡이면서 빈 소주병을 들고 흔들었다.

"아줌마, 여기 소주 한 병 더 가져오고 안주도 새로 좀 해 와!"

오리발이 서빙 아줌마에게 명령조로 말했다. 자기 집 하녀에게나 씀직한 말투였다. 그의 말투에 엿듣고 있던 강후는 열이 올랐다.

열을 식히려고 손바닥에 낙숫물을 가득 받았다. 그러나 별반 시원
하지 않았다. 외갓집 동네의 얼음물 같은 보발천이 그리워졌다.

이 씨 아줌마가 안주 접시를 그들의 식탁으로 가져갔다. 안주 접
시를 놓자마자,

"아줌마, 이리 좀 앉아! 술 좀 따라!"

오리발이 또 명령조로 말했다.

"이 아줌마 이제 보니까 꽤 반반한데, 응?"

간사리는 아주 이 씨 아줌마를 술좌석에 앉히려고 손을 잡았다.
이 씨 아줌마가 황급히 뿌리치고 뒷마당으로 나갔다. 그 모양을
보고 쭈글이가 음흉스레 웃었다. 잠시 뒷마당 출입문을 노려보던
오리발이 간사리에게 술을 따라줬다.

"에이! 그렇게 급하게 그러면 안 되지. 여봐요! 당진댁! 당진댁!"

거나하게 취한 오리발이 이번에는 당진 아줌마를 큰 소리로 불
렀다. 당진 아줌마가 주방에서 얼굴을 빼꼼히 내밀었다.

"주방 일은 나중에 돕고 이리 좀 와요!"

"예?"

"어허! 사장이 오라면 오는 거지. 빨리 와요!"

쭈글이가 어서 오라고 눈을 부라렸다. 간사리는 능글능글 웃으
면서 당진 아줌마를 살폈다. 눈빛이 느끼한 게 영 께름칙했다. 밥
맛 떨어지게 하는 눈빛이었다.

"어서 가봐! 사장님이 부르시잖아?"

주방장 아줌마가 당진 아줌마의 옆구리를 쿡 찔렀다. 다른 아줌마들도 빨리 가보라고 눈치를 줬다. 그러자 당진 아줌마는 앞치마에 손을 닦으면서 주춤주춤 다가갔다. 오리발이 징그럽게 히죽이 웃었다.

"여기 앉아서 술 좀 따라요. 팁 줄 테니까."

"티, 팁요?"

"그래. 돈 말이야, 돈!"

오리발이 지갑에서 1000원짜리 지폐 한 장을 꺼내 흔들어 보였다. 그러자 당진 아줌마가 술병을 잡더니 차례차례 소주를 따라주었다.

"아! 역시 여자가 따르니까 술맛이 다르네, 달라!"

세 마왕은 당진 아줌마한테 1000원짜리를 한장 한장 줘가면서 한참 동안 술시중을 들게 했다. 장난 삼아 인격적 모욕을 가했다. 그 모습을 보고 강후는 자신도 모르게 어금니를 깨물고 두 주먹을 불끈 쥐었다. 그들은 얼마간 당진 아줌마를 희롱하더니 술이 너무 취하고 손님들이 들어오기 시작하자 술자리를 파했다.

"오늘 내가 얘기한 거, 잊지 말고 그렇게 해. 알았지?"

"알았어!"

"아니, 우리 어디 2차 가서 한잔 더 할까?"

"한잔 더? 좋지!"

오리발의 제안에 쭈글이가 적극 동의했다. 덩치로 보면 쭈글이

가 술을 가장 많이 마실 것 같은데 실은 가장 적게 마셨다. 그런데
도 얼굴이 시뻘게 마치 빨간 립스틱으로 떡칠을 해놓은 돼지 형상
이었다. 강후는 역겨워서 보고 있을 수가 없었다.

"그래! 오늘 죽도록 마셔보자고."

"박 사장 어디 좋은 데 알아?"

"알지! 따라와!"

쭈글이가 일어나자 오리발이 당진 아줌마의 팔을 잡고 말을 건
넸다.

"당진댁, 당진댁도 우리랑 함께 갈래? 팁 더 줄게."

"예? 그, 그……."

당진 아줌마는 확실한 대답을 못하고 주방장 아줌마를 바라보
았다. 강후는 따라가지 말기를 속으로 기도했다. 그러면서 조마조
마한 심정으로 계속 당진 아줌마에게 시선을 두었다.

"여기 설거지가 많이 쌓였는데. 손님들도 자꾸 오고."

다행히 주방장 아줌마가 인상을 쓰며 말했다.

"그럼 다음에는 꼭 같이 가요. 알았지요?"

그들이 비틀비틀 밖으로 나왔다. 강후는 얼른 숯불 옆으로 가서
섰다.

"야, 너! 아줌마들 일 제대로 하는지 잘 감시해!"

혀 꼬부라진 목소리로 지시를 한 오리발이 가로수 밑으로 갔다.
이미 만취 상태라 은행나무 가로수를 한 손으로 짚고서도 좌우로

비틀거렸다. 넘어져라! 넘어져! 속으로 기원해보았지만 손바닥에 문어 빨판이라도 달렸는지 이상하게 넘어지지 않았다.

"언제 우리 보신 한번 하자고. 뭐니 뭐니 해도 여름에는 멍멍탕이 최고야."

"그거 좋지! 이달 안으로 날짜 잡아. 우이동 계곡이나 수락산 골짜기로 가자고. 포천 백운계곡도 괜찮고."

그들은 택시를 잡아타고 어디론가 떠나버렸다.

그러자 고삐가 풀린 망아지처럼 아줌마들이 당진 아줌마를 비아냥대기 시작했다. 미운 병아리 따돌림 하듯 앞다퉈 쪼아댔다. 이씨 아줌마만 빼놓고 다 한통속이었다. 강후는 당진 아줌마가 측은해지고 영금이 얼굴이 어른거렸다.

"당진은 사장님한테 귀염도 받고 팁도 받고 엄청 좋겠네!"

"팁을 얼마나 받은 거야? 어디 좀 봐."

한 아줌마가 당진 아줌마 앞치마 주머니에서 팁으로 받은 돈을 제멋대로 꺼내 세어봤다. 손가락에 침을 묻혀 한장 한장 아주 정성껏 헤아렸다. 당진 아줌마는 그저 웃고만 있었다. 자기가 지금 무슨 짓을 당하는지도 모르는 눈치였다.

"에이! 겨우 1만 2000원이네. 그래도 한턱 내야 돼. 알았어?"

"예! 예!"

"저 그릇 거두어다 얼른 설거지해놓고 주방 청소도 싹 해! 마늘도 까고."

"예!"

뭔지 모를 울분이 또 강후의 가슴속에서 들끓어올랐다. 자신도 모르게 어금니를 악물고 주먹을 움켜쥐었다. 하지만 그저 물끄러미 바라보기만 할 뿐 다가가 도와주지 못했다. 사람을 장난감이나 종 취급을 하다니. 예전 중학생 때 힘 좀 쓴다 하는 불량 친구들과 어울려 약한 아이를 놀리고 괴롭힌 일이 생각나 고개가 숙어졌다.

그대 이름은 순대

"엄마! 내 바지 어딨어? 청바지 말이야!"

"내가 니 청바지 지키는 하녀니? 쫑이야?"

"난 지금 아파 죽겠는데 엄마 계속 놀릴 거야?"

어제 불량 성형 숯이 폭발하는 바람에 강후는 죽는 줄 알았었다. 그 덕분에 두 시간 일찍 퇴근을 해서 집에 돌아왔지만, 몰골이 꼭 독일산 지능견 슈나우저가 물어 찢어놓은 헝겊 인형 꼴이었다. 손등과 콧등에는 화상도 입었다. 손등 화상은 참을 만했지만 콧등 화상은 몹시 화끈화끈하면서 아직도 쓰라렸다. 엄마가 좀 전에 화상 연고를 사 와서 바르기는 했다. 그러나 완전히 아물려면 아주 오래갈 것 같았다.

"아, 씨! 내 코에 재수 옴붙었나 봐. 첫날은 두범이 주먹에 맞아

코피를 줄줄 흘리더니, 어제는 불량 숯에 강타를 당해 벌겋게 데어 껍질이 홀랑 까지고."

"하이고! 알바 한 번만 더 하면 온몸이 화상으로 도배를 하겠다, 이 녀석아!"

거울을 보면서 혼잣말로 중얼거리는 소리를 엄마가 듣고 또 놀렸다. 엄마는 귀도 참 밝았다. 청각이 가장 많이 발달해 귀신 발자국 소리도 듣는다는 조선 시대 꼬리 없는 개 댕견(동경이, 경주 개)을 능가했다.

"엄마! 나 이거 흉터 생기면 어떡하지? 잘생긴 꽃미남 얼굴 완전 개떡 되는 거잖아?"

"괜찮아. 흉터 안 생겨."

"엄마가 어떻게 알아? 엄마가 의사야?"

남의 속도 모르고 흉터가 안 생긴다고 단정적으로 말하는 엄마가 얄미워 따지고 들었다. 그래도 내가 장남인데 그깟 강아지 한 마리 못 사줘서 콧등을 데게 하고? 생각할수록 엄마가 미웠다.

"애 둘셋 낳아 키운 엄마들은 반 의사가 되는 거야. 그리고 엄마도 전에 많이 데어봤어."

"정말? 어디 데었어?"

"손이지 어디야. 봐! 여기, 여기, 여기. 여러 군데 데었었어!"

엄마가 손을 들어 데었던 곳을 하나하나 가리켰다. 엄마 손을 잡고 자세히 살폈다. 흉터가 있는 듯 없는 듯 잘 알 수가 없었다. 보기보다 손이 꺼칠꺼칠했다.

"나한테 뻥치는 거 아니야?"

"이곳은 아주 심하게 데었었어. 병원까지 갔었거든."

"그래? 언제?"

"너, 중학교 1학년 때 봄."

"어? 근데 내가 왜 몰랐지?"

병원까지 갔었다면 모를 리가 없는데 전혀 기억나지 않았다. 반면에 자기가 발목을 심하게 삐어 병원에 갔었던 일은 또렷이 기억났다. 중2 때 다른 반 아이랑 서열 정하기 맞짱 뜨기를 하다 발차기를 잘못해서였다. 엄마한테는 축구 시합 중에 다쳤다고 거짓말을 했었다.

"네놈이 언제 엄마한테 관심이 있었어?"

눈을 허옇게 흘기며 엄마가 목소리를 높였다. 강후는 속이 뜨끔해서 대꾸하지 않았다. 그러자 엄마 목소리가 낮아졌다. 힘이 많이 빠져 아픈 사람 목소리 같았다.

"아버지 작업 바지 하나 입고 가. 네 바지는 가지고 가서 짜깁기를 해야겠다. 나 바빠서 먼저 갈 테니 이따 밥 챙겨 먹고 나가."

"밥은 뭐. 요새 입맛이 없어!"

"그래도 조금이라도 먹어. 갈 때 문 잘 잠그고. 요즘 도둑이 많이 든대. 아니, 도둑놈들도 눈이 삐었지. 저 옆에 고급 아파트 다 놔두고 이런 서민 아파트에 뭐 훔쳐 갈 게 있다고 와, 오기는."

"고급 아파트는 방범 장치가 완벽하니까 못 들어가고 이리로 오는 거지. 개 한 마리 있으면 도둑도 쫓고 좀 좋아? 일거양득이라고."

들은 체도 안 하고 엄마는 현관으로 가서 신발을 신었다. 신발을 다 신고 나서 또 중얼거렸다.

"가뜩이나 힘겹게 사는데 도둑까지 맞은 집에 어떻게 사나? 참! 쯧쯧! 너, 알바 힘들면 그만하고 공부나 열심히 해!"

그러면 그렇지! 기어코 말끝에다 공부 열심히 하라는 토를 달았다. 공부 못해 죽은 조상이 있는지 엄마는 자나 깨나 공부 얘기였다. 이제 강후는 공부의 공 자만 들어도 온몸에 경기가 일었다. 할 때가 되면 내가 어련히 알아서 할 텐데! 왜 저러는지! 학교 공부만 공부인 줄로 착각하고 있는 엄마 아버지가 답답했다.

"알바 그만두면 엄마가 비숑 사줄 거야?"

"그건 아니고. 학원은 한 군데 보내줄게. 집에서는 공부를 통 안 하니 학원에 가서라도 해!"

"난 학원 싫어! 그리고 끝까지 알바 할 거야! 힘 하나도 안 들어!"

큰소리를 쳤다. 사실 무척 힘이 들었다. 처음 일주일 정도는 때려치우고 싶은 마음이 하루에도 서너 번씩 들었었다. 하지만 지금은 옆에 동료들이 있어서 견딜 만했다. 강후는 보라, 두범이, 은림이 누나 얼굴을 차례로 떠올렸다.

"동료라? 그래! 동료지! 든든한 친구!"

혼잣말을 하며 고개를 끄덕였다.

"참! 엄마! 물어볼 말이 있는데."

"뭐?"

"여자애들은 자기가 좋아하는 남자 앞에서 어떤 반응을 보여?"

강후의 물음에 현관문 손잡이를 잡던 엄마가 뒤돌아서서 눈을 치켜떴다. 마치 못 들을 소리를 들었다는 표정이었다.

"뭐야? 이 녀석 이제 보니까 알바 한다더니 여자애 뒤꽁무니나 졸졸 쫓아다니는구나?"

"내가 똥개야? 뒤꽁무니를 졸졸 쫓아다니게."

"그럼 왜 뜬금없이 여자애 얘기를 해?"

엄마의 목소리가 추궁조로 급상승했다. 싸늘하게 바라보는 눈에는 의심의 빛이 짙게 감돌았다.

"그냥 저, 궁금해서. 내가 여자가 아니니 여자 마음을 알 수가 있나. 뺨이 붉어져? 식은땀을 흘려? 손톱을 물어뜯어? 아니면 말을 더듬어? 쌀쌀맞게 굴어? 눈동자가 흔들려? 말해 줘봐, 엄마!"

"몰라! 몰라! 나, 시간 없어!"

엄마는 현관문을 열고 쪼르르 나가버렸다. 닭 쫓던 개 지붕 쳐다보는 격이 된 강후는 입맛을 쩝쩝 다시며 문을 잠갔다.

영어 독해 문제집을 두 시간 풀고서 거실로 가 누웠다. 선풍기를 틀어놓고 텔레비전을 봤다. 재미없었다. 채널을 돌렸다. 다른 방송도 마찬가지였다. 어린애들 만화영화, 노래자랑 재방송, 다큐멘터리, 시시껄렁한 오락 프로, 억지스런 개그 프로, 어제와 비슷한 뉴스, 모두 흥미가 생기지 않았다. 축구 중계나 좀 보려고 했더니 스포츠 프로는 골프뿐이었다. 오랜만에 2단지 건너편 학원 빌딩에 있는 '칭기스칸' 피시방에나 가볼까 생각해보았지만 곧 고개를 저었다. 중학교 때 잠깐 어울려 놀던 패거리가 진을 치고 있을 게 뻔했다. 들개 떼 같은 그 녀석들과는 마주치고 싶지 않았다. 심심했다. 동생 명후라도 있었으면 장난이라도 칠 텐데! 동생은 방학하자마자 단양 외갓집으로 피서를 갔다.

"매일 보발천에서 신나게 물놀이를 하겠지. 피라미, 다슬기도 잡고. 용산봉에 올라 머루도 따 먹겠지. 팔자 좋은 놈!"

하긴 동생이 있어봐야 좋을 것도 없었다. 무뚝뚝하기가 학교 수위 아저씨 같아서 잔재미라고는 눈곱만큼도 없는 놈이었다. 성격이 아버지와 비슷했다. 과묵하다 못해 우직한 개 래브라도레트리버나 마찬가지였다.

강후는 여섯 살 무렵이 생각났다. 망우동에 살던 그때 아버지는 목재소에 엄마는 봉제 공장에 다녔었다. 날마다 엄마는 강후와 명후를 단칸 셋방에 가둬두고 출근을 했었다. 강후는 비좁은 방에 갇혀서 저녁 늦게 돌아오는 엄마를 하루 종일 기다려야 했다. 밖으로 나가고 싶어도 나갈 수가 없었다. 동생 명후는 엄마를 찾으며 자주 울었다. 그럴 때마다 나는 동생을 때렸지! 저녁에 돌아온 엄마는 또 동생을 때렸다고 나한테 빗자루를 휘둘렀어! 나는 그다음 날 보복하느라 동생을 더 때렸고. 그 때문인지는 몰라도 명후는 여태 나를 그다지 좋아하지 않아! 고로 나는 집에서도 외로운 존재야. 개로 치면 오스트레일리아의 고독한 목양견 켈피나 미국에서 개량된 쓸쓸한 혼혈견 아메리칸 아키다지! 생각할수록 쓸쓸했다.

"엄마도 그때는 어쩔 수 없는 상황이었겠지. 엄마는 명후 말고 차라리 귀여운 여동생이나 낳아주지. 쩝! 비숑 한 마리 있으면 이럴 때 얼마나 좋아! 외롭지도 않고 심심하지도 않고."

솜뭉치처럼 털이 새하얗고 까만 눈이 동그란 비숑. 정말 너무너무 귀여웠다. 얼핏 보면 몰티즈나 페키니즈와 비슷하지만 자세히 보면 많은 차이가 있었다. 중2 말에 중계동 번화가 애완견 가게 앞을 지나다 처음 보았었다. 너무 마음에 들어 그 자리에 두 시간 가까이 서서 구경을 했었다. 외갓집에서 키우던 스피츠 견 몽실이를 생각하면서. 그때부터 알아봤더니 급우들 중에 집에서 꽤 이름 있는 고가의 애완견을 키우는 아이들이 많았다. 토종 진돗개는 물론 독일 군견 셰퍼드보다도 큰 썰매견 시베리아허스키를 키우는 아이도 있었고, 심지어 압도적인 덩치와 무시무시한 생김새의 로트와일러를 기르고 있는 녀석도 있었다. 바로 1학년 주먹짱인 고승현이었다. 녀석은 학교에만 오면 자기 개 자랑을 하느라 주둥이에 오토바이 엔진을 장착했다. 재수 없는 놈! 강후는 몸집이 큰 중대형 견보다는 조그맣고 귀여운 비숑이 제일 마음에 들었다.

"좀 싼 거는 7, 80만 원도 한다는데? 어린 새끼는 4, 50만 원쯤 할걸!"

비숑 모습을 떠올리며 팬티에 러닝 차림으로 이리 뒹굴 저리 뒹굴 호박 구르듯 빈둥거렸다. 그러다 그것도 심심해 휴대폰을 들고 살폈다. 전화를 걸 곳도 올 곳도 없었다. 좀 친한 친구가 두엇 있지만 다들 방학 특강을 듣느라고 영수 학원에 다니니 전화를 하기가 꺼려졌다. 말이 친구이지 오랫동안 서로 전화 한 통 하지 않아 그저 급우일 뿐이라는 생각이 들었다. 우연히 같은 학교 같은 학년 같은 반이 된 사이로 진짜 친구라고 보기는 어려웠다. 학급이라는 곳이 우정이라는 감정의 교류가 별로 이뤄지지 않기에 따지고 보면 철저한 개인주의자들의 집합체에 불과했다.

왠지 집에 있기가 싫었다. 원래 계획대로라면 수학 문제집도 하루 두 시간씩 풀기로 되어 있었으나 손에 잡히지 않았다. 영, 수, 국 위주의 학교 공부에 점점 흥미가 떨어져 지금은 거의 없었다. 강후는 자기가 하고 싶은 게 무엇인지 곰곰이 생각해봤다. 생각나는 게 없었다. 벌떡 일어났다.

"일찍 나가자. 나가서 이곳저곳 무작정 돌아다니자. 짝을 찾아 헤매는 외로운 들개처럼!"

그러다가 시간 맞춰 닭발나라에 갈 생각이었다. 아버지의 헌 바지를 찾아 입고 여름 모자도 눌러 썼다. 햇볕이 너무 쨍쨍해 얼굴을 가려야 할 것 같아서였다.

고개를 푹 숙인 채 아파트 단지 정문을 나가 좌측 인도를 터벅

터벅 걸었다. 버스 정류소를 지나고, 구두 수선 박스를 지나고, 우체국도 지나서 계속 걸었다. 119센터 앞에서 길을 건너 맞은편 인도로 올라섰다. 그리고 또 걸었다. 한성자동차정비소가 나왔다. 걸음을 멈췄다. 규모는 그리 크지 않았다. 하지만 정비사 몇 명이 기름때에 절은 작업복 차림으로 망가진 차를 고치느라 바쁘게 움직이는 모습이 보기 좋았다. 이마에 맺힌 굵은 땀방울이 수정 구슬처럼 예쁘게 느껴졌다. 강후는 시간이 흐르는 줄도 모르고 그들을 지켜봤다.

"저 기술을 배우고 싶기도 하고."

지난 한 학기 인문계 고등학교를 다녀보니까 자기 길이 아닌 것 같았다. 적성에 맞지 않았다. 자기 집이 아니라 마치 생판 모르는 남의 집에 가서 앉아 있는 기분이었다. 영혼이 증발된 허깨비가 되어 멍한 상태로 보내는 시간이 점차 길어졌다. 흥미가 없으니 당연히 공부가 잘되지 않았다. 열심히 따라가는 급우들이 부럽기는 했다. 그냥 모르는 척 따라갈까, 하는 생각도 들었다. 그렇지만 강후는 자기가 가야 할 길로 가고 싶었다. 그러나 어느 길로 갈 것인지 아직도 정하지 못하고 있었다. 차량 정비 외에 정보 통신이나 영상 미디어, 환경보호도 구미가 당겼다. 학기 초에 실시한 적성검사에서는 금융 계통이 맞을 것 같다고 나왔었다. 너무나 생뚱스런 결과였다. 그쪽보다는 차라리 담임이 제시한 해외여행 가이드가 훨씬 더 나았다. 아무튼 딱 부러지게 바로 이 길이다 하고 가슴에 와 닿는 게 없었다. 아, 언제까지 떠돌이 방랑견 백구 같이 갈 길을 찾아 헤매야 하는지? 내 꼬락서니가 처량하다! 가슴이 또 답답해졌다. 한숨이 길게 새어 나왔다.

인도를 따라 곧장 가면 약 8, 90미터 지점에 닭발나라가 있지만, 강후는 좌측의 경사진 길로 들어갔다. 그 길은 근린공원 외곽 길로 처음 가보는 길이었다. 그 길을 따라 빙 돌아가면 얼추 출근 시간이 될 것 같았다. 대청사우나를 지나 계속 올라갔다. 길 우측은 근린공원으로 나무 그늘이 져 시원했다. 하지만 길 좌측은 슬레이트 지붕이 다닥다닥 붙어 있는 빈민촌이었다. 햇볕에 달궈진 담장이 몹시 뜨거웠다. 길은 점점 경사가 급해지며 작은 골목길이 여러 개 나타났다.

"어? 저……."

그 할아버지였다. 폐휴지나 빈 박스를 줍는 할아버지가 손수레를 끌고 앞에 가고 있었다. 어린애도 한 명 있었다. 그 꼬마 아이였다. 동그라미 몬스터! 닭발나라 설거지 아줌마 딸 영금이가 손수레를 밀고 있었다. 강후는 반가운 마음에 얼른 뛰어갔다.

"영금아, 같이 밀자."

영금이가 알아보는 듯하더니 이내 입술을 삐죽였다. 반가워하는 얼굴이 아니었다. 기척을 느낀 할아버지가 뒤를 돌아다봤다.

"할아버지, 안녕하세요?"

"그, 그래. 고마워!"

할아버지는 오리발 사장한테 혼이 났던 그날 이후 닭발가게 앞을 한 번도 지나가지 않았다. 박스를 줍는 코스를 바꾼 것이 틀림없었다.

얼마쯤 가다가 할아버지가 나무 그늘에 손수레를 세웠다. 허리를 펴고 수건으로 이마의 땀을 닦는 할아버지의 얼굴이 많이 수척해 보였다. 무더위에 땀을 뻘뻘 흘리며 손수레를 끌어서 그런 것 같았다. 옛날에 비탈진 밭에서 암소를 부리며 쟁기질을 하던 외할아버지 생각이 났다.

"안 밀어줘도 되는데. 더우니까 이쪽 그늘에 와서 쉬어. 영금이 너도."

"이 애를 아세요, 할아버지?"

"응! 영금이가 자주 밀어줘. 종종 엄마하고 같이 밀어주기도 하고."

"그래요?"

"빈 박스도 모아뒀다가 꺼내주곤 해. 아주 착해!"

강후는 영금이가 너무 예뻐 보여 머리를 쓰다듬어주려고 손을 뻗었다. 그러나 영금이는 옆으로 후다닥 피했다. 마치 징그러운 뱀이라도 본 듯한 동작이었다. 강후는 머쓱해져서 뻗은 손을 거둬들이고 말았다.

"도둑년이 이쪽 길에서 숯돌이 오빠 만나니까 엄청 반갑네요!"

강후의 손길을 피한 영금이가 눈을 찢어져라 흘기면서 비아냥댔다. 지난번 지하실 방문을 열어젖히며 도둑년이라고 소리를 쳤던 일을 가지고 그러는 거였다. 그날 여러 번 사과를 했는데도 아직 풀어지지 않은 모양이었다.

"미안해, 영금아! 그날은 내가 모르고 그런 거야."

"흥! 미안해할 짓을 왜 하고 돌아다녀요?"

영금이가 콧방귀를 내쏘고 토라져 앉았다. 혼자서 텔레비전을 너무 많이 보아 그런지 말투는 여전히 어린애답지 않았다. 웬만한 어른 뺨을 쳤다. 강후는 영금이에게서 시선을 거두고 할아버지에게 한 발 다가갔다.

"할아버지, 그동안 우리 가게 앞길로는 왜 안 오셨어요?"

"그 길은 박스를 못 가져가게 하는 가게가 많아. 그래서 요샌 힘들어도 뒤쪽 골목길로 다녀."

"할아버지 집이 이 근처예요?"

"응! 저 위쪽 골목 끝이야."

할아버지가 손을 들어 슬레이트 촌을 가리켰다.

"할아버지는 좀 더 쉬세요. 제가 저 위에까지 리어카 끌어다 놓을게요."

"아유! 그러면 정말 고맙지!"

"영금아, 뒤에서 좀 밀어줄래? 오빠가 앞에서 끌 테니까."

영금이가 힐끔 쳐다봤다. 그러더니 도로 고개를 돌리고 손부채질을 했다. 이 더운데 내가 왜 오빠를 도와주어야 하느냐는 표정이었다. 새침하니 귀여웠다.

"오빠가 아이스크림 사줄게!"

"좋아요!"

그제야 일어나서 손수레 뒤로 갔다. 일종의 계약이 이루어진 거였다.

폐휴지 무게가 상당해 손수레를 끌기가 만만치 않았다. 금세 턱까지 숨이 차고 이마에 땀이 솟았다. 천천히 지그재그로 한참을 올라가 할아버지가 산다는 골목 입구에 손수레를 받쳐놓았다.

"자, 영금아! 1000원! 가서 아이스크림 사 먹어."

영금이가 씨익 웃으며 돈을 받고서 다시 아래로 내려갔다. 깡충깡충 걷는 모양새가 오즈의 마법사 도로시의 애완견인 케언테리어 같은 걸음걸이였다.

"할아버지, 저는 이제 갈게요."

"그래! 잘 가. 고마워!"

밑에서 구부정한 걸음으로 올라오던 할아버지가 손을 흔들어 인사를 받았다.

다시 길을 올라 약 10여 미터 갔을 때,

"영금아! 피해! 피해!"

뒤쪽에서 할아버지의 고함이 들렸다. 얼른 뒤를 돌아보았다.

"어? 저, 저……."

조금 전에 받쳐놓았던 손수레가 쏜살같이 아래로 굴러가고 있었다. 엄청난 속도였다. 영금이가 위험했다.

"영금아! 옆으로 비켜! 비켜!"

강후도 목이 터져라 소리쳤다.

아슬아슬하게 영금이가 오른쪽 담벼락으로 몸을 날려 피했다. 하지만 손수레는 멈추지 않고 계속 아래로 굴러가 이제 할아버지가 위험했다. 가속도가 붙어 굴러가는 속도가 더욱 빨라진 상태였다.

"할아버지, 비키세요!"

강후의 외침이 끝나기도 전에 손수레는 전봇대를 들이받고 뒤집혔다. 뒤집히며 가득 실려 있던 폐휴지와 박스를 길바닥에 흩뿌려놓았다. 그 박스들 중 일부가 그만 할아버지를 덮쳐 할아버지가 넘어지고 말았다.

황급히 달려 내려가 할아버지를 살폈다. 박스 모서리에 스쳐 목덜미에 시뻘겋게 피멍이 들어 있었다. 길 옆 그늘로 부축해 옮기고 다시 살폈다.

"죄송해요, 할아버지! 제가 리어카를 잘못 받쳐놓았나 봐요. 정말 죄송해요!"

"나는 괜찮아! 괜찮아! 영금이 쟤나 좀 봐줘!"

시선을 돌려 위쪽을 보았다. 영금이가 한쪽 팔을 잡고 느리게 내려오고 있었다.

"어? 영금이 너 다쳤어?"

깜짝 놀라 후다닥 달려갔다. 아까 손수레를 피할 때 담벼락에 부딪쳐 오른쪽 팔꿈치 부분이 5, 6센티쯤 까져 있었다. 할아버지 옆으로 데리고 와 앉히고 러닝셔츠 밑부분을 찢어 상처 부위를 둘러 싸매줬다.

"미안해, 영금아! 다 오빠 잘못이야."

"하여튼 숯돌이 오빠는 뭘 제대로 하는 게 없다니까."

"왜? 상처를 꼼꼼히 싸매는 걸 보니 웬만한 간호사보다 낫겠는데."

그 와중에도 할아버지가 칭찬을 해줬다. 기분이 나쁘지 않았다.

"많이 아프냐, 영금아?"

"아니요, 할아버지! 견딜 만해요. 지지난번에는 부엌칼에 손가락을 이만큼이나 베었었는걸요 뭐! 그때는 피가 아주 많이 났었는데도 울지 않았어요."

폐휴지를 손수레에 다시 싣고 할아버지 집까지 밀어다 준 뒤 강후는 또 언덕길을 올랐다. 정말 큰일 날 뻔했어! 만약에 손수레가 그대로 영금이를 덮치고 이어서 할아버지를……. 아직도 심장이 벌렁거리고 등골이 오싹해졌다. 앞으로는 모든 일에 신중해야지! 그런데 내가 간호사보다 낫다고? 재작년 여름방학 때 상처 입은 외갓집 개 몽실이의 다리에 약을 바른 뒤 붕대로 싸매준 적이 있었다. 그때도 외갓집 식구들한테 칭찬을 들었던 기억이 났다. 강후는 입가에 미소를 달고 부지런히 걸었다.

날씨가 꽤 더웠다. 오후 5시가 넘었는데 더위는 좀체 수그러들

줄을 몰랐다. 매미들의 합창 소리가 고막을 때렸다. 걷다가 뛰다가를 반복하다 보니 두범이가 다니는 전자공고 앞 큰길이 나왔다. 이제 우측으로 300여 미터만 가면 월계교차로가 나타나고, 거기서 다시 우측으로 50여 미터만 가면 닭발나라였다. 걸음 속도를 높였다.

24시 편의점 앞을 지나면서 편의점 안을 슬쩍 보니 카운터에 은림이 누나가 보였다. 손님 두 명이 카운터 앞에 서 있었다. 들어가서 음료수라도 하나 살까 하다가 그만두었다.

길 건너편 성북주유소를 살폈다. 보라는 아직 출근하지 않았는지 아무리 살펴봐도 보이지 않았다. 간사리 소장과 몇몇 직원들만 유조차 옆을 바쁘게 오갔다.

"저 간사리도 위험인물이다 이거지?"

보라가 다른 곳으로 옮겼으면, 바라면서 닭발가게로 향했다.

닭발나라 앞에 웬 중형 트럭이 한 대 서 있었다. 오리발 사장도 보였다.

"무슨 일이지?"

다가가 인사부터 건넸다.

"사장님, 안녕하세요?"

"어! 너 마침 잘 왔다. 오늘 참숯이 들어왔는데, 이 참숯 박스를 안쪽 창고로 옮겨다 쌓아! 여기가 주차 금지 구역이니까, 얼른!"

트럭에 가득 실린 가짜 참숯 박스는 150개도 넘어 보였다. 기가 질리고 오금이 저렸다. 괜히 일찍 왔구나! 후회가 되었다. 숯값이 오른다고 미리 사재기를 해놓는 것임이 틀림없었다.

배달 트럭이 인도에 내려놓고 간 숯 박스를 창고로 다 날라다 쌓고 나니 완전 파김치가 되고 말았다. 15킬로그램짜리 박스가 무려 180개. 하늘이 노랬다. 다리가 풀려 흐느적흐느적 문어 걸음으로 간신히 수돗가로 가 털썩 주저앉았다. 홀딱 벗고 목욕을 하고 싶은데 그럴 수는 없고. 영 죽을 맛이었다. 담 너머 돼지갈빗집은 어째 조용했다. 지금쯤 철수세미로 불판 닦는 소리가 쓱싹쓱싹 들려야 정상인데?

"두범이 오늘 안 나온 거 아냐?"

확인하고 싶었으나 다리 힘이 다 빠져 일어서지 못했다. 꼼짝도 않고 앉아 더위 먹은 개처럼 헉헉거렸다. 정말 혓바닥이 입 밖으로 한 발이나 나와 덜렁거렸다.

"이, 이거 마, 마셔!"

그런 강후의 모습을 주방에서 빠끔히 내다보고 있던 영금이 엄마가 얼음물을 가지고 왔다. 너무 감사해 냉큼 받아서 벌컥벌컥 단숨에 마셨더니 한결 기운이 났다.

"고마워요! 사장 아까 나갔죠?"

강후는 의도적으로 '님'자를 빼고 물었다. '님'자 붙이기가 싫어져서였다. '님'에는 존경의 뜻이 포함되어 있다는데 이제 사장은 존경스런 인물이 아니었다. 존경은커녕 경멸스러웠다.

"응! 나갔어."

"그 많은 일을 나 혼자 다 하게 하고. 좀 도와주면 덧나나? 씨!"

"안 도와줘! 시키기만 해."

하긴 도와줄 사람이 아니었다. 사장이라고 이래라저래라 시키기만 했다. 처음하고는 완전 딴판이었다. 이제 대놓고 머슴 취급을 했다. 어제 불량 숯이 폭발을 해 다쳤는데도 본체만체했다.

"아줌마가 또 닭발 삶고 양념도 해요?"

"응! 내가 다 해. 재밌어!"

"그러면 급료를 더 달라고 해야죠?"

"몰라! 몰라!"

돈 개념이 거의 없는 영금이 엄마는 고개를 가로젓더니 다시 주방으로 쪼르르 들어갔다. 영금이가 자기 때문에 팔꿈치를 약간 다쳤다고 말을 하려던 강후는 그만 입을 다물고 말았다. 상처가 덧나지 말아야 할 텐데! 걱정이었다.

밖으로 나가 숯불을 피웠다. 불량 성형 숯이 또 폭발할까봐 면장갑을 끼고 마스크도 하고 조심조심 하려니 숨이 턱턱 막혔다. 겨우 불을 붙여놓은 뒤 장갑과 마스크를 벗어 던졌다. 화로에서 멀찍이 떨어져 심호흡을 거듭했다.

"아! 죽겠네!"

더위가 좀체 가시지 않았다. 시원한 사이다가 간절했다.

24시 편의점으로 달려갔다. 팥빙수에다 사이다를 부어 팍팍 퍼

먹고 오자고. 생각만으로도 시원해지며 입안에 침이 고였다. 앉은
자리에서 세 개 정도는 단숨에 퍼먹을 것 같았다.

"누나, 은림이 누나!"

출입문을 열자마자 소리쳤다. 아줌마 손님 한 명이 카운터에서
계산 중이었다. 목소리를 낮췄다.

"은림이 누나! 시원한 사이다 있지요? 예?"

누나가 힐끔 쳐다보고 고개를 저었다.

"없어요? 사이다 없는 편의점도 있어요? 와, 놀랄 노 자네요."

"너, 촐랑거리지 좀 마라! 남자 새끼가 무게가 있어야지."

"무게요? 나, 이래 봬도 무게 꽤 나가요. 헤헤!"

"까불래?"

아줌마 손님이 나가자 은림이 누나가 눈을 허옇게 까뒤집고 노
려봤다.

"알았어요. 앞으로는 촐랑거리지 않도록 노력할게요. 하지만 시
간을 줘요. 성격인데 하루아침에 고치기가 쉽지 않잖아요? 누나,
사이다 있지요?"

끝부분은 제법 무게를 줘서 정중하게 물었다. 은림이 누나가 어
이없다는 듯 웃었다.

"저 안쪽 냉장고에."

서둘러 안쪽으로 들어갔다.

"어어?"

강후는 못에 박힌 듯 그 자리에 얼어붙었다. 목을 태울 것 같던 갈증이 순식간에 가셔졌다. 두 눈을 냉면 사발보다 더 크게 뜨고 뚫어져라 바라보았다. 두범이와 보라가 안쪽 간이 식탁에 나란히 앉아 있었다. 매우 심각한 표정이었다. 강후는 자신도 모르게 얼굴이 시멘트 담장처럼 굳어버렸다. 속에서 질투의 불이 활활 타올랐다. 여자애들은 부잣집 아들을 좋아한다더니, 두범이 정말 병원장 아들 아냐? 맞아! 어쩔 수 없는 사정으로 잠시 그 빈민촌에 살고 있는 건지도 몰라! 온갖 생각이 머릿속에서 얽히고설켰다. 가뜩이나 더워 죽겠는데, 강후 몸은 질투의 불길로 까만 숯덩이가 되어버렸다.

그냥 나가려고 몸을 돌렸다. 몸이 무거웠다. 마음은 더 무거웠다.

"너도 가서 앉아. 그러잖아도 너한테 전화하려고 그랬어! 얘들아, 마침 여기 강후도 왔다."

은림이 누나가 등을 떠밀어 간이 식탁으로 다가갔다.

"어, 왔냐?"

"여기 앉아."

보라가 옆자리를 가리켰다. 썩 내키는 자리는 아니지만 못 이기는 척 앉았다.

"두범이는 아까 나랑 상의하러 온 거고. 보라는 너 오기 방금 전에 여성용품 사러 온 거야."

"그, 그래요? 근데 무슨 상의를?"

"쭈글이가 아까 점심때 두범이한테 전화해서 오늘부터 나오지 말라고 그랬대."

"정말요? 쭈글이가 진짜 그랬어?"

전화 한 통화로 사람을 자르다니. 화가 나 큰 목소리가 튀어나왔다. 주먹으로 식탁을 한 번 내려쳤다. 그 바람에 보라가 깜짝 놀랐다.

"그래! 전화해서 오늘부터 나오지 말라고 하더니 툭 끊더라고."

"아무 설명도 없이?"

"설명은 무슨 설명? 가게로 달려가 봤더니 사장이 없는 거야. 그래서 전화를 걸었지. 그랬더니 개욕을 퍼부으면서 다른 알바생 구한다고 필요 없다고 그러더라. 나, 근린공원에 여태 혼자 앉아 있다가 이리로 온 거야."

뭐라고 위로해줄 말이 없었다. 은림이 누나도 보라도 입을 다물고 말을 하지 않았다. 무거운 침묵이 2, 3분 흘렀다. 결국 강후가 입을 열었다.

"그 쭈글이가 뻥치는 거 아닐까? 근로 계약서 써달라고 그랬다면서?"

"그러긴 했는데……."

손님이 들어오자 은림이 누나는 다시 카운터로 갔다. 상냥한 목소리로 "어서 오십시오!"를 외치며 뛰어갔다. 손님이 담배를 찾았다.

"나도 얼른 가봐야 해!"

보라도 주유소로 돌아갔다. 자기한테 눈길 한번 안 주고 가버려 강후는 서운했다. 아까 두범이랑 나란히 앉아 있던 모습이 자꾸 눈앞에 어른거렸다. 꽤나 다정해 보였고 몹시도 걱정해주는 표정이었다.

"나쁜 놈! 어떻게 그럴 수가 있어? 가만히 있어서는 안 돼!"

강후의 말에 두범이는 마른침을 삼켰다. 하지만 일어서지는 않았다. 식탁을 내려다보면서 눈동자만 좌우로 굴렸다. 땅이 꺼질 듯한 한숨을 반복적으로 내쉬기도 했다. 왠지 열여덟 어린 청춘이 내쉬는 한숨 같지가 않았다. 삶에 찌든 냄새가 짙게 배어났다.

"가서 따지자!"

강후는 과도하게 힘을 써 두범이를 잡아끌었다. 그러자 두범이가 마지못해 일어났다. 카운터 앞을 지나려는데 은림이 누나가 막아섰다.

"너희, 어디 가려고?"

"그 쭈글이한테 가서 따져야죠."

"내버려 둬!"

내버려 두라니? 울화가 치밀었다.

"누나! 누나 혹시 그 자식한테 빚진 거 있어요?"

"그런 거 아냐!"

아니라고 대답을 했으나 아닌 게 아닌 것 같았다. 눈빛이 매우 의심스러웠다.

"아니기는 뭐가 아니에요? 아무래도 그런 거 같은데."

"아니라니까!"

강후는 눈을 가늘게 떠서 은림이 누나를 쏘아봤다.

"누나, 두범이는 심각한데……."

"맞아. 나도 가서 따져보고 싶어, 누나!"

"가자고. 가서 따져보자고."

강후는 다시 두범이의 팔을 잡아끌었다. 복잡해진 감정을 누구와 큰 소리로 말싸움을 해서라도 풀어버리고 싶었다. 주먹이 근질거리기도 했다. 이래저래 불쾌지수가 최고조에 달해 있어서 대형 폭발을 일으킬 것만 같았다.

"야! 가지 말라고 했지?"

"누난 왜 자꾸 그 쭈글이를 두둔하고 나서요?"

강후는 은림이 누나를 노려보며 말대꾸를 했다.

"일에는 순서가 있는 거야. 내가 자세히 알아볼 테니까 가지 마!"

은림이 누나가 두 눈에 힘을 주고 소리를 꽥 질렀다. 표정이 무섭게 변했다. 그 서슬에 강후는 기가 죽어 시선을 거두었다. 전투견 도사를 만난 수색견 비글이 되어 꼬랑지를 내렸다. 그러고는 두범이한테 위로의 말을 건넸다.

"차라리 잘된 거 아냐? 다른 데로 가면 되지. 그 쭈글이네 집에서 불판 닦는 것보다 딴 곳이 훨 낫겠지, 뭐!"

"나도 그러고 싶지만, 알바 자리가 쉽게 구해지는 게 아니잖아?"

"강후야, 너는 빨리 가서 네 일 해! 내가 연락할 테니까. 그리고 두범이는 식탁에 앉아 있어. 어서!"

비 맞은 중처럼 구시렁거리면서 강후는 편의점을 나왔다. 월계 교차로 건너편 주유소에서 보라가 빨간 승용차에 기름을 넣고 있었다. 나를 좀 쳐다봐 주려나? 인도에 서서 잠시 기다려보았다. 하지만 끝내 쳐다보지 않았다. 보라가 진짜로 두범이를 좋아하는 건 아닐까? 그러고 보니 첫날에도 두범이를 바라보던 눈빛이 뭔가 달라 보였어! 불안감이 가슴을 짓눌렀다. 나를 좋아해야 하는데, 나를! 입안이 바짝 타들어가고 손바닥에 땀이 가득 고였다.

퇴근을 했는데도 은림이 누나한테서는 아무 연락이 없었다. 다시 편의점으로 가볼까 하다가 그냥 집으로 터덜터덜 걸어갔다. 걸음걸이가 꼭 도살장으로 끌려가는 늙은 개 꼴이었다.

"존심 상하게 내가 거길 왜 또 가? 니덜끼리 알아서 해라, 해! 내가 콧등 덴 건 알아보지도 못하고. 씨!"

그래도 미련이 남아 횡단보도를 건너면서 편의점 쪽을 힐끔힐끔 살폈다. 주유소도 살펴봤다. 지금이라도 오려나, 기대하며 휴대폰을 만지작거렸다.

중간도 채 못 건너갔을 때였다.

'빠바바방—!'

고막을 찢는 듯한 경적음이 울림과 동시에 스포츠카 두 대가 아슬아슬하게 스쳐 지나갔다. 강후는 기겁을 해 뒤로 물러섰다.

"저런 쌍! 아직 녹색불인데……."

대당 가격이 2억 원을 넘는다는 스포츠카는 눈 깜짝할 사이에 월계교차로를 통과해 계속 달렸다. 새벽이라 차량이 뜸해 원 없이 달리는 것 같았다. 새벽 시간에 가끔 나타나는 녀석들이었다. 며칠 전에는 한꺼번에 다섯 대가 굉음을 내며 달려갔었다. 그 소리에 한참이나 귀가 먹먹했었다.

"잘났다, 이 폭주족 놈들아! 그렇게 달리다 사고나 팍 나라. 퉤!"

화가 나기도 하고 배가 아프기도 해 강후는 악담을 퍼부은 뒤 침을 뱉었다. 그 순간 한 줄기 새벽바람이 부는가 싶더니 미처 다 크지 않은 은행잎 몇 장을 떨어뜨렸다.

조심스레 현관문을 열고 집 안으로 들어갔다. 새벽 1시가 넘은 시각이었다. 그런데도 더위는 그리 식지 않았다. 그 때문에 창문과 방문 모두를 활짝 열어놓은 상태였다.

"엄마는 도둑 많이 든다면서 문을 다 열어놓고……."

엄마하고 아버지는 벌써 깊이 잠이 들어 있었다. 얼마나 피곤한 지 코까지 약하게 골았다. 물을 마시러 주방으로 갔다. 식탁에 밥이 차려져 있었다. 밥 생각은 별로 없었다. 요즘 하도 더위와 숯불 열기에 시달렸더니 입맛이 떨어져버렸다. 젓가락 밑에 엄마가 써놓은 메모 쪽지가 눈에 띄었다. 가만히 집어서 읽었다.

네가 좋아하는 해물탕 끓여놨어. 데워서 먹고 자. 세수한 다음에 화상 연고 다시 잘 바르고.

—엄마가

냄비 뚜껑을 열었다. 꽃게, 낙지, 홍합, 조개, 미더덕이 그득한 해
물탕이 아주 먹음직스러웠다. 금세 입안에 군침이 가득 고였다.

"와우! 해물탕 이거 얼마 만이냐?"

국물 색깔을 보고 냄새를 맡아보니 그리 매울 것 같지 않았다.
엄마가 먹기 좋게 적당히 맞춰놓은 거였다. 냄비를 들어 가스레인
지에 올렸다. 가스 불을 켜고 불꽃을 작게 조절했다. 밥은 엄마가
퍼놓은 찬밥을 그냥 먹기로 했다.

의자에 앉았다. 고개를 돌려 아버지 얼굴을 보았다. 아버지와 말
을 안 하고 지낸 지 꽤 되었다. 지난 중간고사 성적표가 나온 이후
였으니 벌써 3개월이 넘었다. 얼마 전 반에서 15등 안에도 들지 못
한 기말고사 성적표를 보고서 아버지는 더욱 입을 다물었다. 자기
에게 크게 실망을 하고 있다는 걸 강후도 알고 있었다. 아버지 옆
에서 잠이 든 엄마의 모습을 살폈다. 시선을 엄마의 얄팍한 어깨
를 거쳐 왼쪽 손으로 옮겼다.

"내가 중딩 1학년 때 크게 데었었다고?"

그런데 왜 기억에 없는 건지, 미안한 마음이 들었다.

해물탕에 찬밥을 말아 먹은 다음 양치질을 하러 목욕탕으로 들
어갔다. 칫솔을 들고 거울부터 봤다.

"흐흠! 이만하면 나도 미남 축에 속하지! 콧등에 흉터 생기면 정말 안 되는데."

거울에 비친 얼굴을 요리조리 뜯어보며 양치질을 한 후 세수도 꼼꼼히 했다. 시원하게 샤워를 했으면 좋겠지만, 엄마 아버지가 자고 있어서 내일 오전으로 미뤘다.

욕조에 엄마가 벗어놓은 바지가 보였다. 회색의 몸빼형 바지. 엄마는 또 도봉산 도선사로 불공을 드리러 갔다 온 모양이었다. 매년 4월 초파일 석가탄신일에만 갔었는데? 엄마는 걱정거리가 점점 더 많아지는가 보았다. 여름방학 전에 동생 명후가 강원도 횡성에 있는 민족사관고등학교를 가겠다는 의사를 밝혀서 몹시 신경이 쓰이는 눈치였다. 학비가 웬만한 대학교보다 비싸다는 소리를 들은 것 같았다. 동생 명후는 꿈도 참 야무졌다. 그 학교가 어떤 학교라고 감히 그 학교를? 거기를 졸업해서 곧바로 미국 유명 대학에 들어가겠다고? 뭐, 꿈꾸는 건 자유고 돈이 들지 않으니까. 학교에서 상위권을 유지하고 있지만 강후는 명후가 떨어질 걸 알기에 피식 웃고 말았었다. 명후는 외갓집에 가서 다 풀고 오겠다며 성경책보다 더 두꺼운 수학 문제집 한 권만 달랑 가지고 갔다. 하지만 반이나 제대로 풀고 올는지 모를 일이었다.

밤새 뒤척이다가 새벽 4시경에 잠이 든 것 같았다. 일어나보니 엄마, 아버지는 벌써 일 나가고 또 혼자였다. 집 안이 썰렁했다. 온

가족이 한데 모여 함께 밥을 먹으며 이야기를 나눠본 지가 언제인지 생각도 나지 않았다. 엄마, 아버지가 일 때문에 시간이 통 없으니 식구 네 명이 한자리에 다 모이는 게 쉽지 않았다. 게다가 근래에 아버지는 강후와 식탁에 앉는 것조차 꺼려하는 눈치였다. 강후도 아버지가 불편했다. 둘 다 서로에 대한 마음의 문을 굳게 닫고 있어서 한집에 살기는 해도 같이 사는 게 아니었다. 심리적으로 상당한 부담이 되었다. 사람의 마음에는 세상 그 어떤 성문보다도 열기 힘든 육중한 철문이 달려 있다는 걸 강후는 새삼 느꼈다.

이렇게 살다가는 어쩌면 평생 못 모일는지도 몰랐다. 아침에 각자 흩어져서 하루를 보내다가 밤에 제각각 들어와서 잠만 자는 집. 다음 날에도 또 그렇게 반복되고……. 집이 집이 아니라 마치 여관 같다는 생각이 들었다. 일용직 노동자들의 숙소 같기도 했고.

강후는 텅 빈 안방을 살피다가 동생 방으로 갔다. 역시 텅텅 비어 휑했다. 동생 명후가 조금 보고 싶어지기도 했다.

"전화 한 통 없네. 얼마나 신나게 놀기에……. 자식!"

충청도 단양 산골짜기 시골 마을에 있는 외갓집이 그리워졌다. 귀여운 강아지 몽실이와 신나게 뛰어놀던 마을 앞을 흐르는 보발천하며 푸른 들판이 눈에 선했다. 그리고 자기를 가장 잘 이해해 주는 외삼촌도 많이 보고 싶었다. 이번 여름방학 때는 학원에 다닐 예정이라서 못 내려간다고 하자 외삼촌은 매우 서운해했었다.

샤워를 하고 났더니 12시가 가까워졌다. 늘 그렇듯이 집 안을 이리저리 왔다 갔다 했다. 그러다 컴퓨터게임도 한판 했고, 맨손체조도 했고, 빗자루를 들고 방도 쓸었다. 배가 고팠다. 해물탕 남은 걸로 아침 겸 점심을 먹으러 주방으로 갔다. 가스레인지 앞에 서자마자 문자 도착 알람이 울렸다. 얼른 휴대폰을 확인했다.

—2시까지 월계역 바로 앞 순댓집으로 나와!

은림이 누나였다. 월계역 앞이라면 임대 1단지와 2단지 사잇길로 해서 신덕대학교를 지나 한참 걸어가야 했다. 빠른 걸음으로 35분 정도 걸리는 거리였다. 1시가 조금 지났으니 급히 나가야 했다.

"왜 하필 그리로 오라는 거야?"

걷다가 뛰다가를 반복하며 겨우 시간 전에 도착했다. 살펴보니 월계역 앞에 순댓집이라곤 딱 한 군데밖에 없었다. '그대 이름은 순대'라는 간판이 금방 눈에 띄었다.

"강후야, 이쪽!"

가게로 들어가자 은림이 누나가 손을 흔들었다. 이미 다 와 있었다. 강후는 일부러 보라와 두범이 사이에 앉았다. 은림이 누나와는 마주 보는 자리였다. 은림이 누나는 묶었던 머리를 풀고 단정하게 빗어서 그런지 조금 예뻐진 것 같았다. 보라는 하늘색 원피스를 입고 흰색 썬캡을 써 시원스러웠다. 어디 여행이라도 떠나려는 옷차림이었다. 두범이는 시무룩한 표정으로 창밖을 보고 있었다. 분위기가 가라앉아 썰렁했다.

"이 집, 순대떡볶이 끝내줘! 내가 살 테니까 한번 먹어봐."

나는 떡볶이 매워서 싫어하는데! 차라리 야채순대볶음을 시키지! 강후는 메뉴판을 슬쩍 보고 속으로 말했다.

"진짜지, 언니? 난 떡볶이 짱 좋아해. 매운 떡볶이."

보라는 좋다고 난리였다. 열흘 굶은 사람의 표정으로 연신 군침을 삼켰다.

"그러니? 너희도 좋아하지? 아줌마, 여기 순대떡볶이 5인분요. 맵게요."

은림이 누나가 떡볶이 5인분을 시켰다. 그것도 매운 떡볶이로. 미칠 지경이었다. 배가 고파 안 먹을 수도 없고. 보라도 있는데, 남자가 매운 것도 못 먹는다고 흉보면 어쩌나? 걱정이 태산이었다.

"누나, 이쪽으로 자주 다녀요?"

두범이 때문에 썰렁한 분위기를 바꾸려고 강후가 말문을 열었다.

"자주는 아니고 가끔! 전철 타려면 이 역으로 와야 하잖아?"

그건 그랬다. 동네에서 가장 가까운 역이 월계역이었다.

대화는 더 이어지지 않고 거기서 끊겼다. 강후는 고개를 숙였다. 식탁 밑에 보라의 샌들이 보였다. 파란색 비닐 샌들 앞부분으로 보라의 발가락 열 개가 가지런히 나와 있었다. 매니큐어를 칠한 모양이었다. 반짝반짝 빛이 나는 게 꼭 진주 구슬을 꿰어놓은 것 같았다. 오래 신은 건지 샌들은 조금 낡은 모습이었다.

순대떡볶이가 나왔다. 푸짐했다.

"와! 진짜 맛있겠다."

"자, 먹어. 먹고서 얘기하자."

강후는 젓가락도 들지 않았는데, 은림이 누나와 보라는 벌써 접시에 듬뿍 덜어 잘도 먹었다. 그냥 보고만 있을 수는 없어서 소스가 덜 묻은 떡을 한 개 골라잡아 조심스레 먹어보았다. 단맛이 약간 있으나 매운맛이 훨씬 더 강했다. 즉시 입안이 얼얼해졌다. 그렇다고 하나만 먹고 말 수도 없고. 이번에는 순대를 하나 입에 넣었다. 소스가 속에까지 배어들어 떡보다 몇 배나 더 매웠다. 혀에 불이 붙었다. 얼른 냉수를 한 모금 마셔 불을 꺼보려 했지만 실패였다. 이마와 눈가에 땀방울이 송골송골 맺혔다. 숯불에 덴 콧잔등이 쓰라렸다.

더는 못 먹겠기에 막 젓가락을 놓으려는 순간,

"이거 먹어봐. 맛 끝내줘!"

보라가 주먹만 한 순대를 하나 집어 접시에 놓아줬다. 순대 세 개가 찰떡처럼 들러붙어 크기가 정말 주먹만 했다. 더욱이 시뻘건 소스도 듬뿍 묻은 거였다. 오! 하느님! 강후는 용기를 내 먹기로 했다. 다른 사람도 아닌 보라가 주는 순대이니 죽는 한이 있어도 먹어야 했다. 이왕 먹을 거 한 번에 딱 먹고 말자! 결심을 하고 순대 덩어리를 젓가락으로 집었다. 젓가락이 바르르 떨렸다. 씹지 말고 꿀꺽 삼키자. 그러면 덜 매울 거야! 그렇게 판단하고 입을 최대한으로 크게 벌려 순대 덩어리를 쑤셔 넣었다. 단숨에 꿀꺽 삼켰다.

"어으으!"

입안뿐만 아니라 식도를 거쳐 위까지 차례로 불이 붙는가 싶더니 급기야 온몸이 훨훨 타올랐다. 지옥불 속이 이보다 더 뜨거울까? 곧 죽을 것만 같았다. 냉수 두 컵을 연거푸 들이켰다.

"강후 너, 매운 거 잘 먹네. 더 줄게."

은림이 누나가 젓가락으로 또 순대 덩어리 하나를 집었다. 얼른 손을 내저으며 거부했다.

"아, 아니요. 됐어요, 됐어!"

"왜? 잘 먹으면서."

"사실은 아까 점심 많이 먹고 왔어요. 지금 배가 터질 것 같아요."

점심은 무슨 점심? 아침도 안 먹어 뱃가죽이 등가죽에 붙었는데. 그렇지만 솔직하게 말할 수는 없는 노릇이었다. 집에 있는 해물탕이 눈앞에서 맴을 돌았다.

두범이는 암소처럼 묵묵히 먹고 있었다. 은림이 누나나 보라보다 속도는 느리지만 꾸준히 젓가락을 움직였다. 맛을 느끼며 먹는 게 아니라 손이 자동으로 오르락내리락하는 로봇 같았다. 표정 또한 여전히 어둡고 딱딱했다. 강후는 연거푸 냉수만 마셔 배가 볼록해졌다.

"그 쭈글이가 오리발한테 무슨 코치를 받은 게 분명해! 지금 계산중이래. 한 푼도 안 떼어먹을 테니 가서 기다리래! 그러면서 두범이 네가 일을 못했느니 어쨌느니, 말도 안 되는 소리를 지껄이더라고. 내 참, 기가 막혀서."

이 얘기 저 얘기 나눠보지만 별 뾰족한 방법이 없었다. 분위기가 우울해졌다. 더 이상 아무도 말을 하지 않았다. 이따금 전동차 지나가는 소리만 출입문 틈으로 들려왔다. 쿠르릉! 쿠르릉! 멀리서 들리는 천둥소리와 흡사했다. 내 자리를 주어버릴까? 준다고 해도 오리발의 악명이 워낙 높아서 올 두범이가 아니지만, 나도 그만두고 싶지는 않아! 콧등까지 덴 마당에 끝까지 해보겠다는 오기가 생겼다. 사기보다 강한 게 오기야! 외삼촌이 했던 말이 생각났다. 그렇지만 가슴이 갑갑해졌다.

"우리도 네 알바 자리 어디 없나 알아볼게, 두범아! 장수해장국하고 은하칼국수에 알바 자리 나면 참 좋은데. 그 가게 사장님들은 인간성이 참 좋거든. 양심적이고. 그런데 알바를 잘 안 써! 자기네 가족들끼리 하는 가게라."

강후도 지나다가 본 가게였다. 닭발나라에서 편의점과 반대 방향으로 불과 3, 40미터 떨어진 곳이었다. 손님도 꽤 되었다.

"오리발하고 쭈글이가 그 사장님들 왕따 많이 시키지! 뒤에서 욕도 하고. 한번 알아나 볼까? 가끔 쓰기도 하거든."

"괜찮아, 누나! 내가 틈틈이 더 알아보지 뭐!"

"배달 오토바이 타면 안 돼? 피자나 치킨, 족발 배달 있잖아? 그거."

잠자코 있던 보라가 추천을 해줬다. 두어 번 고개를 가로저은 두범이가 물컵을 잡고 입을 열었다.

"그것도 자리가 잘 안 나지만, 난다고 해도 면허증이 없어서 안 돼!"

"오토바이는 너무 위험해! 배달 시간에 쫓겨 신호 위반 막 하고, 차들 요리조리 피해 다녀야 하고. 그러니까 그건 하지 마!"

은림이 누나가 오토바이 배달 알바는 안 된다고 못을 박았다.

강후도 그런 말을 들은 적이 있었다. 배달 청소년이 빨리 가라는 사장의 독촉에 과속으로 달리다가 교통사고로 죽었다는 뉴스를 보기도 했다. 전국적으로 배달 알바를 하는 청소년들이 줄잡아 3만 명이 넘는다는 설명도 있었다.

"저기 저쪽 월계교차로에서도 1년에 서너 건씩 사고 나. 크게 다치거나 죽기도 해. 근데 다치면 자기 돈으로 치료를 해야 해. 망가진 오토바이도 자기 돈으로 고쳐놔야 하고. 사장들이 비용 아끼려고 오토바이 보험을 안 들어놓거든. 그런데도 오토바이 타는 애들은 어쩔 수 없이 막장 알바 하는 거야. 목숨 걸고서."

은림이 누나는 정말 많은 걸 알고 있었다. 오토바이 보험까지도 꿰차고 설명을 해줬다. 말하자면 걸어 다니는 잡학 사전이었다. 강후는 그저 놀라울 뿐이었다.

"나, 알바 자리가 정 없으면 오토바이 탈지도 몰라! 아버지가 오토바이 배달 일은 절대 안 된다고 하시지만……. 신한은행 옆 골목에 '번개파닭'이라는 치킨집 있잖아? 우리 동네 아는 형이 거기서 오토바이 배달하는데 시급이 4500원이래. 그리고 정해진 시간보다 빨리 갔다 오면 배달 수당이라고 해서 500원씩 더 준대. 늦으면 500원 깎고."

"아, 그래서 걔네가 그렇게 쌩쌩 달리는구나!"

보라도 본 모양이었다. 강후는 배달 수당을 500원 더 준다는 말에 귀가 솔깃해졌다. 아버지의 고물 오토바이를 몰래 타본 적이 있어서 자꾸 구미가 당겼다.

대화가 그치고 한동안 어색한 분위기가 이어졌다. 누구도 그 분위기를 깨트리지 못하고 서로의 시선을 외면한 채 앉아 있었다. 두범이는 헛기침만 계속하고, 은림이 누나는 묵묵히 창밖을 내다보고, 보라는 젓가락으로 빈 그릇만 휘젓고, 강후는 물컵만 빙빙 돌렸다.

"어? 강후야, 저기 저 아줌마 영금이 엄마 아니니?"

"어디요? 어? 맞아요, 영금이 엄마네요. 영금이도 있네요."

모두 창밖 길 건너 월계역 광장으로 시선을 옮겼다.

"영금이 엄마? 영금이 엄마가 누구야?"

"저기 어깨띠 두르고 전도지 나눠주는 아줌마!"

영금이 엄마가 예닐곱 명쯤 되는 사람들과 두 줄로 서서 행인들에게 전도지를 나눠주고 있었다. 꼬마 애 영금이는 새끼 양처럼 이리저리 뛰어다니며 전도지를 돌리느라 정신이 없었다. '모두에게 주님의 축복을'이라고 쓰인 어깨띠가 너무 커 연 꼬리같이 펄

렁펄렁 휘날렸다.

"낮에도 돈 벌러 다닌다더니 저거 하는 건가?"

"저거 돈 받고 하는 거야?"

"은림이 누나, 저것도 알바가 있어요?"

"글쎄? 혹시 저거 하면 전도 수당 줄지도 모르지!"

잠시 묵묵히 전도인들을 바라보았다. 전도지를 받아 드는 사람이 별로 없었다. 대부분 거부했다. 어떤 사람은 일부러 멀리 피해가기도 했다. 영금이는 그런 사람을 기를 쓰고 쫓아가 기어코 전해주고 왔다. 그 악착같은 모습을 보고 모두 크크킥! 웃었다. 영금이는 미운 짓을 해도 참 귀여웠다.

"그런데 강후야, 저 아줌마 어디 산다고 그랬지?"

물을 한 모금 마신 은림이 누나가 물었다. 입가에는 짓궂은 미소가 묻어 있었다. 무슨 꿍꿍이지? 의아해하며 대답했다.

"초원교회 옆집 지하 단칸방요."

"두범이 너네 아버지는 연세가 어떻게 되시니?"

"우리 아버지? 올해 쉰하나이신데. 왜, 누나?"

두범이는 자기 아버지 나이를 정확하게 알고 있었다. 강후는 아버지 나이도 엄마 나이도 정확히는 몰랐다. 마흔여섯이던가? 마흔일곱이던가? 여태 계산해본 적이 없었다. 나는 엄마 아버지에 대해 기본적인 사항도 모르고 있었구나! 쑥스러워 뒤통수를 긁적였다.

"나한테 좋은 생각이 있는데……. 강후야, 저 아줌마 마흔 살쯤 됐지?"

"예! 아마 그쯤 됐을 걸요. 마흔하나나 둘?"

"언니, 혹시 두 사람을 중매하려고 그러는 거 아니야?"

보라가 눈을 반짝이며 끼어들었다. 중매? 두범이 부모님은 이혼을 한 게 틀림없군! 그렇게 생각하며 강후는 은림이 누나와 보라, 그리고 역 광장에 서 있는 영금이 엄마를 살폈다.

"중매 못할 것도 없지 뭐! 두 분이 결혼해서 합치면 서로 좋을 것 같아! 두범아, 잘 봐봐! 저 아줌마 너네 아버지랑 어울릴지 안 어울릴지."

"그, 글쎄? 내가 뭘……."

병원장이라는 두범이 아버지와 영금이 엄마를 중매하다니? 짚신한테는 짚신이 어울리는 법이라 했는데. 두 사람은 전혀 어울릴 것 같지가 않았다. 표정들을 보니 아무래도 장난인 것 같아 강후도 농담을 한마디 했다.

"내가 아는 리어카 할아버지가 한 분 있어요. 나는 그 할아버지가 더 잘 어울릴 것 같아요! 영금이도 그 할아버지 좋아하고. 으크크!"

"리어카 할아버지? 할아버지랑은 너무 심하다. 후후후!"

보라가 강후 말을 받고 크게 웃었다. 강후도 보라의 얼굴을 살피며 같이 웃었다.

은림이 누나가 무심코 던진 중매 농담에 얼어붙었던 분위기가 빠르게 풀렸다.

"에이! 놀리지 마! 나도 그 할아버지 알아."

그러나 두범이는 별 반응을 보이지 않아 농담은 금세 끝이 나고 말았다. 다시 분위기가 무겁게 가라앉았다.

"아무튼 우리 다 함께 더 찾아보자. 그럼 이제 가자. 나는 가볼 데가 있어."

은림이 누나가 혼자 계산을 하고 가게를 나섰다. 강후도 따라 나갔다. 햇빛이 쨍쨍해 밖은 후텁지근했다. 시멘트 보도블록에서도 뜨거운 열기가 훅훅 올라왔다.

"그럼 먼저들 가. 나는 방학 숙제가 있어서 저쪽 도봉산역 앞 서울창포원에 가야 해! 거기서 반 친구를 만나기로 했어."

보라가 인사를 건네고 월계역으로 걸어갔다. 강후와 두범이는 나란히 서서 보라의 뒷모습을 바라봤다. 두범이도 속으로 보라를 좋아하고 있는 게 틀림없었다. 보라에게서 시선을 떼지 않고 계속 바라보았다. 강후는 불안한 마음에 자꾸 헛기침을 내뱉었다. 그러나 오히려 불안감은 더욱 커지기만 했다.

"나는 집에 일찍 가봐야 해! 강후야, 나중에 보자!"

"어, 그래! 또 봐!"

다들 자기 갈 길로 가서 강후만 혼자 동그마니 남았다. 횡단보도를 건너간 보라는 순식간에 인파 속으로 사라지고 두범이도 벌써 저 멀리 걸어가고 있었다. 몸을 돌려 은림이 누나가 간 길을 바라봤다. 저만치 은행나무 가로수 밑에 누나가 서 있었다. 택시를 잡으려나 보았다. 누나가 손을 치켜들었다. 어? 나를 부르네? 은림이 누나가 손짓을 하며 큰 소리로 불렀다. 강후는 전속력으로 달려갔다.

"왜요, 누나?"

"너, 나랑 같이 갈래?"

"어디 가는데요?"

"가보면 알아. 따라와!"

어서 옵셔!

오리발의 얼굴이 급격하게 굳어졌다. 게다가 개 밥그릇처럼 심하게 찌그러져 꼭 송충이 씹는 표정이었다. 괜히 말했나? 며칠 동안을 망설이다 겨우 한 말인데! 하지만 이미 말을 했으니 되돌릴 수는 없었다. 입을 꾹 다물고 오리발의 대답을 기다렸다. 이윽고 담배꽁초를 재떨이에 짓이겨서 끈 오리발이 윽박지르듯 물었다.

"너, 뭐라고 그랬어? 다시 말해봐!"

"저, 근, 근로 계약서를 작성하고서 일을 해야 한다고……."

"누가 그따위 말을 해, 자식아?"

욕설이 거침없이 튀어나왔다. 기분이 상해 강후도 인상을 쓰고 대답했다.

"그거 작성 안 하면 불법이라고 그래서요."

"불법? 아냐, 인마! 작성 안 해도 괜찮으니까 가서 일이나 해!"

불법이라는 말에 오리발은 흥분을 해 손을 내젓고, 핏대를 세우고, 침을 튀겼다. 먹살이라도 틀어잡고 흔들 것 같았다. 강후는 겁이 나서 한발 물러났다.

"내가 인마, 고깟 돈 몇 푼 떼먹을까봐 그딴 걸 써달래? 이 자식이 사람을 뭐로 보고."

독이 올라 붉으락푸르락하는 오리발의 얼굴에 강후는 더 이상 말을 못하고 밖으로 나갔다. 잘못하면 뺨이라도 한 대 얻어맞을 것 같은 위험을 느꼈기 때문이었다.

"아니? 화는 내가 더 내야지, 왜 지가 더 흥분을 해서 저 난리야?"

열을 받아 은행나무 가로수를 힘껏 걷어찼다. 나뭇가지가 놀라 흔들려 잎들이 파르르 떨었다.

열을 식히려고 심호흡을 했다. 그러면서 저 멀리 월계교차로 건너편 성북주유소를 살폈다. 보라가 주유기 사이를 이리저리 오가는 모습이 보였다. 보라를 보며 화를 가라앉혔다. 강후는 이제 세 명의 알바생들 중 누가 보라인지 그 걸음걸이만 봐도 금방 알아봤다. 아무리 거리가 멀어도 정확하게 구별할 수 있다고 자신했다. 이게 바로 사랑의 힘이라는 건가? 그렇다고 고개를 끄덕였다. 보라가 기분이 좋은 날을 잡아 분위기 끝내주는 곳에 가서 고백을 해야지! 첫 월급을 타는 날이 좋겠어! 장미꽃 한 다발 사야겠지? 그날의 설레는 장면을 혼자 생각하며 히히! 웃었다.

"야, 인마! 너 왜 그래? 무슨 기분 좋은 일 있어? 거기서 동전 주웠어?"

"아, 아니요."

"저 숯불 잘 보고, 퇴근 시간 됐다고 얍삽스럽게 후다닥 가지 마! 여긴 영업이 새벽 2시까지이니까 손님이 많고 바쁜 것 같으면 한 시간 정도 더 일을 해. 그러면 내가 그걸 모른 척하겠냐? 시간 외 수당으로 다 쳐주지. 알았어?"

"예? 예! 예!"

강후는 습관적으로 허리를 굽히며 예! 예! 소리를 연발했다. 비굴하다는 생각이 들었다. 하지만 일단 오리발의 비위를 맞춰줘야지 그나마 한 달 치 알바 급료를 받을 수 있겠다는 계산에서였다.

오리발은 자기 승용차에 올라타고 붕 떠나버렸다.

"끝나자마자 바로 가기는? 매일 2, 30분은 더 일했는데. 그리고 뭐? 시간 외 수당을 쳐줘? 흥! 웃기고 있네. 급료나 제대로 계산해 줘라, 이 오리발아!"

강후는 이제 오리발을 믿지 않았다. 존경심도 없었다. 도무지 사장답지가 않았다. 종업원들에게 금전적 대우도 제대로 못해주면서 인격적 대우마저도 무시하는 사장. 나중에 사업을 해 사장이 된다면 나는 정말 사장다운 사장이 되리라! 다짐했다.

틈이 나는 시간에 잠시 편의점에 모였다. 그렇지만 이렇다 할 대책이 없었다. 당사자인 사장이 근로 계약서를 써주지 못하겠다는 데야 별 뾰족한 수가 없었다. 눈 뜨고 당하는 수밖에. 그야말로 속수무책이었다.

"일단 다 말을 했으니 지켜보자. 저것들이 어떻게 나오는지."

"이러다 우리 다 짤리면 어떡해?"

"쉽게 자르지 못할 거야."

"왜?"

보라의 질문에 은림이 누나가 설명을 해줬다.

"이쪽 지역은 소문이 좋지 않게 나서 알바생들이 잘 안 오려고 한다는 걸 내가 알고 있거든."

"정말?"

"그럼!"

"그래도 급한 사람은 오겠지. 모르고 오는 사람도 있을 거고. 나, 사실 불안해!"

강후도 보라처럼 불안하기는 마찬가지였다. 처음으로 구한 알바 자린데 확실하게 다른 일자리가 생기기 전에는 그만두고 싶지 않았다. 사장이 마음에 들지 않지만 두 달 정도는 경험을 쌓을 생각이었다.

"보라야, 너희 주유소 간사리는 뭐래? 근로 계약서 얘기했다며?"

"자기는 결정권이 없대. 사장님한테 말을 해본다고만 하고 별말 없어!"

"그 간사리 소장 일부러 그러는 거야. 너, 사장 얼굴 아직 못 봤지?"

"웅! 언니! 아니, 한 번 얼핏 봤었나?"

"주유소 사장은 한 달에 겨우 한두 번 잠깐씩 들러! 여기 주유소는 소장 그 간사리가 책임지고 운영하는 거라고. 결정권은 무슨 결정권 핑계를 대?"

은림이 누나가 간사리에 대해 자세히 털어놓았다. 가까이서 꼼꼼히 살펴보지 않으면 알 수 없는 부분을 모조리 말해줬다. 그 주유소에서 총잡이도 했었다는 말, 사실인 것 같았다. 다시 한 번 은림이 누나를 살펴보았다. 원래 나이에 비해 서너 살 더 들어 보이는 게 정말 고생을 많이 한 얼굴이었다.

"그 간사리, 사장이 오면 어떻게 하는지 알아? 잘 봐! 두 손을 이렇게 모으고, 허리를 이쯤 굽히고, 입술을 이만큼 늘인 뒤, 간사스런 간신배 목소리로 싸장니임!"

은림이 누나는 주유소 소장 간사리가 사장이 왔을 때 손바닥을 비비며 알랑방귀를 뀌는 모습을 실감 나게 흉내 냈다. 모두 한바탕 배꼽이 빠져라 크게 웃었다. 강후는 너무 웃어서 배, 옆구리, 등, 목까지 아팠다. 근래에는 그렇게 크게 웃어본 적이 없었다.

"여기 우리 편의점 사장은 근로 계약서 얘길 했더니 흔쾌히 써준다고 했어! 내가 여태 만난 사장들 중에 제일 나아. 아직 경험이 없어서 그런 건지는 모르지만."

"와! 누난 잘됐네요. 아참! 근데 두범이는 아직도 알바 자리 못

구했죠?"

"응! 아까 잠깐 통화했었는데, 아버지 일 도우면서 계속 구해보고 있다더라."

"그러다 정말 아버지 몰래 그 번개파닭 배달 오토바이 타는 거 아닐까요, 누나?"

"못 타게 해야지! 걔 엄마도 없고 열네 살짜리, 열한 살짜리 여동생만 둘 있어. 그러니 외아들이잖아? 열네 살짜리 동생은 5년 전에 엄마가 죽은 후 자폐증에 걸려 학교도 안 다닌대. 하루 종일 벽에다 '엄마'라는 낙서만 하고 있대. 그리고 두범이 걔가 집에서 살림도 다 맡아 해."

엄마가 없다는 건 저번에 대충 눈치채고 있었는데, 여동생이 둘에 살림을 도맡아 하고 있다는 소리는 처음 듣는 말이었다. 텔레비전 삼류 드라마에나 나올 법한 소재이지만 가슴이 뭉클해지고 코끝이 시큰했다.

"어머! 그래, 언니? 두범이 오빠 불쌍하다."

보라도 몰랐던 사실인지 눈을 크게 떴다. 감동을 받은 눈빛이었다.

"그래! 애가 성실하고 착해! 쭈글이는 다른 판돌이 구했니?"

"아니요. 아직 안 구했어요. 내가 봤더니 기존에 있는 아줌마를 시키더라고요."

"내 그럴 줄 알았어! 쭈글이 그자 두범이 급료도 다 안 줬잖아? 치사한 새끼! 어디 떼먹을 돈이 없어서 알바생 급료를 떼 처먹냐?

차라리 거지 똥구멍을 파먹지!"

은림이 누나는 어금니를 깨물고 눈을 가늘게 떴다. 강후도 입을 굳게 다물었다. 사장들이 꼭 그렇게까지 해서 돈을 벌어야 하는 건지, 고개를 갸웃거렸다. 문득 탐욕스럽다는 단어가 머리에 떠올랐다. 놀부 심보인 사장들이 참 많았다.

"어? 15분이나 지났어! 강후야, 빨리 가자!"

각자의 일터로 돌아가기 위해 강후와 보라는 편의점에서 나왔다. 인도로 가면 되는 강후는 횡단보도를 건너야 하는 보라에게 차 조심하라고 말해줬다. 보라가 알았다며 손을 살짝 들어주었다. 그 작은 손짓에 강후는 기분이 좋아져 재롱떠는 푸들처럼 깡충깡충 뛰어갔다.

근로 계약서 얘기를 한 이후 오리발은 한층 더 싸늘하게 대했다. 인사를 해도 받지도 않고 뭘 물어도 대답하지 않았다. 완전 생까며 사람을 개무시했다. 그럴 때마다 강후는 자존심이 왕창왕창 상했다. 성질대로라면 당장이라도 그만두고 싶었다.

"비숑을 사려면 참아야지! 이 땡볕 여름에 뜨거운 숯불에 데어가며 개고생을 해 버는 돈, 내 손으로 꼭 만져봐야 해. 나보다 훨씬 오래 알바 생활을 한 은림이 누나, 그리고 보라도 견디고 있는데."

스스로 자기 자신을 위로해보았지만 오리발과의 팽팽한 신경전에 머리가 빠개질 지경이었다. 하루하루가 지옥불 속이었다. 온몸이 불탔다.

"한 달이나 채우고 나서 다시 강력하게 요구해보자!"

오늘은 40분 늦게 끝났다. 어제와 마찬가지로 늘 다니던 길을 바꿔 다른 길로 해서 집에 가기로 했다. 주유소가 있는 월계교차로 쪽으로 향했다. 혹시나 해서였다. 편의점 앞에 이르렀다. 퇴근을 했는지 편의점에 은림이 누나는 없고 키가 큰 대학생이 카운터를 보고 있었다. 은림이 누나와 교대를 해 새벽에 근무하는 남학생이었다. 카운터에 은림이 누나가 없으니까 많이 서운했다. 나, 은림이 누나 좋아하나? 아무래도 그런 것 같았다. 보라는 내가 사랑하는 여자, 은림이 누나는 내가 좋아하는 여자! 이거 말이 되나? 말이 되었다. 특히 은림이 누나에게는 좋아하는 마음과 함께 존경의 마음도 갖고 있었다. 자신도 모르게 그렇게 되어버렸다. 이상한 일이었다.

며칠 전 은림이 누나를 따라갔던 일이 떠올랐다. 은림이 누나가 데리고 간 곳은 독거노인이 사는 임대 아파트였다. 80세가 넘은 할머니 한 분이 은림이 누나를 기다리고 있었다.

"오늘 이 할머니 목욕시켜드리는 날이야. 거동이 불편해서 네가 좀 도와줘야 해!"

할머니의 옷을 모두 벗기고 몸을 씻는 일을 돕는다는 게 많이 당혹스러웠다. 하지만 돕지 않을 수가 없었다.

은림이 누나는 오래 해왔던 일인 듯 아주 능숙하게 할머니의 몸을 씻겼다. 머리를 감기고 세수를 시키고 등을 미는 동작 어느 하나 어색하지 않았다.

"누나, 많이 해봤어요? 아주 잘하네요."

"전에 말했었지? 내가 때를 좀 밀 줄 안다고. 여성 전용 사우나에서 때밀이 알바도 해봤거든. 남편 때문에 돈 좀 만지는 사모님들, 때 진짜 많아! 허허허!"

"때밀이 알바를요? 그런 것도 다 있어요?"

"있지! 때밀이의 정식 명칭은 목욕관리사야. 자격증도 있어. 나는 뭐 관리사는 아니었고, 관리사를 보조하는 그야말로 알바였지! 이 목욕 봉사는 중학교 때부터 했어! 그때 양호 선생님 인솔로 친구들 몇 명하고 같이. 지금 보건복지고도 그 양호 선생님 권유로 가게 된 거고. 원래 고등학교는 가지 않으려고 했었거든. 이런 봉사할 때마다 보람을 느껴! 봉사 점수 따기 위해 억지로 하는 게 아니니까 보람이 훨씬 더 크지! 나보다 힘겹게 사는 사람들도 많구나, 하는 생각에 심리적 위안도 되고. 너도 한번 해봐. 이런 목욕 봉사가 어려우면 도시락 배달해주는 봉사도 있어!"

강후는 자기가 전혀 몰랐던 세계를 보고 또 감동을 먹었다. 뭐라고 콕 꼬집어서 말을 할 수는 없지만 알면 알수록 묘한 매력이 있는 누나였다. 매운 순대처럼 때론 매콤하면서도 된장국처럼 구수한 인간미가 씹으면 씹을수록 배어 나왔다.

목욕 봉사를 마치고 편의점으로 가면서 은림이 누나에게 이것

저것 물어보았다.

"누나네 학교 어때요?"

"우리 학교? 우리 학교 좋지!"

"누나 간호학과라고 그랬죠?"

"응! 간호학과가 왜?"

누나가 걸음을 멈추고 바라보았다. 강후도 서서 누나를 마주 보았다. 투명하고 맑은 눈동자에 조그맣게 축소된 자신이 들어 있었다. 은림이 누나에게 자기는 정말 보잘것없는, 하찮은 놈으로 보일 것이라는 느낌이 들었다. 진짜 나는 여태 별 볼 일 없는 놈이었어! 그것도 모르고 그렇게 설쳐댔으니. 부끄러워서 양쪽 볼이 화끈거렸다.

"그 학과는 어때요? 배울 만해요? 흥미 있어요?"

"그럼! 내가 배우고 싶어서 선택한 학관데 흥미 있지. 아주 재밌어! 왜? 너도 배워보려고?"

"에이! 남자가 무슨 간호 일을……. 그냥 궁금해서요."

"배워봐. 아까 나 도와주는 거 보니까 잘할 것 같아! 우리나라 남자 간호사가 많이 필요하대. 전망도 밝고."

은림이 누나는 남자 간호사에 대해 많은 이야기를 들려주었다. 강후는 그냥 묵묵히 듣고만 있을 뿐 뭐라 대답하지 않았다. 하지만 마음속에서 잔물결이 일렁거렸다.

"강후 너네 학교는 어때? 다닐 만해?"

"우리 학교요? 아, 그게 저, 그러니까……."

즉시 대답을 못하고 우물쭈물했다. 적성에 맞지 않아 하루하루가 지옥이에요! 라는 말이 혀끝에까지 나왔으나 다른 말을 내뱉고 말았다.

"참, 누나! 질문이 있는데요. 여자들은 자기가 좋아하는 남자 앞에서 어떤 반응을 보여요? 뺨이 붉어져요, 식은땀을 흘려요, 아니면 말을 더듬어요?"

"글쎄? 사람마다 다르겠지만, 뭐 대개 가슴이 두근거리겠지!"

"누나는 남자 앞에서 가슴이 두근거린 적 있어요?"

"나? 음! 전에 딱 한 번 있었던 것 같기도 하고……."

은림이 누나가 얼버무리고 걸음 속도를 높였다. 말하기 싫은 모양이었다. 보라 앞에서는 가슴이 두근거리는 건 확실한데 보라도 내 앞에서 가슴이 두근거리는지 알 수가 없으니 미칠 노릇이었다. 너, 나 보면 가슴이 두근거리니? 얼마만큼 두근거리니? 그렇게 물어볼 수도 없고. 답답해서 죽을 지경이었다.

"강후 너 보라 좋아하는구나?"

"아니에요!"

"아니긴 뭐가 아냐. 맞지?"

"아니라니까요!"

강하게 부인을 했다.

"에이! 거짓말! 보라 좋아하는 거 맞잖아? 얼굴에 쓰여 있는데 뭐!"

"정말 아니에요!"

본마음과는 달리 연속해서 부인을 해버린 강후는 기분이 개운치 않았다. 외갓집의 덜 익은 땡감을 씹은 듯 입맛이 떫고 썼다. 성경에 나오는 베드로도 아닌데 세 번이나 부인을 하고 말았으니, 이거 원! 자신도 왜 그렇게 대답을 했는지 도무지 모를 일이었다.

"아차! 두범이네 아버지가 정말 병원장이에요?"

"그래! 정말 병원장이야."

"믿을 수가 없어요. 어느 병원요? 혹시 동물병원?"

"이리 잠깐 와봐! 저기 저 아래 버스정류장께 뭐가 보이니?"

"버스요."

시내버스가 한 대 서 있고 사람들이 몇 명 있을 뿐 다른 것은 보이지 않았다. 대체 뭘 가리키는 건지 아리송했다. 강후는 이마에 주름살을 접고 고개를 갸웃거렸다.

"버스 말고. 정류장 옆에 있는 작은 알루미늄 박스 보여?"

"예! 저거 구두 수선하는 데 아녜요?"

"맞아! 구두종합병원!"

그제야 감이 팍 왔다. 뒤통수를 벅벅 긁었다. 그때껏 감쪽같이 속은 것이었다. 세상에 이럴 수가? 똑똑하다고 자부해왔는데 그걸 눈치채지 못했다니? 강후는 자신에게 화가 나면서도 다른 한편으로는 웃음이 터져 나왔다.

"아, 그러면 저기서 구두 수선하는 조그만 아저씨가 바로…….
으히히히!"

"야, 왜 웃어? 구두 수선하는 게 뭐가 어때서 웃는 거야? 너네 아
버지는 뭐, 대학 총장이야? 장관이야? 대통령이야?"

"아아! 미안해요, 누나! 내가 또 실수를."

얼른 입을 다물고 사과했다. 그랬는데도 은림이 누나는 한참이
나 흘겨보았다. 이마에 '이 철없이 촐랑거리는 놈아!'라고 큼지막
하게 써 붙이고서.

횡단보도를 건너 주유소로 접근했다.

"어? 오늘은 있네!"

보라가 아직 퇴근을 하지 않고 사무실에 있었다. 반가운 마음에
가로수 밑에 서서 지켜보았다. 사무실에는 소장 간사리와 정식 남
자 직원 한 명, 그리고 알바 여학생 세 명, 모두 다섯 명이 있었다.
알바생들은 퇴근을 서두르고 있는 모습이었다.

곧 알바생들이 사무실을 나와 각자의 방향으로 흩어졌다. 그런
데 보라는 주유소 건물 뒤쪽 화장실로 향했다. 그때 우이천로에서
화물 트럭 한 대가 주유를 하러 들어갔다. 남자 직원이 뛰어나와
주유기로 다가가고, 밖을 지켜보던 간사리도 따라 나왔다. 그러더
니 몸을 돌려 화장실로 걸어갔다.

"어? 저 간사리 저거. 보라가 지금 화장실에 있는데?"

강후는 주유소 외곽 담장으로 다가가 몸을 바짝 붙였다. 간사리는 이미 화장실 문 앞까지 다 간 상태였다.

"어쩌지?"

입안이 바짝바짝 타고 손바닥에 땀이 고였다. 주변을 한 번 쓰윽 살펴본 간사리가 마침내 화장실 안으로 들어갔다. 강후는 어떡해야 할지 몰라 발을 동동 굴렀다. 시간이 초조하게 흘렀다. 1초, 2초, 3초…… 그에 맞춰 심장도 쿵쿵쿵 마구 뛰었다.

돌멩이를 집어던져서 화장실 유리창을 깨기로 했다. 돌멩이를 찾았다. 그러나 없었다. 돌멩이는커녕 공깃돌도 하나 보이지 않았다. 아무래도 안 되겠다 싶어 화장실로 가보기로 했다. 혀를 내밀어 입술에 침을 축이고 심호흡을 한 차례 한 뒤 막 달리려는 순간 보라가 화장실에서 후다닥 뛰어나왔다. 나오자마자 월계2교를 향해 빠르게 달렸다. 보호 본능이 발동된 강후는 즉시 보라 뒤를 쫓았다. 보라와의 거리는 약 26, 7미터. 보라는 꿈숲공원 앞을 지나 계속 걸어갔다. 좀 더 따라붙어 20미터로 거리를 좁혔다. 그리고 그 거리를 유지하기로 했다.

차라리 불러 세워서 함께 걸어갈까? 이야기도 좀 나누고. 휴대폰을 열어 시간 확인을 했다. 1시 23분. 아니야! 그러면 너무 늦어서 보라가 부담을 느낄지도 몰라. 보라 입장에서 생각해줘야 내가 멋진 남자가 되는 거라고. 그래, 나는 멋진 사나이야! 용맹하고 믿음직한 헝가리안 쿠바스지! 강후는 자신이 두뇌가 좋고 힘이 세어주로 사냥견이나 경비견으로 활약하는 헝가리안 쿠바스라고 생각하며 흡족히 웃었다. 그리고 앞서가는 보라의 뒷모습에서 눈을 떼지 않았다.

버스도 끊긴 새벽 시간. 보라는 택시를 잡아타지도 않고 계속 걷기만 했다.

"알바 끝나면 택시 타고 간다더니? 근데 왜 택시를 안 잡는 거야?"

보라가 택시에 타는 걸 보고 돌아가려 했는데 빈 택시가 지나가도 세우지 않았다. 혹시 집으로 가지 않고 다른 이상한 곳으로? 나쁜 생각이 번득 뇌리를 스쳤다. 또 한 대의 빈 택시가 지나가고 보라의 걸음이 점점 더 빨라졌다. 강후도 걸음 속도를 높였다.

"저, 저……!"

보라 앞쪽에 술 취한 어른이 한명 두명 나타났다. 보라는 비틀거리는 그들을 피한 후 뛰듯이 걸었다. 강후도 뛰듯이 걸었다.

"번동 주공아파트에 산다고 그랬지? 아파트 단지로 들어갈 때까지만 미행 경호를 해주고 깨끗이 돌아가자! 가능하면 매일. 그런 다음에 나중에 내가 너를 새벽마다 뒤에서 미행 경호를 했었다고 말하면 감격해서 뛸 듯이 좋아하겠지? 어쩌면 나를 와락 껴안을지도 몰라. 으히히!"

보라가 자기를 안아주는 상상에 강후는 기괴한 웃음소리를 흘렸다. 쉬지 않고 일을 했으나 피곤도 못 느끼고 몸이 풍선처럼 가벼워져 밤하늘로 둥실둥실 떠오를 것만 같았다. 나는 보라의 수호천사다, 생각하며 목에 힘을 넣고 두 주먹을 움켜쥔 채 씩씩하게 걸었다. 어깨에 별을 두 개쯤 단 장군 걸음이었다.

벌써 네 정거장을 지났다. 이제 인도에는 행인이 한 명도 없었다. 보라와 단둘뿐이었다. 발소리를 들었는지 저만치 앞서가던 보라가 뒤를 힐끔 돌아봤다. 그러더니 힘껏 내달리기 시작했다. 발소리에 무서움을 느낀 모양이었다. 강후도 힘껏 달려 따라갔다.

"나를 치한으로 여기는 거 아냐?"

불러 세워서 말을 해야 할 것 같았다. 치한이 아니라 너의 수호천사 바로 나, 여강후라고.

목청을 가다듬고 보라를 막 부르려는 찰나,

"야, 이 자식아! 너 누구야?"

앞쪽에서 웬 아저씨가 먼저 소리쳤다.

"너, 이리 와봐!"

보라가 아저씨에게 달려가 등 뒤로 숨었다.

"아빠!"

으잉? 아빠라고? 즉시 걸음을 멈추고 아저씨를 살폈다. 다부진 체격에 조끼 러닝과 헐렁한 반바지를 입고 발에는 슬리퍼를 신고 있었다. 가로수 밑에 서 있어서 얼굴은 잘 보이지 않았다. 하지만 앞이마가 약간 벗겨진 것으로 보아 40대 후반쯤으로 여겨졌다. 보라가 늦어서 마중을 나온 것 같았다. 강후는 어떻게 대처할지 몰라 뒤통수를 긁적이며 우물거렸다.

"너, 왜 새벽에 여자 뒤를 쫓아? 엉?"

"그, 그게 아니라……."

뭐라 대답을 못하고 뒤로 주춤주춤 물러났다. 목소리를 알아차렸는지 보라가 자기 아빠 등 뒤에서 얼굴을 조금 내밀었다. 강후는 보라에게 나, 강후라고 확실히 알리기 위해 모자챙을 약간 위로 올렸다.

"저놈, 아는 놈이야?"

"……!"

보라가 대답을 않고 머뭇거렸다. 보라 아빠가 재차 물었다.

"아는 놈이냐고?"

"아, 아니! 몰라!"

"이 자식, 이거 그럼 성폭행하려는 놈 아냐? 가! 빨리 안 가? 경찰 불러?"

보라 아빠가 양쪽 주먹을 치켜들고 흔들어 보였다. 잔뜩 성이 난 오랑우탄 같아 겁이 덜컥 났다.

"저……. 예, 갈게요."

"너, 다시 한 번 내 눈에 띄면 다리몽둥이를 부러뜨릴 줄 알아! 이 천하에 몹쓸 놈의 새끼!"

강후는 얼른 뒤돌아서 왔던 길을 터벅터벅 걸었다. 마음도 무겁고 발걸음도 무거웠다. 화도 치밀어 올랐다. 보라가 나를 모른다고 하다니? 내 자존심을 코를 푼 휴지처럼 이렇게 꼬깃꼬깃 구겨

놓다니? 강후는 자기 귀로 분명히 들었으면서도 믿을 수가 없었다. 아는 여자한테, 좋아하는 여자한테, 사랑하는 여자한테 면전에서 모르는 사람이라는 말을 듣다니? 그건 보통 수치가 아니었다. 인격 살인이나 마찬가지였다. 치욕으로 살이 벌벌 떨렸다.

"차라리 택시를 타고 오라니까 왜 걸어와? 사방 천지에 저런 못된 놈들이 빠글빠글한 세상인데."

"요 거릴 무슨 택시를 타? 택시비 아깝게. 그리고 새벽에 택시 타는 게 훨씬 더 위험해!"

"그럼 알반지 뭔지 때려치워!"

보라가 자기 아빠와 나누는 대화가 새벽바람을 타고 날아와 귓속으로 파고들었다. 슬퍼졌다. 한없이 슬퍼져 가슴이 조각조각 뜯겨나갔다.

"나를 모른다고?"

서운한 마음에 어깨가 축 처졌다. 피로가 일시에 몰려 그대로 주저앉을 것만 같았다. 가슴에 월영지만 한 구멍이 뻥 뚫려 찬바람이 씽씽 몰아쳤다.

"내 목소리, 내 옷차림, 더욱이 내 얼굴을 몰라? 아무리 새벽이라 해도 모를 리가 없는데? 저 못생긴 점순이가 감히 나를 무시해? 씨!"

기분이 상해 술 취한 사람처럼 흐느적흐느적 걸었다. 그렇게 두 정거장을 걸었더니 발에 힘이 다 빠져 한 걸음을 떼어놓는 것조차

고역이었다. 신발마저도 무겁게 느껴졌다. 신발을 벗어 양손에 나눠 들고 다시 걸음을 옮겼다. 발바닥에 와 닿는 보도블록이 얼음장처럼 차가웠다. 온몸이 얼어붙기 시작했다. 그대로 죽어버릴 것만 같았다.

숨이 막혔다. 더위는 더욱 기승을 부려 마치 찜통 속에 들어앉아 있는 기분이었다. 몸이 축축 늘어지고 가슴팍과 등줄기로 땀이 비오듯 흘렀다. 소나기라도 내려주었으면! 그러면 온몸이 흠뻑 젖도록 마냥 걸어 다닐 텐데! 하지만 소나기가 내릴 기미가 전혀 없었다. 다들 더위에 지쳤는지 요즘은 서로 연락도 잘 안 했다. 정말 지옥 같은 여름방학이었다.

"괜히 알바를 한다고 그래 가지고……. 동생이랑 외갓집에나 가서 신나게 놀걸! 아, 숨 막혀! 무언가 숨통이 확 트일 일이 생겼으면. 더위를 잊고 집중을 할 수 있는 무슨 일……."

간절히 소망해보지만 그런 일이 생길 리가 만무했다. 남들은 방학 때 해외여행까지 간다는데, 해외여행은커녕 가까운 도봉산 계곡으로 물놀이도 한 번 못 가니 살아도 사는 게 아니었다. 에휴! 한숨이 꼬리에 꼬리를 물었다.

"야, 오늘은 참숯 너무 많이 넣지 마! 알았어?"

"많이 넣지 않았는데요."

"뭐가 많이 안 넣어, 자식아? 어제 보니까 왕창 넣었던데."

승용차에서 내린 오리발이 또 진짜 참숯은 적게 넣으라고 난리였다. 싸구려 저질 성형 숯을 풍로 밑에 깔고 참숯은 위에 조금만 올리라는 소리였다. 사장의 지시라 어쩔 수 없이 그렇게 하지만 손님들 보기가 너무 미안했다. '참숯 향이 밴 닭발이 역시 맛있어!'라고 칭찬이라도 듣는 날이면 꼭 죄인이 된 기분이었다.

"아빠, 얘가 새로 온 애야?"

승용차에서 뒤따라 내린 여학생이 오리발에게 물었다. 처음 대면하는 오리발 딸이었다. 말투부터가 벌써 사람을 깔보는 말투였다. 얼굴이 갸름하고 피부가 하얘 제법 예쁘장하게 생기기는 했다. 그러나 높은 콧날에 작은 입, 꼬리가 살짝 올라간 눈이 거만스럽게 보였다. 흰색 티에 초록색 핫팬츠를 입고 가슴에는 웬 강아지를 한 마리 안고 있었다. 강후는 습관적으로 강아지를 살폈다. 분홍색 실크 리본에 진주 귀고리, 목띠에 달린 엄지손톱 크기의 은방울 두 개, 발톱마다 칠해진 고급 매니큐어. 전체 몸길이는 45센티미터쯤 되고 흰색 털을 바탕으로 갈색 털이 어깨와 등 쪽으로 약간 섞여 있다. 귀여우면서도 의젓하니 나름대로 기품을 풍겼다. 그러나 무슨 종인지 얼른 생각나지 않았다. 인터넷으로 분명히 찾아보았었는데 기억이 가물가물했다.

"그래, 얘가 새로 온 애야!"

"근데 가게 앞이 왜 이렇게 지저분해? 빗자루로 저기까지 쓸고 그러지 좀!"

"누가 아니라니? 일한 지 얼마나 됐다고 벌써 요령을 피우고. 일
도 시키는 대로 하지 않고……."

험담을 큰 소리로 말한 오리발이 이마에 주름을 겹겹이 잡고 가
게 안으로 들어갔다. 강후는 기분이 상해 오리발의 뒤통수를 매섭
게 노려봤다.

"확 짤라버려, 아빠! 숯돌이 주제에 사장 딸인 나한테 인사도 안
하는 거 봐!"

핫팬츠가 눈을 한 번 흘기더니 오리발 뒤를 따랐다. 턱을 치켜들
고 눈을 내리깐 방자한 걸음걸이였다.

"허! 뭐 저런 녀, 년이 다 있어? 닭발공주 주제에."

그저께 새벽에 당했던 보라의 행동 때문에 가뜩이나 열을 받은
상태인데, 오리발 딸이 나타나 속을 뒤집어놓았다. 똥차에 두 번이
나 치인 기분이었다. 뚜껑이 열리기 일보직전이었다.

"건방진 년!"

들고 있던 양철 집게를 바닥에 팽개쳤다. 기다란 양철 집게가 탱
탱탱 튀더니 쪽문 앞에 떨어졌다. 성질 같아서는 대형 화로를 확
걷어차 엎어버리고 싶었다.

"그럼 내일 10만 원 마저 줘, 아빠! 20만 원으로는 모자라."

"그래! 낼 마저 줄게. 아빠가 지금 현찰이 그거밖에 없어서 그
래! 카드만 있지."

돈을 세며 밖으로 나온 오리발 딸, 닭발공주는 옆에 서 있는 강

후는 거들떠보지도 않고 곧장 위쪽으로 걸어갔다. 강후를 완전 개똥 취급했다. 언행이 오리발과 조금도 다름이 없었다. 그러고 보니 얼마 전 꿈숲공원에서 들어본 목소리 같기도 했다. 담배를 피우며 소란을 떨던 중딩들 중 한 명으로 보였다. 강후는 멀어져가는 닭발공주의 촐랑거리는 뒷모습을 보며 고개를 갸웃거렸다.

"세진아, 아빠가 안 태워다 줘도 돼?"

"응! 아빠 바쁠 테니까 혼자 갈게. 저기 가서 택시 탈 거야."

"퓨처 미용시키고 나서 곧장 집으로 가. 다른 데 돌아다니지 말고."

"걱정 마, 아빠! 미용실에 들렀다가 곧장 집으로 갈 거야! 친구들이랑 독서실에서 공부하기로 했거든."

"그래! 열심히 해서 특목고 가야지. 이름도 없는 후진 학교 가면 네 인생 완전 꽝이야. 엄마 아빠 체면도 말이 아니고."

개 전용 미용실에 가려는 모양이었다. 근데 저 개 이름이 퓨처야? 아, 맞아! 무슨 종인지 번쩍 생각났다. 아이리시 글렌오브이말 테리어. 틀림없었다. 생김새가 똑같았다. 가격이 무려 200만 원이나 하는 고가 견이었다. 비숑은 쨉이 되지 않았다. 자존심이 왕창 상한 강후는 헛기침을 두어 번 내뱉었다.

닭발공주가 가버리자 오리발은 쪽문으로 들어갔다. 강후도 슬금슬금 쪽문으로 다가가 양철 집게를 집는 척하며 오리발을 살폈다. 오리발은 창문을 통해 주방 안을 들여다보고 있었다. 주방에서 잡일을 하고 있는 영금이 엄마를 몰래 지켜보는 것이었다. 저번에도 두어 번 목격한 적이 있었다. 강후는 양철 집게로 쪽문을 한 차례 꽝 내려치고 재빨리 대형 화로로 뛰어갔다.

이래저래 기분이 나빠 일이 손에 잡히지 않았다. 그래서 그런지 숯불이 자꾸 꺼졌다. 반복해서 피워보지만 연기만 콸콸 솟았다. 폭발을 하든 말든 성형 숯을 왕창 넣고 다시 불을 붙였다.

"펑 터져서 다 날아가 버려라, 씨!"

마음을 진정시키려 애를 썼다. 그러나 잘되지 않았다.

안 보려고 하는데도 눈길이 자꾸 주유소 쪽으로 향했다. 보라가 일하고 있는 모습이 이따금씩 눈에 띄었다. 그럴 때마다 감정이 꽈배기처럼 뒤틀렸다. 그냥 무시해버리고 싶기도 하고, 쫓아가서 그저께 왜 모른다고 그랬냐고 따지고도 싶었다. 도무지 마음의 갈피를 잡지 못했다. 갈팡질팡 뒤죽박죽이었다.

11시가 넘었다. 홀에 꽉 찼던 손님들이 다 빠져나가고 새로 두 팀이 들어왔다. 뚱한 표정으로 숯불을 들고 가 두 테이블에 세팅을 해주고 나왔다. 나오자마자 또 주유소로 눈길이 가 머물렀다. 보라가 보이지 않았다. 화장실에 간 모양이었다.

"그깟 점순이 화장실에 가든 말든, 뭔 일을 당하든 말든, 내가 알 게 뭐야? 이 순간부터 싹 잊어버리자. 솔직히 걔가 나를 좋아한다고 말한 적도 없잖아? 나 혼자 김칫국만 줄곧 퍼마신 거지."

이를 악물고 고개를 돌리려는 순간 문자 도착 알람이 울렸다. 은림이 누나 아니면 두범이일 거였다. 휴대폰을 꺼내 문자를 확인했다.

"어?"

보라였다. 보라가 보낸 문자였다.

— 그게 새벽에 미안했어! 울 아빠, 상당히 보수적이고 그런 쪽으론 아주 무서워. 그래서 얼떨결에 그만 너를 모르는 애라고 한 거야.

강후는 보라의 휴대폰 번호를 저장한 뒤 즉시 답 문자를 보냈다.

— 괜찮아! 여자가 그럴 수도 있지 뭐. 다 이해해!

금세 다시 문자가 왔다.

— 근데 그 시간에 왜 내 뒤를 몰래 따라온 거야?
— 응! 그냥 너를 보호하려고. 미행 경호 말야. 나는 네 수호천사이니까.
— 고마워! 다음 달 급료 타면 매운 순대떡볶이 사줄게. 월계역 앞 거기 알지?

오! 하느님! 매운 순대떡볶이라니? 소리만 들어도 입안이 얼얼해졌다. 식은땀도 났다. 눈동자를 좌우상하로 카멜레온처럼 돌리면서 잠시 생각했다. 그러다 답 문자를 보냈다.

─그럼, 알지! 그 떡볶이 정말 맛있었어! 그러잖아도 또 먹고 싶었어!

이게 진짜 사랑인지는 알 수가 없었다. 사랑을 해본 적이 없으니까. 하지만 사랑하기 참 힘이 들었다. 그러나 그만큼 기쁨과 설렘이 있다고 스스로를 위로하며 휴대폰을 닫았다. 보라한테 가졌던 서운한 감정이 봄눈 녹듯 흔적도 없이 사라져버렸다. 조금 전까지만 해도 너무 서운하고 억울해 보라가 뭔 일을 당하든 말든 알 게 뭐냐면서 싹 잊어버리자고 해놓고, 문자 한 통에 이렇게 180도로 변하다니? 강후는 자기 마음이 잘 이해되지 않았다. 그래도 어쨌든 기분은 좋았다. 껑충 뛰어 하늘에 뜬 별이라도 딸 것 같았다.

손님 네 명이 가게로 다가왔다. 다른 곳에서 1차로 술을 마시고 오는 건지 네 명 모두 얼굴이 불그스름하고 걸음걸이가 바르지 못했다. 좌우로 자꾸 휘청거렸다.

"어서 옵셔!"

강후는 혀끝을 말고 크게 소리쳐 손님을 맞았다.

블랙 크로스

　말복이라 그런지 유난히 무더웠다. 좁고 구불구불한, 게다가 울퉁불퉁한 비탈길을 강후는 미끄러지듯 달려 내려갔다. 자칫하면 넘어져서 크게 다칠지도 몰랐지만 전혀 개의치 않았다. 지금 그런 걸 따질 때가 아니었다. 급했다. 한시라도 빨리 알려야 했다. 승전보를 전하기 위해 거친 광야를 질주하는 통신견 케이넌도그처럼 강후는 달리고 또 달렸다.

　"누나! 은림이 누나!"

　근린공원 동산에서 내려오자마자 편의점을 향해 더욱 힘껏 달렸다. 그러면서 목이 터져라 은림이 누나를 불렀다. 아직 거리가 멀어 들리지 않는데도 계속 외치며 40여 미터를 더 뛰어갔다. 숨이 목까지 차오르고 등줄기로 땀이 줄줄 흘렀다.

편의점에 도달함과 동시에 출입문을 세게 밀치고 안으로 들어
갔다.

"큰일 났어, 은림이 누나!"

카운터에 은림이 누나가 앉아 있었다. 손거울로 자신의 얼굴을
살펴보는 중이었다. 부르는 소리를 분명히 들었을 텐데 아무 반응
이 없었다. 가쁜 숨을 몰아쉬며 가까이 다가가 다시 불렀다.

"누나! 은림이 누나!"

귀청이 떨어져나갈 만큼 큰 목소리였다. 그러나 누나는 여전히
반응을 보이지 않았다. 눈길 한 번 주지 않고 거울 보기에만 집중
했다. 갑자기 귀가 먹었나? 너무 황당하고 어이가 없었다.

어깨를 치려고 손을 내뻗었다. 오른손이 은림이 누나의 왼쪽 어
깨에 닿으려는 순간 누나가 눈을 치켜떴다. 강후는 흠칫 놀라 동
작을 멈췄다. 머리는 조금도 움직이지 않고 두 눈만 위로 치켜뜬
것이었다. 눈빛이 매우 날카로웠다. 언젠가 텔레비전 〈동물의 왕
국〉에서 보았던 성난 표범의 눈빛과 똑같았다.

"누나, 내가 부르는 소리 못 들었어?"

목소리를 낮춰 물었다.

"……!"

또 대답하지 않았다.

"저기 동산 밑에서부터 크게 불렀는데, 못 들었냐고?"

그래도 대답하지 않았다. 여전히 눈살을 심하게 찌푸리고 잡아

먹을 듯 째려보기만 했다. 이런 적이 없는데? 혹시 못된 손님한테 성희롱이라도 당한 거 아냐? 표정을 보니 그런 것도 같았다.

"누나! 대체 왜 그래? 어디 아파? 아님, 누가 놀렸어?"

은림이 누나가 손거울을 내렸다. 허리를 펴고 반듯하게 앉았다. 하지만 입을 열지 않고 애써 눈길을 피했다. 누가 나에 대해 나쁜 말을 하고 갔나? 혹시 불량배들이 왔다가 행패를 부리고 간 거 아냐? 도무지 알 수가 없었다.

"왜? 내가 뭐 잘못한 거 있어?"

"너, 내가 전에 뭐랬어?"

누나가 의자에서 일어나 카운터를 돌아 앞으로 나오려 했다.

"응?"

"남자가 그렇게 촐랑거리지 말라고 그랬지? 무게 없게."

그제야 생각이 났다. 강후는 손바닥을 펴서 자기 머리통을 한 대 때렸다.

"아아! 알았어, 알았어! 앞으로는 남자답게, 무게 있게 행동할게."

강후는 자기의 결점에 대해 계속 관심을 가지며 고쳐야 한다고 거듭거듭 말하는 여자를 여태 보지 못했다. 엄마도 그러지 않았다. 처음에는 기분이 나빴으나 지금은 누나의 진심이 느껴져 고마웠다.

"근데 왜 날 부른 거야? 땀을 삐질삐질 흘리며 허겁지겁 뛰어와 가지고. 누가 죽었어?"

"아니, 그게 아니고……."

"그럼?"

아직 호흡이 안정되지 않아 말문이 막혔다. 몇 차례 크게 심호흡을 했다. 이마에 흐르는 땀도 닦았다. 냉수를 한 컵 마셨으면 좋겠으나 그럴 짬이 없었다.

"저기…… 은림이 누나, 놀라지 마!"

"안 놀라! 산전수전 다 겪은 내가 놀랄 일이 뭐가 있겠니? 말해봐!"

"나, 지금 오리발이 시원한 소주 더 가지고 오라고 해서 근린공원 동산에 두 번이나 올라갔다 오는 길이야."

"근데 그게 뭐?"

누나가 시큰둥하게 물었다. 전혀 관심이 없다는 표정이었다.

"처음에 내가 안주로 뭘 가지고 올라갔었는지 알아?"

"내가 그걸 알아 뭐해?"

"멍멍탕이었어!"

"멍멍탕? 보신탕?"

은림이 누나가 조금 관심을 나타냈다.

"그래, 그거! 아이 씨! 우리 외갓집 몽실이가 작년 여름에 죽었을 때 내가 무덤을 만들어주고 제사까지 지냈었는데. 한 달이나 눈물을 질질 짰었다고. 아직도 눈에 선해. 그래서 내가 그 비싼 비숑을 사서 키우려는 거야. 견종은 다르지만."

"놀라지 말라는 게 겨우 보신탕 얘기였어? 보신탕 먹을 수도 있지, 그게 뭐가 어때서? 네가 프랑스의 바르도야? 개고기 반대하게."

"아니, 그게 아니라. 누나! 오리발 있잖아?"

"오리발이 뭐?"

오리발 얘기를 꺼내자 역시 자기가 알 일이 아니라는 듯 다시 손거울에 얼굴을 비추고 살폈다. 강후도 누나의 얼굴을 살폈다. 눈, 코, 귀, 입, 턱. 자세히 살피니 성형수술을 받지 않아도 되는 얼굴이었다. 남에게 혐오감을 줄 만한 부분이 없었다. 오히려 전체적으로 호감을 주는 인상이었다. 그런데 처음에 봤을 때는 왜 그렇게 안 보인 건지 알쏭달쏭했다.

"영금이 엄마 짤랐어. 급료도 열흘치나 떼고."

"뭐야?"

누나가 고개를 치켜들어 놀란 황소 눈으로 쳐다봤다. 그럼 그렇지! 관심이 없을 리가 없지! 얼른 자세한 설명을 덧붙였다.

"영금이 엄마 아까 출근했는데, 오리발이 짤랐어."

"왜?"

"오리발이 저 근린공원 동산으로 놀러 가는데 같이 가자고 영금이 엄마를 잡아끌었거든. 그런데 영금이 엄마가 싫다고 뿌리치고 뒷마당으로 나갔어. 그러자 오리발이 뒤쫓아 나가서 막 호통을 치더니 짤라버렸어! 그래서 영금이 엄마 울면서 집으로 돌아갔어, 아까!"

강후의 말에 누나는 잠시 무표정한 얼굴로 가만히 서 있었다. 그

러더니 갑자기,

"그 새끼 전에 다른 아줌마도 그렇게 자르더니. 더 이상은 못 참아!"

소리치며 들고 있던 손거울을 바닥에 팽개쳤다. 시멘트 바닥에 부딪힌 손거울은 즉시 산산조각이 나면서 사방으로 파편을 튕겼다. 누나가 빠드득! 이를 갈았다. 두 눈을 가늘게 뜨고 근린공원 동산 꼭대기를 노려봤다. 아까보다 한층 더 날카로운 빛을 내뿜었다.

"가자!"

짤막한 그 한마디를 남기고 은림이 누나는 편의점 문을 힘껏 걷어찼다. 두꺼운 편의점 문이 바깥으로 180도 회전하며 스텐 손잡이가 대형 유리창을 때렸다. 그 바람에 외벽 역할을 하는 유리창이 바르르 떨었다.

"어? 어?"

금방이라도 와장창 깨질 것만 같아 강후는 조마조마한 심정으로 유리창을 살펴보았다. 다행히 유리창은 깨지지 않고 떨림을 멈췄다.

"괜히 말했나?"

후회가 되었다. 하지만 이미 엎질러진 물이었다. 그리고 어차피 알게 될 텐데 말을 안 할 수도 없었다.

출입문을 얌전히 닫고 빠른 걸음으로 뒤따라갔다.

"누나, 무작정 가서 뭘 어쩌려고?"

"저것들이 무작정으로 나오니까 우리도 무작정으로 나가야지!"

서릿발이 뾰족하게 돋은 말투, 매우 굳고도 어두운 표정, 앙다문 입. 단단히 결심을 한 모양이었다. 전쟁터로 떠나는 병사의 얼굴이었다.

"안 돼."

혼자 가게 내버려둘 수는 없었다. 못 가게 막든지 아니면 따라가야만 했다. 그래도 나는 남자가 아니던가? 그렇지만 좀 떨렸다. 어른을 상대로 싸워본 적은 여태 없기 때문이었다.

"편의점 문도 잠그지 않고 어딜 가?"

"시시티브이가 세 대나 있잖아?"

"그래도…… 은림이 누나, 혼자 가면 위험…….'

내심 가지 말았으면 하는 바람으로 뒷말을 얼버무렸다. 누나가 걸음을 멈추고 뒤돌아봤다. 매섭게 쩨려보는 눈빛에 강후는 또 주눅이 들었다.

"겁나면 넌 오지 마!"

소리를 꽥 지르고 다시 성큼성큼 걸어가는 은림이 누나의 뒷모습을 잠시 멍하니 쳐다봤다. 어쩌지? 잡아야 하나? 함께 가야 하나? 쉽게 결정을 내리지 못했다. 짧은 시간 머릿속에서는 갈등이 등나무처럼 얽히고설켰다. 안 쫓아가면 비겁한 놈이라고 두고두고 놀릴 테고, 쫓아가면 나도 온전치 못할 텐데? 머리가 빠개지려 했다.

두어 차례 머리를 흔든 다음 어금니를 악물었다. 저만치 앞서가는 은림이 누나의 등판에 시선을 꽂았다. 거침이 없고 당당하기까지 한 누나의 걸음걸이에 강후는 또 감동을 하고 말았다. 야무지고 당찬 은림이 누나의 모습에 스스로 부끄러움을 느꼈다. 남자는 깡다구야! 외삼촌 목소리가 들렸다. 좋아! 남자가 한 번 죽지 두 번 죽냐? 강후는 침을 꿀꺽 삼켰다.

"누나, 같이 가."

서둘러 뒤쫓아갔다. 그러나 발걸음이 가볍지 않았다. 큰일이 벌어질 것 같은 불길한 예감이 가슴을 짓눌렀다.

구불구불한 비탈길을 헉헉거리며 올라갔다. 온몸이 금세 땀범벅이 되었다. 오후 6시가 넘었는데도 햇볕이 뜨거웠다. 짜증이 났다. 귀가 따가울 정도로 울어대는 매미 소리가 짜증을 더했다. 세 번째 오르는 것이라 다리가 후들거리고 허리도 뻐근했다. 속도가 점점 느려졌다.

"좀 쉬었다 가, 누나!"

강후는 나무 그늘에 털썩 주저앉았다. 은림이 누나도 힘에 겨운지 저만치 위에 앉았다. 그늘이라고는 하지만 몸에서 열이 나 그리 시원하지가 않았다. 누나도 손등으로 연신 목덜미의 땀을 닦았다. 그러고서 빠르게 손부채질을 했다.

"가자!"

채 5분도 쉬지 않고 누나가 일어섰다.

"누나, 잠깐만! 정 그러면 다 오라고 할게."

"다?"

"응! 다 불러서 함께 가자고."

"다 올 때까지 언제 기다리니?"

통하지 않았다. 다가가서 누나 팔을 잡고 설득을 했다.

"우리끼리 가면 위험해! 그자들 술도 취했고 쪽수도 더 많고."

"괜찮아! 겁나지 않아!"

은림이 누나는 손을 뿌리치고 정상 쪽으로 다시 성큼성큼 올라갔다. 얼른 뛰어가 다리를 붙잡고 늘어졌다. 아무리 생각해도 은림이 누나와 둘이서는 그자들을 상대할 수가 없었다. 계란으로 바위를 치는 격이었다.

"그놈들 아까 우리 욕을 막 퍼붓고 그랬어! 진짜 위험하다고. 특히 오리발은 물불 안 가리는 놈이라는 거, 누나도 잘 알잖아?"

"봐! 나도 화나면 물불 안 가려!"

"그러니까 위험하다는 거지. 10분만! 딱 10분만 기다리자. 내가 전화할 테니!"

주머니에서 핸드폰을 꺼냈다. 그리고 전화번호를 찾아 통화 버튼을 눌렀다.

"두범아, 큰일 났어. 빨리 이리 와! 근린공원 정상 올라가는 길 중간쯤이야."

두 번째 전화를 걸었다. 저쪽에서 받자마자 빠르게 말했다.

"보라야, 여기 근린공원 정상 가는 길 중간인데, 빨리 이리 와! 비상 사태야. 다 널 기다리고 있어!"

보라가 알았다고 대답하고서 끊었다.

"누나, 두범이하고 보라 즉시 온대."

은림이 누나가 고개를 끄덕였다. 단 한 번 끄덕이고는 이를 더 악물고 정상 쪽을 노려봤다. 날카롭고 싸늘한 눈빛이 섬뜩했다.

강후는 잠시 말없이 서 있다가 얼굴이 붉으락푸르락하면서 호흡 조절을 하고 있는 누나 옆에 앉았다. 거친 숨소리가 고스란히 귓속으로 들어와 고막을 때렸다.

"누나, 가서 뭘 어쩌지?"

"어쩌기는 뭘 어째? 본때를 보여줘야지!"

"본때? 본때를 어떻게?"

"그 더러운 낯짝에 이 손톱으로 엑스 자라도 몇 개 그려놔야 할 거 아냐?"

누나가 오른손 손가락을 갈퀴처럼 펼쳐 눈앞에 바짝 들이댔다. 성질이 참숯불 같기에 충분히 그러고도 남을 누나였다. 어쩌면 와락 달려들어 오리발의 코를 물어뜯거나 귀를 잡아 뜯을지도 몰랐다. 좀 더 심하면 눈알을 파낼 가능성도 있었다.

"나, 이제 악만 남았어! 눈에 뵈는 게 없다고. 더럽고 치사한 것들!"

15분쯤 지나자 두범이와 보라가 연이어 올라왔다. 급하게 뛰어와 땀으로 얼굴이 번들거렸다. 티셔츠도 땀에 흠뻑 젖어 있었다.

부리나케 달려온 모양이었다.

"왜? 무슨 일이야?"

두범이가 은림이 누나와 강후를 번갈아 쳐다보며 물었다.

"그냥 일이 있어!"

"좋은 일이야? 나쁜 일이야?"

강후의 대답에 보라가 다시 물으며 은림이 누나의 표정을 살폈다.

"나쁜 일이구나. 그치, 언니?"

"우리한테 좋은 일이 생길 건덕지가 뭐 있니? 이제 빨리 가자!"

은림이 누나가 앞장섰다. 강후는 두 사람에게 대충 상황 설명을 해준 뒤 누나를 따랐다.

나무들이 우거진 비탈길로 얼마쯤 올라가자 그자들의 말소리가 들리기 시작했다.

"누나, 잠깐! 저기 저 나무 뒤에 숨어서 좀 지켜보자고."

"그래! 작전도 짜고."

"작전은 무슨……. 흥!"

남자들의 의견을 무시하는 콧방귀에 강후는 자존심이 좀 상했다. 두범이도 같은 기분인지 순간적으로 표정이 굳어졌다.

"언니, 그렇게 해! 나, 다리 아파서 더 이상 움직이지 못하겠어."

보라가 주저앉고 말았다. 야트막한 동산이긴 하지만 길이 꽤 가팔라 금세 지쳐버린 모양이었다. 누나가 눈살을 찌푸렸다.

"겨우 요걸 올라와 놓고?"

다시 낮은 자세로 조금 더 올라갔다. 키가 작고 잎이 무성한 활엽수가 나타나자 나란히 쪼그려 앉았다. 동산공원 정상에 있는 팔각정에서 불과 7, 8미터 거리였다. 무성한 나뭇잎에 가려져 그자들의 모습이 제대로 보이지는 않았다. 그렇지만 말소리는 똑똑히 들렸다. 이미 술에 취해 말소리가 평소보다 높았다. 숨을 죽이고 귀를 기울였다.

"내가 뭐랬어? 멀리 갈 것 없이 여기서 이렇게 벌여놓고 노니까 죽여주잖아?"

오리발이 자기가 택한 장소라며 은근히 자랑을 늘어놓았다.

"맞아! 덥고, 길 막히고, 짜증 나게 멀리까지 왜 나가?"

쭈글이가 동의하고,

"정말 좋네, 좋아! 가게에서 멀지도 않고. 앞으로 우리 자주 와서 푹 쉬었다 내려가자고."

간사리도 흡족함을 나타냈다.

이른바 월계로 3대 마왕이 다 모여 있었다.

"자, 한잔씩 더 해! 그런데 술이 모자라겠는데?"

"걱정 마. 모자라면 또 가져오라고 시킬 테니까."

3대 마왕의 대표 격인 오리발이 또 심부름을 시킬 모양이었다. 아니, 내가 소주 셔틀인가? 강후는 기분이 상해 주먹을 불끈 쥐었다. 벌떡 일어서서 더 이상 못하겠다고 소리치고 싶었지만 오금이 마비되었는지 꼼짝도 하지 않았다.

"아! 요즘 것들은 얼마나 일을 못하는지 스트레스 팍팍 쌓여! 여우 새끼처럼 눈치만 살살 살피면서 조금이라도 일을 덜 하려고 잔대가리나 굴려대고 말이야."

"글쎄, 요즘 것들 그렇다니까. 그래 놓고 급료가 적네 어쩌네 뒤에서 깽깽대잖아? 참나!"

"그런 것들은 가차 없이 짤라야 해! 일을 시켜주는 것도 감지덕지지, 이런 불경기에 지들이 어디 가서 일자리를 구해? 고마움도 모르는 싹수없는 것들!"

험담이 끝도 없이 이어졌다. 험담을 안주 삼아 술잔치라도 벌이는 건지 그칠 기미가 보이지 않았다. 그러면서 소주잔을 연신 비워댔다. 강후는 어금니를 깨물고 모든 신경을 귀로 집중시켰다.

"솔직히 정식 직원 한 명 쓰느니 얼빵한 알바 두 놈 쓰는 게 훨씬 나아!"

"그건 그렇지! 인건비도 줄이고 수틀리면 즉시 짜르고 다른 놈으로 대체할 수 있으니까."

"급료는 적게 주고 일은 많이 시키고. 꿩 먹고 알 먹고야. 프흐흐흐!"

거나하게 취한 오리발의 웃음소리가 숲속에 크게 울려 퍼졌다. 그 통에 매미들의 합창 소리가 뚝 그쳤다. 오리발의 기세에 매미들도 겁을 먹은 모양이었다.

"대학생 연놈들은 머리에 든 게 있다고 바득바득 따지고 드니까, 이왕이면 물정 모르는 고삐리가 좋아!"

"나는 먼저 그 작은 놈 자르고 다른 얼빵한 초짜 놈 구해놨어! 다음 주부터 나올 거야."

"아, 그거 잘했어! 경험 많은 것보다는 완전 초짜가 좋아! 초짜가. 그런데……."

거기서 말을 끊은 오리발이 소주잔을 단숨에 비운 뒤 쭈글이에게 잔을 건넸다.

"자, 내 잔 받아. 그런데 고삐리들도 독한 것들 가끔 있어. 그런 것들은 절대 쓰지 말아야 해! 지금 편의점에 있는 년! 그년 아주 독종이잖아?"

마침내 오리발이 은림이 누나를 걸고 나섰다.

"아니, 저것들이? 내가 이렇게 된 게 다 누구 때문인데?"

은림이 누나가 뛰쳐나가려고 했다. 두범이가 급히 눌러앉혔다. 곧 오리발의 뒷말이 이어졌다. 모두 더욱 귀를 기울였다.

"그게 이 동네 가게들을 여기저기 폴짝폴짝 벼메뚜기처럼 옮겨 다니면서 한 3년여 알바를 하더니 왕창 망가졌어! 사장 알기를 지 발가락의 때만큼도 안 여겨. 학교도 실업고를 다니는 데다가 생긴 건 꼭 뭐 밟아놓은 것처럼 생겨가지고……."

오리발이 기어코 인격 모독성 발언으로 은림이 누나의 아픈 곳을 건드리고 말았다. 아니나 다를까,

"저것들이 정말……."

누나가 벌떡 일어나 후다닥 팔각정으로 뛰어갔다. 이번에는 미처

잡을 틈도 없이 벌어진 일이었다. 강후, 두범이, 보라도 일어나 얼른 뒤쫓았다. 그러잖아도 감정이 쌓여 있던 은림이 누나는 마왕들 앞에 떡 버티고 선 채 소리쳐 물었다. 가히 골리앗을 대적하는 다윗의 용기였다.

"방금 뭐라고 그랬어요?"

갑작스레 나타난 은림이 누나를 보고 마왕들은 어안이 벙벙한 표정을 지었다. 술잔을 손에 들고 서로의 얼굴만 쳐다봤다. 그러나 곧 은림이 누나를 알아보고 인상을 잔뜩 썼다. 송충이 씹는 표정이었다.

"어이구! 호랑이도 제 말 하면 온다더니. 이게 누구야? 엉?"

"이것들이 아주 떼로다 몰려왔군 그래!"

"쥐새끼마냥 우리 말을 엿들은 거냐?"

마왕 셋은 소주잔을 비우고 개고기를 뜯으며 연신 비아냥댔다.

"좀 전에 뭐라고 그랬냐고요?"

은림이 누나가 한 발 더 다가가 다시 물었다. 아주 날카로운 목소리였다. 그러나 오리발은 능글능글한 표정으로 보신탕 안주를 씹어댔다.

"뭘 뭐라고 그래? 아무 말도 안 했어."

"나보고 뭐라고 그랬잖아요?"

"우리끼리 개인적인 말을 한 걸 네가 잘못 들었겠지. 근데 여긴 왜 올라온 거야? 애들을 다 끌고서."

역시 노련한 오리발이 말머리를 슬쩍 돌렸다. 은림이 누나가 즉시 단도직입적인 질문을 날렸다.

"영금이 엄마, 오늘 짤렸다면서요?"

"그래! 그게 왜?"

'그게 왜?'라고 되물으며 슬쩍 째려보는 오리발의 눈빛에 강후는 움찔했다. '네가 말했지?'라고 추궁하는 눈빛이었다. 강후는 기분이 찜찜해서 뒤로 한 걸음 물러났다.

"찍소리 한번 안 하고 시키는 대로 다 하는 영금이 엄마를 왜 갑자기 자른 거예요?"

"시키는 대로 다 하기는 뭘 다 해? 일도 대충대충 했었는데. 닭발도 훔쳐 가고."

"와! 정말 어이가 없네. 그게 훔쳐 가는 거예요? 손님들이 먹다 남긴 거 가져가는 거지. 완전 날강도네, 날강도!"

은림이 누나가 오리발한테 눈을 부라리고 침을 튀겼다.

"뭐어? 날강도? 아니, 이 계집애가 누구한테 날강도래? 미친년처럼 눈깔을 허옇게 까뒤집고 덤비면서."

"덤비는 게 아니라 따지는 거잖아요?"

오리발이 벌떡 일어났다. 일어나자마자 맨발로 내려와 은림이 누나한테 바짝 다가섰다. 두 사람의 불꽃 튀는 눈싸움이 한동안 지속되었다. 아무래도 예감이 좋지 않아 강후는 은림이 누나 옆으로 다가갔다. 여차하면 은림이 누나를 데리고 동산 아래로 피신을 할 계산에서였다. 강후의 의도를 알아차린 두범이도 옆으로 와 섰다.

"강후, 너 이 새끼! 넌 왜 이 버르장머리 없는 년을 따라다녀? 너, 일 그만두고 싶어?"

오리발의 눈총이 강후에게 쏟아졌다.

"저, 그, 그게……."

강후는 얼른 대답을 못하고 머뭇거렸다. 막상 질문을 받으니까 당황해서 혀가 꼬여버렸다.

은림이 누나가 다시 따지고 들었다.

"임금도 제대로 안 주고 부려먹으면서 왜 영금이 엄마 급료를 뗐 냐고요? 그리고 그렇게 일방적으로 사람을 짜르는 게 어딨어요?"

은림이 누나의 허스키하면서도 쩌렁쩌렁한 목소리가 사방으로 울려 퍼졌다. 오리발은 한술 더 떠 아주 악을 썼다. 그러느라 얼굴 이 기괴하게 찌그러졌다.

"야, 이년아! 내가 사장이야, 사장이라고. 근데 내 마음대로 그 깟 바보 아줌마 하나 못 짤라? 열 명도 짜르지."

상스런 욕설을 퍼부으면서 삿대질을 하던 오리발이 은림이 누 나의 어깨를 세게 밀쳤다. 그 바람에 은림이 누나가 뒤로 서너 발 밀렸다.

"나 이거 참! 술맛 떨어지게 별 개떡 같은 게 기어 올라와서 지 랄하네."

넘어질 듯 자세가 위태위태하던 은림이 누나는 몸을 가누고서 곧 오리발에게 더 가까이 다가갔다. 얼굴이 맞닿을 정도로 다가가 오리발을 노려보며 두 주먹을 움켜쥐었다. 강후와 두범이도 오리발에게 한 발짝 더 다가섰다. 그리고 함께 노려봤다.

"이 자식들 봐라! 아주 간덩이가 남산보다 더 커졌네!"

"저것들이 어른한테 떼거리로 덤벼들고?"

팔각정에 앉아 있던 쭈글이와 간사리가 일어나더니 내려왔다. 둘 다 오리발 양쪽에 붙어 서서 턱을 주억거렸다. 그러더니 조폭 두목의 똘마니 같은 폼을 잡고 쏘아봤다.

"이런 버르장머리 없는 새끼들! 예의라고는 코딱지만큼도 없는 못된 새끼들!"

"고용해서 급료까지 주는 사장한테 덤비다니? 따끔하게 혼을 내줘!"

쭈글이와 간사리의 응원에 힘을 얻은 오리발이 이번에는 더 세게 은림이 누나를 밀쳤다. 은림이 누나가 뒤로 벌렁 넘어졌다. 그때,

"왜 사람을 자꾸 밀쳐요?"

서너 걸음 뒤에서 가만히 지켜보던 보라가 비호같이 달려들어 오리발의 팔을 힘껏 깨물었다. 문 것도 보통 문 게 아니었다. 꽉 물고는 마치 아프리카의 짖지 않는 사냥개 바센지처럼 좌우로 흔들어 댔다.

"아! 아! 이년은 또 뭐야?"

오리발이 비명을 지르며 팔을 흔들었다. 보라를 떼어놓으려고

안간힘을 썼다. 하지만 보라는 떨어지지 않고 더욱 세게 물고 늘어졌다. 평소 얌전하기만 하던 보라에게 저런 성질이 있었다니? 전혀 예상치 못한 보라의 행동에 강후는 그저 멍하니 지켜보기만 했다. 두범이도 심지어 은림이 누나도 마찬가지였다. 보라는 오리발이 머리채를 잡고 사정없이 당기는데도 끝까지 버텼다. 대단했다. 한번 물었다 하면 죽기 전에는 절대 놓지 않는다는 전설의 싸움개 핏불 같았다.

"이런 쌍년이!"

바로 옆에서 지켜보던 쭈글이가 큼지막한 나무 막대기를 주워 들었다. 들자마자 높이 치켜들어 보라의 머리통을 겨냥했다.

"안 돼!"

두범이가 반사적으로 쭈글이한테 달려들어 막대기를 붙잡았다. 쭈글이가 두범이를 떨쳐버리려고 몸을 뒤틀었다.

"이거 못 놔, 새끼야?"

놓지 않았다. 하지만 두범이의 힘으로는 거대한 쭈글이를 상대하기가 불가능해 보였다. 자꾸 뒤로 밀렸다. 힘을 너무 써서 그런지 두범이 팔이 덜덜 떨렸다.

"으으으!"

곧 놓칠 것 같았다.

"야, 이 못된 쭈글아!"

위급함을 알아채고 강후가 소리치며 덤벼들었다. 잽싸게 쭈글이 등 뒤로 돌아가 쭈글이의 왼쪽 발목을 잡고 마구 잡아당겼다. 쭈글이가 악으로 버텼다.

"이이이!"

강후도 안간힘을 다 썼다. 마치 줄다리기라도 하듯 오른발을 나무뿌리에 딛고 상체를 뒤로 눕혀 젖 먹던 힘까지 발휘했다.

"으억!"

마침내 쭈글이의 가랑이가 찢어지며 땅바닥에 쿵 주저앉았다. 동시에 강후와 두범이도 땅바닥으로 나뒹굴었다.

그 순간 턱 힘이 다 빠졌는지 보라도 물고 있던 오리발의 팔뚝을 놓치고 말았다. 오리발의 오른쪽 팔뚝에 보라의 잇자국이 선명했다. 피도 조금 흘렀다.

"어? 이 피! 그 몽둥이 이리 줘!"

쭈글이한테 나무 막대기를 넘겨받은 오리발의 눈빛에 살기가 번득였다. 겁을 주려는 게 아니고 정말로 큰일을 낼 눈빛이라는 걸 강후는 직감했다.

"이 새끼들! 너희 오늘 한번 몽둥이 맛 좀 봐라!"

"그래! 애들은 몽둥이로 다스려야 해!"

"아주 묵사발을 만들어놔. 다시는 찍소리 못하게."

간사리와 쭈글이가 뒤에 서서 응원을 했다. 오리발이 나무 막대기를 허공에 두어 번 휘둘렀다.

'쒸웅! 쒸웅!'

바람 가르는 소리가 공포스럽게 들렸다.

"이것들이 아주 오늘 죽으려고 작정을 하고 올라왔구나? 엉?"

"그래요. 죽여 봐요!"

은림이 누나가 오리발한테 머리를 바짝 들이댔다. 그러자 오리발이 더욱 흥분을 해 두 눈을 부릅떴다. 이미 이성을 잃은 오리발의 두 눈은 시뻘겋게 충혈되어 있었다. 피에 굶주린 흡혈귀의 눈과 똑같았다. 등줄기에 소름이 돋았다.

"자, 자, 어서 죽여봐요!"

"좋아!"

오리발이 입을 앙다물었다. 나무 막대기를 든 손에 힘을 더 주었다. 강후는 무서움을 느껴 얼른 은림이 누나의 팔을 잡고 뒤로 몇 걸음 물러났다.

"이 팔 놔! 더 따질 게 있어!"

은림이 누나가 버둥거렸다. 오리발이 한발 한발 다가왔다. 나무 막대기를 잡은 팔뚝 근육이 꿈틀대고 한쪽 눈썹이 치켜 올라갔다.

그런데 험악한 인상으로 다가오던 오리발이 갑자기 걸음을 뚝 멈췄다. 무슨 이유인지 들고 있던 나무 막대기도 슬그머니 아래로 내렸다. 그러고는 비탈길 아래쪽을 힐끔거리면서 마른 입술을 축였다. 어? 갑자기 왜 저래? 강후는 의아해서 가만히 뒤를 돌아다보았다. 아까 올라왔던 그 비탈길에 아주머니 세 명이 서서 구경을 하고 있었다. 30대 후반이나 40대 초반으로 보이는 비교적 젊은 아주머니들이었다. 오리발은 아주머니들의 눈 때문에 몽둥이를 휘두르기가 꺼려졌던 모양이었다. 어쨌든 오리발의 몽둥이 공격을 피하게 되어 강후는 안도의 숨을 내뿜었다.

분을 못 이기고 제자리에서 서너 바퀴 돌고 난 오리발이 소리를 질렀다.

"어서 꺼져! 네년 상판대기 보기 싫어! 셋 셀 동안에 꺼지지 않으면 너희들 진짜 가만 안 둔다."

힘이 다 빠진 네 명은 오리발의 협박에 몸을 돌렸다. 채 다섯 걸음을 떼어놓기 전에 오리발이 또다시 소리쳤다.

"야, 강후! 너 이 새끼야! 너, 당장 그만둬! 모가지야."

"예? 제가 왜, 왜요?"

뒤돌아서서 항의를 했다. 그러나 오리발은 못 들은 척 아무 대꾸도 하지 않았다.

"보라 너도 함부로 근무지를 이탈하고. 오늘부로 그만둬라!"

간사리도 보라에게 해고를 통고했다. 보라의 눈빛이 약하게 흔들렸다. 강후는 마음이 아릿해졌다.

"떼어먹은 급료 다 줘요!"

두범이가 쭈글이한테 떼어먹은 급료를 달라고 요구했다.

"만약 1원 한 푼이라도 안 주면 가만히 있지 않을 거예요."

"계산해보고 줄 게 있으면 줄 거야, 인마! 쩨쩨한 새끼!"

여전히 나무 막대기를 들고 있는 오리발이 마무리를 했다.

"너희 이제 이 일대에서는 일 못할 줄 알아! 내가 블랙리스트를 만들어서 주변 사장들한테 쫙 배포를 할 테니까."

네 명은 어깨가 축 처져 동산 아래로 내려갔다. 돌덩이를 매단 듯 발걸음이 무거웠다. 마음은 더욱 무거웠다. 모두 비탈지고 좁고 구불구불한 산길을 터벅터벅 걸어갔다. 발걸음마다 한숨이 새어 나왔다. 이번 여름은 싸움으로 시작해서 싸움으로 끝이 나고 마는가 보다! 시작이 좋아야 끝이 좋다고 했는데 시작을 싸움으로 했으니……. 축 처진 두범이의 어깨에 강후의 눈길이 가 머물렀다.

"우리 쉬었다 가자! 다 짤렸는데 일찍 내려가서 뭐해?"

강후의 말에 모두들 땅바닥에 아무렇게나 퍼질러 앉았다. 그리고 동산 아래 거리를 내려다봤다. 찻길로 수많은 차량들이 빠르게 달려갔다. 배달 오토바이들도 분주히 오갔다. 인도의 행인들도 바쁜 걸음이었다. 찻길 건너편에 전에 살던 임대 아파트 단지가 보였다. 15층짜리 고만고만한 아파트가 빼곡하게 몰려 있었다.

"겪어보니까 잡견 똥개만도 못한 어른들이 적지 않네! 그래도 우리가 하나로 똘똘 뭉쳐서 못된 똥개들이랑 싸움을 다 붙고……. 기분이 그리 나쁘지만은 않은데. 안 그래?"

강후의 물음에 아무도 대답하지 않았다.

땀이 줄줄 흘렀다. 다들 말 한마디 없이 손부채질만 반복했다. 일제히 동작을 맞춰 그러는 모습이 마치 무슨 집단 체조 연습이라도 하는 것 같았다. 답답했다. 어쩌다 부는 바람조차 후텁지근하니 숨통을 조였다. 강후는 시선을 약간 틀어 월계교차로를 내려다보았다. 바로 옆에 앉아 있는 은림이 누나도 교차로를 보는 것 같았다. 월계로와 우이천로가 교차되는 곳, 그 모양이 마치 거대한 십자가를 닮아 있었다. 왠지 흉측스럽게 느껴지는 검은색 아스팔트 십자가. 저런 검은 십자가가 전국 도시에 대체 몇 개나 깔려 있을까? 문득 그 생각이 강후의 머릿속을 맴돌았다.

어느 날 아침

정상에서 술에 잔뜩 취해 고성방가를 하는 오리발과 쭈글이, 간사리의 합창 소리가 들려왔다. 동산공원 전체를 전세라도 낸 듯 아주 거대한 굿판을 벌였다.

"앗싸! 앗싸!"

놀러 온 젊은 아줌마들을 오리발이 꼬여 합석을 시켰는지, 노랫가락 사이사이로 아줌마들의 추임새와 박수 소리가 끼어들기도 했다.

"누나, 왜 우리는 알바를 해야 하는 거지?"

강후는 월계로와 우이천로가 교차되어 만든 대형 십자가에 시선을 고정시킨 채 물었다.

"뭐? 그걸 몰라서 묻니? 돈을 벌려고 하는 거지!"

두범이가 먼저 대답했다.

"글쎄, 왜 이 나이에 돈을 벌어야만 하느냐고?"

"그렇게 물으면 나도 할 말이 없다. 씨바!"

욕설까지 내뱉은 두범이는 옆의 작은 나무를 주먹으로 쿵쿵 쳤다. 은림이 누나가 가리비처럼 꾹 다물고 있던 입을 열었다.

"이 나이에 돈을 벌어야 하는 경우도 있는 거지. 미국 청소년들은 90퍼센트 가까이 알바를 해서 자기 용돈은 자기가 번다잖아? 어떤 이유로든 알바를 해서 돈을 버는 건 좋아! 밥벌레가 되지 않으려면 일을 해야지. 그러나…… 정당한 급료를 주고 인간적인 대우를 해줘야 할 거 아냐?"

말을 마친 은림이 누나는 땅에 떨어진 어린 나뭇잎을 한 개 주워 입에 넣고 잘근잘근 씹었다. 분을 삭이려는 동작이라 이빨 소리가 딱딱 났다.

한참 동안 대화가 이어지지 않았다. 매우 어둡고도 절망감이 깊게 흐르는 분위기였다. 강후는 월계교차로를 내려다보면서 그저 손부채질만 반복했다. 오리발 패거리는 큰 소리로 노랫말을 주고받으며 손바닥으로 팔각정 바닥까지 쿵쿵 두드려댔다. 북 치고 장구 치고 아주 살판이 난 모양이었다. 생전 밖에 놀러 가는 일 한번 없이 비좁은 곳에서 땀 흘리며 일하는 아버지 얼굴이 떠올랐다.

다들 입을 굳게 닫고 똑같은 자세로 앉아 월계교차로를 내려다봤다. 한참 동안 무거운 침묵이 이어졌다. 침묵이 깊어질수록 정상에서 들려오는 노랫소리는 더욱 커져갔다. 무엇이 그리도 신이 나는지 그들은 마치 세상을 다 얻었다는 듯 고래고래 소리를 질러댔다. 박자도 맞지 않는 노래를 떼거리로 불러대 귀청이 다 떨어질 지경이었다.

강후는 고개를 돌려 보라를 바라봤다. 보라는 손으로 턱을 주무르고 있었다. 아까 오리발의 팔뚝을 물어뜯느라 힘을 너무 주어 턱에 무리가 간 것 같았다. 보라의 동작이 우스워 강후는 그 와중에도 큭큭 웃었다. 보라가 눈을 흘겼다. 얼른 웃음을 그쳤다.

"누나, 저 오리발 예전에 죽도록 고생해서 지금 저렇게 부자가 되었다는데, 왜 자기 가게에서 일하는 사람들 힘든 건 몰라주지? 자기 배만 채우려 하고."

"개구리 치매 이론 몰라?"

"개구리 치매 이론?"

강후, 보라, 두범이가 거의 동시에 물었다. 다들 처음 들어보는 말이기에 눈을 멀뚱거렸다. 은림이 누나가 혀를 내밀어 입술을 축였다.

"개구리는 올챙이 시절을 생각 못하는 거야. 졸부들의 특징이지. 사실은 종업원들이 돈을 벌어주는 건데, 종업원을 한식구라고 생각을 안 하고 자기 돈을 떼어 간다는 생각을 하더라고. 게다가 자기가 힘들게 일했던 시절을 까맣게 잊고 종업원을 더 지독하게 괴롭히는 사장들 많아. 며느리 적에 구박 받은 시어머니가 나중에

제 며느리 구박을 몇 배나 더 심하게 한다잖아? 일종의 보상 심리이지!"

보라도 두범이도 씽긋 웃었다. 하지만 강후는 속이 뜨끔했다. 24평짜리 일반 아파트로 이사를 간 후 전에 살던 18평짜리 임대 아파트 친구들을 무시하고 깔봤던 일 때문이었다.

"흠! 흠! 암튼 부자는 점점 더 부자가 되고……."

강후가 혼잣말로 중얼거렸다. 그 말을 듣고 은림이 누나가 다시 입을 열었다. 다소 무거운 목소리였다. 침울하게 가라앉아 있었다.

"양심적으로 벌어서 부자가 되면 누가 뭐라 그래? 그건 박수 쳐 줄 일이지. 근데 그렇지 못한 방법으로 부자가 된 인간들이 너무나 많으니까 문제이지."

"맞아! 맞아! 누나, 그거 알아?"

강후는 이때다 싶어 그동안 보고 들은 오리발의 못된 짓을 줄줄이 늘어놓았다.

"닭발나라 거기, 손님들이 먹다 남긴 음식하고 술 다시 팔아. 술 잔뜩 취한 손님한테는 바가지도 씌우고."

"거기뿐이 아니야. 돼지갈비 거기는 고기 중량을 속이고 그러잖아? 국산 삼겹살이라면서 싸구려 수입산 내놓고."

"주유소는 어떻고? 좀 어벙한 손님이 오면 가짜 휘발유, 가짜 경유 넣는 것 같았어. 소장 간사리가 총무한테 지시하는 걸 내가 들었어. 1번 주유기에 비밀 장치가 달린 것 같아. 그 1번 주유기는 알바생들이 손 못 대게 해!"

두범이와 보라도 강후 말에 꼬리를 달아줬다. 듣고 보니 양심적으로 장사를 하는 집이 거의 없었다. 게다가 알바생들 임금이나 착취하고. 강후는 기분이 나빠 앞에 있는 작은 나무를 발로 걸어 찼다. 나무가 심하게 몸부림을 쳤다.

"다 알고 있어! 요즘 텔레비전에 그런 불량 가게 많이 나오잖아?"

"어떻게 그렇게 비양심적으로 장사를 하냐? 누나, 우리 그거 확 다 까발릴까? 급료 정확히 계산해서 안 주면 방송사에 알리겠다고. 어때?"

"그래, 복수! 복수하자! 저놈들 쫄딱 망하게. 우리만 당할 수는 없잖아?"

"이에는 이! 눈에는 눈! 이판사판이지!"

강후의 제안에 두범이와 보라가 적극 찬성을 했다. 세 명은 은림이 누나의 대답을 기다렸다.

은림이 누나가 입술을 깨물었다. 눈동자를 이리저리 굴려가며 생각에 잠겼다. 그동안 가장 많은 알바 피해를 본 사람은 바로 은림이 누나가 아니던가? 강후는 마음속으로 유명 방송국 한 곳을 점찍어두었다. 비양심 음식점을 암행 취재한 그 방송국 프로를 본 적이 있기 때문이었다. 제보를 주면 사례를 한다는 광고 자막까지 내보냈었다.

"누나도 찬성이지?"

누나의 눈빛이 번득였다. 닭발나라, 돼지갈비, 주유소의 양심 불량 행태가 텔레비전 방송에 폭로되어 개박살이 나는 장면이 강후의 눈앞에 펼쳐졌다. 가슴이 급격히 부풀어 올랐다. 벅찬 기쁨으로 입술이 귀밑까지 늘어났다.

"안 돼!"

그러나 뜻밖에도 은림이 누나의 입에서 나온 말은 '안 돼!'라는 소리였다. 세 명은 벙 쩔어서 은림이 누나의 얼굴을 멍하니 쳐다봤다. 다른 사람도 아니고 은림이 누나가 안 된다는 말을 하다니? 헛말을 한 게 틀림없었다.

"복수는 안 돼!"

"왜 안 돼?"

"나는 그렇게 하는 게 복수라고 생각 안 해!"

"그러면 뭐가 복수야? 박수 치며 칭찬을 해줘?"

불만이 가득 찬 목소리로 강후가 따지듯 물었다. 아까 오리발과의 싸움에서 누나가 겁을 먹어 그러는 거라고 짐작하며 입술을 씰룩였다.

"정정당당한 대결!"

"정정당당한 대결? 그게 뭔데?"

강후의 질문에 모두 고개를 갸웃거리면서 은림이 누나의 설명을 기다렸다.

"같은 업종을 차려서 한판 붙어보는 거지!"

"그러면 닭발집을 차려? 우리가? 무슨 방법으로 닭발집을 차려?"

두범이가 어이가 없다는 표정으로 연속해 물었다. 보라도 고개를 좌우로 흔들었다. 은림이 누나도 말은 그렇게 했으나 방법이 없는 듯 십자가 모양의 월계교차로를 바라보며 입맛을 쩝쩝 다셨다.

"하긴 정정당당이 통하는 세상이 아니지! 잠시나마 통할 거라고 믿었던 내가 바보였던 거지. 내려가자. 여기 이렇게 앉아 있으면 뭐하니? 후우!"

벌떡 일어나 앞서 내려가는 은림이 누나의 입에서 한숨 소리가 길게 새어 나왔다. 뒷모습이 많이 지쳐 보여 강후는 마음이 아팠다. 후텁지근한 바람 한 줄기가 목덜미를 스치고 지나갔다. 더위를 먹었는지 눈앞에 안개가 낀 듯 시야가 차츰차츰 흐려졌다. 정상에서 오리발, 쭈글이, 간사리의 노랫소리에 이어 꽹과리 같은 웃음소리가 날아와 뒤통수를 때렸다.

"누나, 우리 노래방에 가요."

"노래방?"

"예. 노래방 가서 노래 꽥꽥 부르고 막춤을 막 춰서 스트레스 다 풀어요. 보라야, 두범아, 가자!"

강후는 반강제로 은림이 누나, 보라, 두범이를 잡아끌었다.

여름방학이 끝나고 개학을 했다. 그리고 며칠이 지루하게 지났다. 은림이 누나의 말대로 알바 자리만 잃은 게 아니라 그동안 일한 급료도 제대로 받지 못했다. 3대 마왕은 근무지 무단이탈이니, 불성실 근무니, 업주 지시 불이행이니 하는 평계를 대며 질질 끌다가 30퍼센트를 제하고 주었다. 그게 끝이 아니었다. 3대 마왕이 편의점에 찾아가 편의점 사장에게 항의를 하고 협박을 하는 바람에 은림이 누나도 알바 자리를 잃고 말았다.

"저 계집애 당장 짤라요."

"당신, 우리 말 안 들으면 이 동네에서 장사 다한 줄 아쇼!"

"우리가 똘똘 뭉쳐서 쪽박 차게 만들 테니 잘 판단해, 이 양반아!"

그들은 가게 안에서 한 시간이 넘게 소란을 피워댔다. 그 때문에 편의점 운영이 처음이라는 젊은 사장은 얼굴이 새파랗게 질렸다. 결국 은림이 누나가 스스로 그만두어버렸다. 젊은 사장에게 피해를 주지 않으려는 누나의 결단이었다. 그러나 얼굴빛이 매우 어두웠고 표정이 굳어 있었다. 자신의 표정을 숨기려고 고개를 들어 하늘을 보던 눈동자가 약하게 흔들리는가 싶더니 끝내는 눈물까지 그렁그렁 맺혔었다.

강후와 보라, 두범이는 3대 마왕에게 급료를 100퍼센트 다 지급해달라고 거세게 항의를 해보았다. 소용없었다. 노동부에서 발표한 청소년 알바 십계명을 들어가며 신고를 하겠다고도 했었다. 콧방귀도 뀌지 않았다. 심지어 경찰에 고발을 하겠다는 말도 해봤다. 눈 한번 깜빡하지 않았다. 그들은 오히려 법대로 하려면 해보라고 큰소리쳤다. 은림이 누나의 주도로 정말 안심알바신고센터로 신고를 했었고, 지역 노동사무소에 찾아가 피해 사실을 알렸다. 그러나 근로 계약서가 없다고 모두 시큰둥한 반응이었다. 고딩 알바생에게는 아무도 관심을 기울여주지 않았다. 아예 근로자 취급을 하지 않고 그저 일회용 소모품 정도로 여겼다.

기고만장해진 오리발은 인근 업주들을 끌어모아 반강제로 '일심회'를 결성하더니 알바생들의 근무 시간과 임금을 일방적으로 정해버렸다. 근로 계약서는 당연 말도 꺼내지 못하게 만들어놓았다. 자기들이 내건 조건으로 일을 하려면 하고 말려면 마라고 횡포를 부렸다. 또 일심회에 들지 않은 업주들은 심하게 왕따를 시켰고 수시로 나쁜 소문을 퍼뜨렸다.

강후는 월계로 주변에서 다른 알바 자리를 구하려고 무진 애를 썼으나 구하지 못했다. 강후뿐만 아니라 알바의 여신 은림이 누나도, 두범이도, 보라도 허탕만 치고 말았다. 그 모든 게 오리발의 농간 때문이었다. 오리발은 제멋대로 블랙리스트를 만들어 인근의 사장들에게 다 돌려버렸다. 리스트에는 지각이 잦고, 무단결근을 하고, 사장에게 대들고, 심지어 가게 물건을 훔쳐 가기도 한다는 황당한 내용들이 쓰여 있었다.

강후는 학교 수업을 마치고 성북역으로 가 그 일대를 꼼꼼히 뒤졌지만 없었다. 이제 너무 지쳐 포기하고 싶은 생각이 들었다. 내가 굳이 알바를 해야 하나? 비숑 없으면 어때? 정 키우고 싶으면 값이 싼 스피츠나 한 마리 키우면 되지! 스스로에게 묻고는 고개를 끄덕였다. 그러나 곧 가로저었다.

"아니야! 이제 정말 내 용돈은 내가 벌어야 해!"

가게들을 살피면서 영운대학교까지 가보았지만 알바생을 구하는 곳은 좀체 눈에 띄지 않았다. 8시가 넘어서자 거리에 오토바이를 타고 배달을 다니는 아이들이 하나둘 보였다. 강후는 부러운 눈으로 그들이 사라질 때까지 한참이나 바라보았다.

"저 피자 배달 오토바이는 고딩은 아니고 대학생 같아. 머리가 너무 길어!"

돌아다니다 보니 고딩들은 알바 자리를 놓고 대학생들과도 경쟁을 해야 하기에 더욱 힘이 들었다. 실제로 대학생들이 80퍼센트의 알바 자리를 차지하고 있었다.

'짜짜루'라는 중국 음식점 앞에서 걸음을 멈췄다. 배달 오토바이가 세 대나 되었다. 안을 기웃거렸다. 곧 누군가가 철가방을 들고 나오더니 날렵하게 오토바이에 올라탔다. 타자마자 아주 능숙한 솜씨로 동신아파트 쪽으로 달려갔다. 차량들 사이를 요리조리 피하면서 청설모처럼 내달렸다. 나이가 꽤 든 걸로 보아 알바생은 아닌 것 같았다.

"솜씨를 보니까 전문 배달원이네. 하긴 중국집 배달원은 초보는 못한다고 그랬지. 국물이 있는 음식도 날라야 하니까."

쓸쓰레하게 웃으며 다시 걸었다. 우이천에 이르러 위쪽으로 방향을 잡고 걸음 속도를 높였다. 하필 상가가 거의 없는 지역이었다.

"에이 씨! 오늘도 꽝이네!"

그냥 집으로 돌아가기로 했다. 다리도 아프고 배도 고프고. 더이상 헤매봤자 자기를 기다리는 자리는 없을 것 같았다.

"내일은 녹천역 부근을 훑어보자."

그렇게 계획하고 터덜터덜 걸었다.

월계교차로가 나왔다. 자신도 모르게 발걸음이 우측으로 향했다. 잠시 머뭇거리다 계속 걸었다. 24시간 편의점에서 걸음을 멈췄다. 은림이 누나 자리에 긴 생머리의 여학생이 앉아 있었다. 여학생은 손님이 없는 틈을 타 화장에 열중했다. 꽤 예쁘장한 얼굴인데도 화장을 하느라 문밖에 사람이 서 있는 걸 알아채지 못했다. 몸을 돌려 교차로 건너편 성북주유소를 살폈다.

"저기도 구했군!"

주유소에도 보라의 자리를 차지한 새로 온 알바생이 있었다. 다른 두 명보다 키가 한 뼘 정도는 커서 금방 눈에 띄었다. 차량들이 줄을 서서 대기 중이라 여자 알바생 세 명과 남자 직원 한 명이 바쁘게 오갔다. 하지만 간사리 소장은 어디 갔는지 사무실은 텅텅 빈 상태였다.

강후는 닭발나라에 이르러 걸음 속도를 늦췄다. 한 학생이 입구 옆에 앉아서 불을 피우고 있었다. 조심조심 다가갔다. 혹시 오리발 사장이 갑자기 나타날지 몰라 주위를 경계하면서 접근했다.

"저기요!"

낮은 목소리로 불렀다. 못 들었는지 반응이 없었다.

"저기요!"

좀 더 큰 소리로 부르자 입바람을 불던 동작을 멈췄다. 그리고 허리를 펴더니 올려다봤다.

"물어볼 말이 있는데요."

"뭔데요?"

얌전하게 생긴 남학생이 일어서며 되물었다. 키는 강후와 엇비슷하지만 나이는 두어 살 더 많아 보였다. 얼굴에는 숯검정이 잔뜩 묻어 있었고 머리에는 잿가루가 뽀얗게 내려앉아 우스운 모습이었다. 게다가 연기 때문에 양쪽 눈에는 눈물까지 글썽거렸다. 완전 초짜임을 한눈에 알 수 있었다. 화로를 보니 신문지를 너무 많이 쑤셔 넣었다.

"숯불 연기 맵죠? 먼지 마시면 기침도 나서 괴롭죠?"

남학생이 고개를 끄덕거렸다.

"인생이 그런 거예요. 맵고 눈물 나고……. 참, 언제부터 여기서 알바 하는 거예요?"

"그저께부터요."

"시급은 얼마 받기로 했어요?"

"……!?"

얌전이 남학생이 대답은 않고 의심스레 살피기만 했다. 꼬치꼬치 물어보니 기분 나쁘다는 표정이었다. 강후는 즉시 사과했다.

"아차! 미안해요. 나도 알바 자리 구하는 중인데 좀 알고 싶어서요. 그리고 말 놔요, 형! 저보다 선배이신 거 같은데."

그 말을 하고서 강후는 점화기와 부채를 집어 들었다.

"내가 한번 붙여볼게요. 나, 이거 조금 해봤거든요."

점화기로 신문지에 불을 붙인 다음 부채로 적당한 바람을 불어넣었다. 불길이 살아나기 시작했다.

"애초에 신문을 너무 많이 넣었어요. 그러면 불이 잘 안 붙어요. 위에 숯도 너무 많이 쌓았고. 신문을 적당히 구겨 넣고 숯도 적당히 올려야 해요. 그리고 부채질도 너무 세게 하지 말고 적당히 하고요."

설명을 해주며 슬쩍 가게 안을 훔쳐봤다. 손님이 식탁 네 개에 차 있었다. 열서너 명쯤 되었다.

"저기 테이블 풍로 세팅을 직접 한 거예요?"

"아, 아니! 웬 아줌마가 대신……."

주방도 꽤 바빴다. 아마 단체 손님 예약을 받은 모양이었다. 오리발 사장이 나타날까봐 조마조마하면서 물었다.

"시급 4300원쯤 받아요?"

"아니, 4000원!"

"예에? 겨우요? 근무 시간은요?"

"오후 6시부터 새벽 2시까지."

"와! 그 오리발……."

말문이 턱 막혔다. 입이 떡 벌어졌다.

오리발은 근무 시간을 두 시간이나 연장시켜 새벽 2시까지 해놓고도 시급은 오히려 4000원으로 깎아버린 것이었다. 법으로 정한 최저 시급에도 훨씬 미치지 못하는 임금이었다. 게다가 2개월 동안은 수습이라는 딱지를 붙여놓았다.

"여기 설거지 담당 아줌마도 구했어요?"

"응! 한 명 있던데."

강후는 주방 창문으로 다가가 살며시 주방 안을 들여다봤다. 못 보던 아주머니 한 명이 설거지를 하고 있었다. 어딘지 모르게 동작이 서툴고 부자연스러웠다. 표정도 심하게 일그러져 보통사람들과는 달랐다.

"좀 잘 좀 해요. 잘 좀! 사장도 참! 아, 어디서 이런 아줌마를 데려왔어, 그래? 차라리 당진댁이 훨씬 낫네!"

주방장 아줌마가 연신 핀잔을 주는데도 그냥 씨익 웃기만 했다.

"형! 수고하세요. 그 성형탄은 폭발할 수도 있으니까 조심해요. 그리고 연기 마시지 않도록 하고요. 발암 물질이 섞여 있거든요."

"그래! 고, 고마워!"

돼지갈빗집에도 손님들이 반쯤 차 있었다. 강후는 궁금증이 일어 옆 골목으로 들어갔다. 알바 첫날 두범이랑 코피가 터지도록 주먹싸움을 했던 골목이었다. 까치발을 하고 갈빗집 담장으로 다가갔다. 담장 너머에서 쓱싹쓱싹 철수세미 소리가 들렸다. 담장 윗부분을 잡고 머리를 올렸다. 누군가가 쭈그리고 앉아서 불판을 닦고 있었다. 등을 돌린 자세라 얼굴은 보이지 않았다. 하지만 불판을 닦는 동작으로 보아 역시 완전 초짜임을 쉽게 알 수 있었다.

"저기요!"

몇 번이나 불러도 듣지 못했다. 골목길에서 밤톨만 한 돌멩이를 하나 주워 수돗가로 던졌다. 포물선을 그리면서 날아간 돌멩이는 닦아 쌓아놓은 불판에 맞아 쩽 소리를 냈다. 그제야 알바생이 동작을 멈추고 이쪽을 바라봤다. 짧은 머리에 얼굴이 넓적한 남학생이었다.

"물어볼 말이 있어서요."

넓죽이 남학생이 일어나 느릿느릿 다가왔다. 고딩 같기도 하고 대딩 같기도 하고. 전혀 감이 잡히지 않았다.

오리발이나 쭈글이의 눈에 띌까 두려워 빨리 걸었다. 은림이 누나가 유일하게 칭찬을 했던 장수해장국과 은하칼국수를 살폈다. 유리창에 혹시 '알바 구함'이라는 쪽지가 붙어 있지 않을까 해서였다. 붙어 있지 않았다. 발걸음이 무거워졌다.

"결국 그자들만 더 좋아진 거네? 씨!"

두범이 뒤로 온 판돌이도 시급 4000원을 받고 일한다는 거였다.

그 급료에 불판만 닦는 게 아니라 입구 쪽 인도와 뒷마당 청소에 주방에서 나오는 음식물 처리 일까지도 맡기로 했다는 것이다. 한여름에 고약한 냄새를 풍기는 음식물 쓰레기도 치워야 하다니, 고생깨나 할 것 같았다.

"정말 노예 알바군. 아, 짱나! 이거 잘못돼도 아주 많이 잘못됐어!"

단양 외갓집 마을 앞을 흐르는 보발천 모래밭에는 깔때기 모양의 함정이 많았다. 외삼촌은 그게 모두 개미지옥이라고 설명해줬다. 거기에 한번 빠진 일개미들은 절대 살아서 나오지 못했다. 모래 깔때기의 밑바닥에 숨어 있던 개미귀신은 일개미의 체액을 순식간에 빨아먹고 빈 껍데기만 밖으로 던져버리곤 했다. 그렇게 수십 수백 마리의 일개미를 잡아먹은 개미귀신 자신은 아름다운 자태에 우아한 날개까지 달린 명주잠자리가 된다는 거였다. 끔찍했다.

아파트 단지로 들어가다가 걸음을 멈췄다. 길 건너편 상가를 바라보았다. 상가 1층 맨 우측 구석진 점포, 수정세탁소. 점포 안에서 아버지가 너덜거리는 토시를 양쪽 팔뚝에 끼고 다림질을 하고 있었다. 손놀림이 능숙하고도 날렵했다. 초라한 점포 앞에는 파란색 오토바이 한 대가 비스듬히 세워져 있었다. 군데군데 녹이 슬고 페인트가 벗겨져 원래의 바탕색을 잃은 지 오래였다. 고물이 다 된 것. 제대로 굴러가기나 하려나? 돈을 벌어 비숑부터 산 다음에 새 오토바이를 한 대 장만해드려? 그러면 마음이 좀 풀리시려나? 시선을 좌측 상가 건물로 옮겼다. 그곳에 커다란 세탁소가 한 개 더 생겨 아버지 단골이 많이 줄어들었다고 엄마가 말했었다.

다림질을 하는 아버지의 모습을 그렇게 오래 지켜보기는 처음이었다. 아버지는 가게에 나오지 말라고 늘 그랬었다. 꼭 그 때문이 아니라, 강후가 먼저 피해왔었다. 솔직히 말해 세탁 일을 하는 아버지가 부끄러웠다. 특히 낡은 오토바이를 타고 세탁물을 수거하거나 배달을 하는 아버지의 모습을 보는 것은 죽기보다도 싫은 일이었다. 임대 아파트 상가 귀퉁이에 있는 엄마의 코딱지만 한 미용실에도 가볼까 하다가 그만두었다.

몸을 돌려 걸었다. 발걸음이 더욱 무거웠다. 가슴도 답답했다. 집으로 가는 길이지만 학교에 가는 길과 똑같은 기분이었다. 아버지한테 마음을 터놓고 얘기를 하고 싶은데 아버지가 받아주지 않을까봐 용기가 나지 않았다. 오히려 사이가 더 틀어질 수도 있는 위험이 있기에 겁이 나기도 했다. 벤치에 앉아 13층 집을 올려다봤다. 불이 꺼져 컴컴했다. 올라가 현관문을 열면 싸늘한 바람이 나를 맞겠지! 중3인 동생 명후는 학원에 갔다가 밤늦게 올 테고. 엄마 아버지 역시 일을 마치려면 아직도 서너 시간은 더 있어야 했다. 엄마는 종종 세탁소 일을 돕기 때문에 12시가 넘어 들어오는 경우도 있었다. 아버지는 세탁 기계가 고장이 나면 가게에서 밤을 꼬박 새우기도 했다. 수리 기사를 부르면 그 비용이 만만찮기에 혼자 끙끙거리며 고치는 것이었다. 엄마 아버지 말대로 정말 대학을 나와야 성공하는 걸까? 대학을 나오기만 하면 엄마 아버지

처럼 저렇게 힘들게 일하지 않고 편하게 살 수 있는 걸까? 고개를
가로저었다.

　녹천역 부근에 가서도 헛걸음만 한 지 4일이 지났다. 맥줏집 서
빙 자리가 하나 있기는 있었다. 그러나 고등학생이라고 말했더니
사장이 도리질을 쳤다. 쓰고는 싶은데 걸리면 벌금을 왕창 물어야
한다며 손을 내저었다.
　"은림이 누나는 그저께 구했다고 했고, 보라와 두범이는 아직…….
아, 그렇게도 없나? 어디 한 군데쯤은 내 자리가 있을 건데?"
　밥을 씹다 멈추고 혼잣말로 중얼거렸다.
　"알바 하지 말고 공부나 해!"
　열무김치를 담그던 엄마가 듣고서 한 소리 했다.
　"아냐. 할 거야! 해보니까 뭔가 느끼는 게 많아졌어! 어쨌든 내
가 방학 때 돈을 좀 벌었으니까 엄마 속옷 세트 선물도 했잖아?"
　닭발나라 오리발 사장한테 30퍼센트 떼이고 받은 급료로 엄마
속옷 세트를 샀었다. 은림이 누나가 첫 급료로는 엄마 속옷을 사
드리는 게 관례라고 해서 그런 것이었다. 하지만 아무리 엄마 것
을 산다고 해도 여자 속옷 가게에 들어갈 용기가 없어서 은림이
누나한테 부탁을 했었다.
　"그래! 속옷 고마워!"
　"원래는 약속대로 엄마 손가락에 장을 지져야 하는 건데. 앞으

로 내 용돈은 내가 벌어서 쓸게, 엄마!"

"말이라도 고맙다. 그런데 이젠 공부……."

"참, 엄마!"

또 공부 얘기가 나오기 전에 엄마 말을 끊었다.

"미장원 잘 안 되면 차라리 애완견 전용 미용실로 바꾸는 게 어때?"

"애완견 전용 미용실?"

"응! 요즘 애완견 키우는 집이 많아서 수입이 꽤 짭짤하대!"

"내가 그걸 어떻게 하니? 개도 좋아하지 않는데."

엄마는 별 관심을 나타내지 않았다. 인상을 쓰며 머리를 흔들었다.

"아차! 나, 보건복지고로 전학 가고 싶어!"

"보건복지고? 갑자기 왜?"

버무리던 열무를 든 채 엄마가 눈을 똥그랗게 떴다. 못 들을 말을 들었다는 표정이었다. 강후는 숟가락을 놓고 목소리를 부드럽게 해서 대답했다.

"거기 가서 배우고 싶은 기술이 있거든!"

"네가 거기서 무슨 기술을 배워?"

"간호 기술!"

작은 소리로 대답하고 엄마 눈치를 살폈다. 엄마 인상이 순식간에 일그러졌다. 얼굴에 있는 모든 주름살이 동시에 움직여 온몸이 주름살투성이인 애완견 샤페이처럼 보였다.

"뭐야? 간호 기술? 그게 뭔데?"

"간호사 되는 거, 남자 간호사!"

"뭐어? 남자 간호사? 미친놈! 고추 떨어질 소리 하네. 의사가 아니고 겨우 간호사야? 참 꿈도 크다! 안 돼! 아버지가 알면 다리 부러지려고 그런 소리를 해? 지금 그 학교 열심히 다녀서 대학을 가. 무슨 일을 해서라도 네 뒷바라지 해줄 테니."

강후는 은림이 누나한테서 들었던 얘기에 뻥을 약간 붙여서 남자 간호사에 대해 자세히 설명을 해줬다. 실제로 인터넷을 검색해 찾은 한국 최초의 남자 간호사는 의사가 되어 현재 부산에서 소아과 병원을 운영하고 있다는 말도 덧붙였다. 그래도 엄마는 고개를 절레절레 흔들었다. 완전 쇠귀에 경 읽기였다.

엄마는 강후 말을 철저히 무시하고 열무김치 한 개를 집어 입에 넣더니 우적우적 씹었다. 강후는 고춧가루가 묻은 엄마 입을 바라보면서 다시 설득에 들어갔다. 열 번 찍어 안 넘어가는 나무 없다잖아? 심각한 표정을 짓고서 목소리를 아주 낮게 깔아 무게를 잡았다.

"거기 나오면 남자 간호사로 취업이 금방 된대. 그러면 돈도 벌고 좋지 뭐! 엄마 아버지 요즘 돈 때문에 걱정 많이 한다는 거 나다 알아. 대학은 나중에 필요하면 내 힘으로 가면 되는 거고. 엄마! 안 그러면 나 평생 후회할 것 같아! 아주 많이 생각해본 거라고."

"하라는 공부는 안 하고 쓸데없는 알반지 뭔지를 하더니 정신이 아주⋯⋯. 이 철딱서니 없는 놈아! 말이 되는 소리를 해 좀!"

"내가 왜 철딱서니가 없어? 나 철 많아. 그리고 내 말이 왜 말이 안 되는데?"

목소리가 저절로 높아졌다. 아까보다 한 옥타브 이상 상승했다.

"말이라고 다 말인 줄 알아? 말 같아야 말인 거지! 아, 나는 몰라! 너하고 말하기 싫어! 아버지한테 말해!"

두 눈을 희번덕이며 엄마도 목소리를 높였다. 그러고서 아예 몸을 돌려 외면했다.

"좋아. 아버지한테 말해서 허락을 받으면 엄마 찍소리 하기 없기다?"

숟가락을 식탁에 던지듯 내려놓고 눈을 부라리며 물었다. 엄마는 대답하지 않았다. 공고를 나온 아버지는 실업계 출신이라는 것과 대학 진학을 못했다는 것 때문에 사회에서 심한 차별과 냉대를 받았다고 했다. 그래서 평생 놀고먹는 한이 있더라도 반드시 대학은 나와야 한다고 중1 때부터 강조를 해왔다. 험악하게 굳어버릴 아버지의 얼굴을 생각하니 아버지에게 말을 하기가 꺼려졌다. 용기도 점점 줄어들었다.

강후는 책가방을 들고 현관으로 갔다. 운동화를 신으려고 바닥에 앉았다. 한쪽을 신었을 때 휴대폰 벨이 울렸다. 얼른 받았다.

"여보세요?"

반가운 목소리였다.

"어, 두범아! 오랜만이네. 근데 이 시간에 웬 전화야? 뭐 좋은 일 있어?"

두범이의 목소리가 많이 떨렸다. 울음기도 섞여 있었다.

"뭐? 뭐라고?"

강후는 깜짝 놀라 집이 떠나가도록 소리쳤다. 동시에 벌떡 일어났다. 주방에 있던 엄마가 뭔 일인가 하고 달려왔다.

"저, 저, 정말이야?"

너무 큰 충격에 심장이 떨려 말이 나오지 않았다. 눈앞이 캄캄했다.

"왜 그러니, 강후야?"

"……!"

"대체 누구야?"

"……!"

"명후 전화야? 명후가 뭘 놓고 간 거야?"

"……!"

"숙제를 놓고 가서 너보고 가져다 달라는 거야?"

강후는 계속되는 엄마의 질문도 듣지 못하고 넋이 빠져 멍하니 서 있었다. 야구방망이에 맞은 듯 머리가 윙윙 울리며 어지러웠다. 헛구역질도 솟구쳤다.

뺨을 타고 눈물이 흘렀다. 눈물방울이 운동화 속으로 똑똑 떨어졌다. 느릿느릿 나머지 한쪽 신발을 신고 현관문을 나섰다. 책가방을 놓아둔 채 복도를 걸어 엘리베이터로 향했다. 아파트 복도에 일정한 간격으로 눈물자국을 남기며 비틀비틀 걸었다. 엘리베이터에 겨우 올라탔지만 다리 힘이 일시에 빠져 바닥에 털썩 주저앉을 것만 같았다.

"강후야!"

엄마가 뒤따라 나와서 불렀다.

"강후야! 뭐 때문에 그러는 거야?"

책가방을 들고 뛰어오는 엄마의 모습이 눈물에 가려 기괴하게 일그러져 보였다. 엄마가 서너 걸음 앞까지 다가왔을 때 엘리베이터 문이 스르르 닫혔다.

하늘과 바람과 별과 꿈

어느덧 10월도 지나고 벌써 11월 3일이있다. 텔레비전에서는 대통령 선거 얘기가 한창이었다. 채널마다 온통 그 얘기뿐이었다. 저소득층의 복지 수준을 높이겠다, 대학 반값 등록금을 실현하겠다, 일자리를 대규모로 창출하여 청년 실업을 해소하겠다, 비정규직 노동자들 모두를 정규직으로 전환시키겠다, 자영업자 보호 법률을 제정해서 생계 안정을 도모하겠다, 소외되는 계층이 없도록 항상 따뜻한 사회적 보호망을 구축하겠다 등등. 후보들의 공약이 줄줄이 사탕처럼 끝도 없이 이어졌다. 매일매일 번지르르한 말들이 난무했다. 그야말로 호화로운 말잔치였다. 하도 많이 들어서 이제 귀에 딱지가 앉을 지경이었다. 하지만 청소년 노동 문제에 대해서는 일언반구도 없었다. 우리는 이 나라 국민 축에도 들지 못하나보군! 강후는 텔레비전을 끄고 집을 나섰다.

저녁 6시 25분. 약속 시간 35분 전에 몇 가지 과자와 음료수가 담긴 비닐봉투를 들고 꿈숲공원 월영지 연못가 벤치에 도착했다. 먼저 모이자고 했으니 먼저 와서 기다리는 게 예의일 것 같아 일찍 온 거였다.

"그래도 이거 너무 일찍 왔네."

벤치에 혼자 앉아 있기가 뭐해 일어났다. 비닐봉투를 벤치 밑에 숨겨두고 연못가를 걸어 야트막한 언덕에 위치한 체력 단련장이라는 곳으로 올라갔다. 경사가 완만한 길이라 오르기가 그리 힘들지는 않았다. 이름 모를 활엽수들로 둘러싸인 공터에 여러 가지 체력 단련 기구가 잘 갖춰져 있었다. 하나하나 살펴보고 특이하게 생긴 것은 직접 사용도 해보았다. 그러다 다시 내려가려고 몸을 돌렸다.

"어?"

방금 걸어 올라왔던 흙길 저 아래 월영지 연못의 모양이 고스란히 내려다보였다.

"정말이네!"

월영지는 은림이 누나의 말대로 정말 커다란 발자국 모양이었다. 맨발로 부드러운 모래밭을 밟고 난 뒤에 생기는 흔적 같았다. 자세히 보니 전체적인 곡선이 오른발에 가까웠다.

"꿈을 향해 앞으로 나아가는 발자국이라고?"

밑으로 내려가 오른쪽 길로 연못을 한 바퀴 돌았다. 곡선 길을 따라 천천히 걸어 모임 자리인 버드나무 옆 벤치에 앉았다. 시계를 보니 아직도 10분쯤 남아 있었다. 이제 나타날 시간이었다. 누가 먼저 올까? 기대감을 품고 공원 입구에 시선을 고정시켰다. 날씨가 흐리고 바람이 좀 불었다. 바람에는 찬 기운이 스며 있었다. 그 때문인지 공원 안으로 들어오는 사람이 거의 없었다.

"무더웠던 여름이 끝난 지도 오랜데, 우린 아직……."

커다란 바윗덩어리를 안고 있는 듯 마음이 무거웠다. 한 달이 훌쩍 지났는데도 강후는 아직 충격에서 헤어나지 못하고 있었다. 그것은 너무도 큰 충격이었고 슬픔이었다. 아무리 잊으려고 해도 잊히지가 않았다. 모두들 같았다. 그 때문에 그동안 시로 연락을 하지 않고 지냈었다. 만나면 그날의 충격과 슬픔을 다시 겪게 될까 봐 두려워서였다.

"크음!"

자신도 모르게 이제는 습관이 되어버린 신음이 새어 나왔다.

벤치 밑에 깔린 돌멩이를 하나 주워 연못으로 던졌다. 포물선을 그리며 날아간 돌멩이는 연못 가운데에 떨어져 수면에 동심원을 그렸다. 동심원은 점점 커져갔다. 하지만 잠시뿐, 연못은 원래의 상태로 되돌아가 잔물결만 일으키고 있었다. 저 잔물결도 곧 잔잔해지겠지? 마치 아무 일도 없었던 것처럼!

오후 7시 정각이 되었다. 그러나 아무도 나타나지 않았다. 보라도, 두범이도, 물론 은림이 누나도. 그들의 자리가 텅텅 비어 벤치가 휑했다. 고개를 들었다. 하늘은 숯불 재를 뿌려놓은 듯 더욱 흐릿해져 있었다. 바람도 좀 더 세게 불어 과자가 담긴 비닐봉투를 요란스레 흔들었다. 길게 늘어진 버드나무 가지도 빠르게 출렁거렸다. 잎이 다 떨어진 가느다란 가지들이 마치 샴푸를 하고 목욕탕에서 나오는 엄마의 머리카락 같았다.

"비는 내리지 않는다고 했는데?"

하지만 모르는 일이었다. 일기예보가 맞지 않는 경우도 종종 있으니까. 중2 때 일기예보를 믿고 학교에 갔다가 비를 흠뻑 맞으며 집으로 돌아왔던 기억이 떠올랐다. 초등 때도 두어 번 그랬고. 그때마다 기상청에 배반감이 들었었다. 일기예보는 그래도 얼추 맞아떨어졌다. 사람의 미래도 어느 정도 예보해줄 수 있는 곳이 있으면 좋겠다는 생각이 들었다. 엄마와 아버지는 미아리의 용하다는 박수무당을 찾아가 가게가 잘되게 해달라는 굿을 한 적이 있었다. 그 박수무당이 굿을 하면 잘될 거라고 장담을 했다는데, 결과는 그 반대였다. 미래? 강후는 자기의 미래가 궁금해졌다. 조금 두렵기도 했다.

"우산을 챙겨가지고 올걸!"

누군가는 분명 우산을 가지고 오리라 믿으며 일어나 가벼운 체조를 했다. 양쪽 팔을 벌려 좌우로 돌려도 보고 위로 들었다가 내려보기도 했다. 머리를 빙글빙글 돌려가면서 고개 운동도 해봤다.

"어? 저기⋯⋯."

입구 쪽에 사람이 나타났다. 그러나 기다리는 사람은 아니었다. 웬 아주머니가 딸아이의 손을 잡고 공원으로 들어오려다 그냥 지나쳐 갔다. 딸아이의 키가 깜찍하고 귀여운 영금이만 했다.

"영금이 개도 보고 싶네! 또랑또랑한 게, 그런 여동생이나 하나 있으면 비숑보다 더 귀여워할 텐데."

지난 9월 중순, 은림이 누나의 의견을 받아들인 손수레 할아버지의 중매로 영금이 엄마와 두범이 아버지가 초원교회에서 조촐한 결혼식을 올렸던 날, 강후는 큰맘 먹고 5만 원을 내놓았다. 그러나 보라가 10만 원이나 내놓자 자존심이 상해 5만 원을 추가로 내놓아야 했다. 아깝다는 생각이 잠시 들었다. 하지만 은림이 누나는 선뜻 30만 원이나 내놓았다. 역시 통 큰 여자다웠다.

"은림이 누나, 쌍꺼풀 수술해야 되잖아? 광대뼈하고 턱뼈도 깎아야 하고. 그런데 이 큰돈을 내놓으면 어떡해? 후회할 텐데?"

은림이 누나가 선뜻 30만 원을 내놓았을 때 강후는 속으로 놀라면서 슬쩍 농담을 던졌다. 그 때문에 분위기가 썰렁해졌다. 웃자고 한 말이었는데 강후의 농담에 아무도 반응을 보이지 않았다. 다들 조심스레 은림이 누나의 눈치를 살폈다. 강후 역시 뻘쭘해서, 이거 괜한 농담을 해가지고 돈을 도로 회수하면 어쩌나? 걱정스런 마음으로 뒤통수를 긁적였다.

"쓸데는 써야지! 내가 뭐 졸부야? 수전노야? 죽어라 모으기만 하게. 나는 절대 후회하지 않아. 우선 쌍꺼풀이나 하고, 뼈는 천천히 깎지 뭐! 그리고 알바 더 열심히 뛰어서 보충해 넣으면 돼. 허허허!"

일부러 크게 웃어주는 은림이 누나가 고마워 강후는 또 얼른 알랑 멘트를 날렸다.

"누나도 가만히 뜯어보면 예쁜 얼굴이야. 머리 스타일을 바꾸고 화장만 좀 잘하면 아이유한테도 결코 뒤지지 않아!"

처음 보았을 때와는 달리 강후 눈에는 정말로 은림이 누나가 점점 예쁘게 보였다. 어떤 때는 보라보다도 더 가슴속 깊숙이 들어오곤 했었다.

"맞아, 언니! 언니는 피부도 곱고 머릿결도 고우니까 약간 긴 단발머리를 해서 양쪽 뺨을 좀 가리고 긴 속눈썹을 붙여 눈 화장을 짙게 하면 송혜교 뺨쳐! 입술도 도톰하니 섹시하잖아? 키도 크고 날씬한 편이고."

보라가 맞장구를 처줬다. 두범이도 그렇다며 한껏 치켜세웠다.

"허! 고마워! 고마운데, 나는 내 얼굴 잘 알아. 솔직히 나도 얼굴에 칼 대고 싶겠니? 세상이 하도 성형을 강요하니까 어쩔 수 없이……. 친한 선배 언니가 면접에서 일곱 번 떨어지는 걸 보고 나 충격 먹었어! 그 언니 공부도 잘했었고 자격증도 두 개나 있었는데. 결국은 성형수술 받고 나서 취업했어. 파주에 있는 노인 요양원에 계약직으로."

은림이 누나는 말을 잠시 멈추고 한숨을 한 차례 내쉬었다. 땅이 꺼질 듯한 아주 길고도 묵직한 한숨이었다. 분위기는 다시 무겁게 변해버렸다. 바닥에 착 가라앉아 영영 떠오를 것 같지가 않았다. 맷돌이라도 삼킨 듯 가슴이 답답했다. 강후는 속으로 어서 올해가 지나가기를 빌었다.

"남자 알바들은 돈만 떼이지만 여자 알바들은 거기에다 또······. 개 같은 세상이야! 사방 천지에 미친 오리발이 설치는. 하여튼 남자들 조심해야 돼!"

그 말을 한 뒤 누나가 싸늘히 흘겨보았다. 마치 성폭행범이라도 되는 것처럼 따끔한 눈총을 쏘았다. 보라도 덩달아 눈을 흘겼다. 강후는 기가 차서 말이 안 나왔다. 한참이나 멍한 표정으로 있었다.

"왜 그런 눈으로 날 봐, 누나? 내가 그런 놈으로 보여? 나는 절대 그런 놈 아냐! 남자라고 다 같은 남자가 아니라고. 개라고 다 같은 개가 아니야!"

정신을 차린 강후는 손을 내저으며 누나에게 따지고 들었었다.

"당신의 웨딩드레스는 정말 아름다웠소. 춤추는 웨딩드레스는 더욱 아름다웠소. 우리를 울렸던 비바람은 이제 와 생각하니 사랑이었소. 우리를 울렸던 눈보라도 이제 와 생각하니 사랑이었소."

은림이 누나가 결혼 축가를 멋들어지게 부르던 모습이 눈에 선했다. 마치 자기 결혼식인 양 누구보다도 기뻐했다. 신랑인 두범이 아버지나 신부인 영금이 엄마보다 더 기뻐하며 결혼식 내내 입에 커다란 웃음을 물고 있었다. 강후는 은림이 누나 생각에 눈물이 났다. 손등으로 눈물을 닦아내고 시간을 확인했다. 8시 20분이었다. 약속 시간이 1시간 20분이나 지났다. 기다리는 사람들은 오지 않고 어둠만 잔뜩 몰려와 강후를 에워쌌다. 하늘에는 먹구름이 짙어져 별 하나 보이지 않았다. 바람이 점점 더 거세졌다. 버드나무 가지가 출렁출렁 큰 폭으로 움직였다. 꿈숲공원을 이룬 전체 나무들 또한 심하게 흔들렸다. 수십 수백 개의 나뭇잎이 떨어져 밤하늘에 흩날렸다. 벌써 잎이 반 넘게 져버린 나무들도 꽤 되었다. 연못 수면에는 물결이 크게 일어 가로등 불빛이 어지러웠다.

휴대폰을 만지작거리며 전화가 오기를 기다렸다. 하지만 전화도 문자도 오지 않았다. 먼저 전화를 해볼까 하다가 그만두었다. 혹시 새 알바 일을 하고 있는 중인지도 모르기에.

"끄음! 아무도 안 오네!"

가만히 일어났다. 되도록 느리게 걸어 공원 입구로 갔다. 가로등 불빛에 생긴 그림자가 앞서서 걸었다. 지난 여름 불량 숯불의 뜨거움과 독성 연기의 매캐함을 견뎌낸 때문인지 그림자는 두어 뼘 정도 더 커 보였다. 입구에서 걸음을 멈추고 아치형 석문에 등을 기댔다. 화강암의 싸늘한 기운이 등줄기를 타고 온몸으로 번졌다. 몸이 으스스 떨렸다.

을씨년스럽기만 한 꿈숲공원을 나섰다. 좌측으로 방향을 잡고 터덜터덜 걸었다. 바람에 떨어진 노란 은행잎들을 밟으면서 생각에 잠겼다. 다들 새 알바 자리를 구한 걸까? 짧은 만남이었지만 보고 싶었다. 보라, 두범이, 그리고 가장 보고 싶은 은림이 누나. 어른들과 마찬가지로 강후는 고딩 알바생들을 좋지 않게 보았었다. 그저 그렇고 그런 찌질이들이라고 여겼었다. 그러나 그게 아니었다. 힘겹고 고달픈 상황 속에서도 그들은 자신의 꿈을 위해 하루하루를 꿋꿋이 견뎌내고 있었다. 주변에 그런 멋진 친구들이 있다는 사실이 강후는 매우 자랑스러웠다.

두 번째 정류장 앞에 이르자 빗방울이 하나둘 떨어졌다. 길을 건너 버스를 탈까? 아니야! 비가 오든 말든 그냥 끝까지 걸어가기로 했다. 하지만 아까 올 때와 마찬가지로 월계교차로를 지나지 않고 빙 돌아가기로 했다. 그곳을 통과해서 갈 용기가 나지 않았다.

찢겨진 선거 포스터가 붙어 있는 가로등을 지나려 할 때 누가 뒤에서 이름을 불렀다. 바람 소리에 섞여 잘못 들은 건지도 모른다고 생각하면서도 걸음을 멈추고 몸을 돌렸다.

"강후야!"

보라가 서 있었다. 한 손에 우산을 들고 수줍게 웃으며 이쪽을 바라보고 있었다. 가슴이 먹먹해지면서 말문이 턱 막혔다. 눈물까지 나오려고 했다. 꼭 꿈을 꾸고 있는 것만 같았다. 보라에게 한 걸음 두 걸음 다가갔다.

"보라야!"

겨우 입을 벌려 보라의 이름을 불렀다. 목이 메었다.

"올까 말까 한참 망설이다가 와봤어! 한 정거장이나 따라왔는데 뒤도 한번 안 돌아보네?"

"나는 안 오는 줄 알았지! 그리고 정말 아무도 안 왔어."

"나 왔잖아?"

보라가 바짝 다가왔다. 머리카락이 마치 기다란 버드나무 줄기처럼 밤바람에 휘날렸다. 머리를 감고 나왔는지 상큼한 샴푸 향기가 났다.

"오래 기다렸지?"

"아니. 조금."

"미안해! 가자. 내가 늦은 벌로 떡볶이 살게. 저번에 약속한 것도 있고."

매운 순대떡볶이를 사겠다는 약속을 여태 잊지 않았나 보았다. 강후도 잊지 않고 있었다. 그러나 생각만으로도 벌써 입안이 얼얼했다.

"거기? 매운 순대떡볶이?"

"웅! 너도 맛있다고 그랬잖아?"

"맛있었어! 근데 이 시간이면 거기 문 닫지. 벌써 9시가 다 됐어. 참, 이거 과자야! 음료수도 많아."

한 손에 들고 있던 비닐봉투를 내보였다. 보라가 봉투 안을 들여다봤다.

"많이도 샀네. 이걸 어디 가서 먹지?"

"걸으면서 먹어도 되고 뭐……."

강후는 보라와 한 정거장을 더 걸어 오현초등학교 입구 거리 벤치에 나란히 앉았다. 빗방울은 여전히 여기저기 떨어졌다. 컴퓨터 게임 속 전투기에서 내리쏘는 총탄처럼 빗방울은 보도블록에 떨어져 부서지며 날카로운 자국을 남겼다. 바람 또한 약하게 세게를 반복해가며 불고 있었다. 하늘빛은 점점 더 검게 변해갔다.

"자, 먹어. 음료수도 마시고."

"내가 좋아하는 거네!"

보라가 과자를 뜯어 먼저 한 개를 건넨다. 받아서 작게 한입 베어 먹었다. 보라도 맛있게 먹었다. 사각사각, 과자를 씹는 소리가 귀를 부드럽게 자극했다. 강후는 과자 몇 봉지를 더 뜯어 벤치 위에 펼쳐놓았다.

"보라 너, 알바 자리는 구했어?"

"아니! 구하지 않기로 했어."

"왜?"

"그냥! 힘들기도 하고 나쁜 사장들 만날까봐 겁도 나고."

"어딘가 착한 사장들도 있겠지!"

강후는 마음에도 없는 말을 내뱉었다.

"있을지도 모르지만……!"

그 얘기는 하고 싶지 않은지 보라가 뒷말을 끊었다. 굳은 표정으로 시선을 밤하늘에 두고 움직임이 없었다. 별이라도 찾는 걸까? 강후도 같은 지점에 시선을 두었다. 그러나 별은 보이지 않았다. 짙은 어둠만이 하늘 전체에 가득 차 있었다.

"그럼 미술 학원은? 만화가가 되고 싶다면서?"

"아버지랑 타협을 좀 했는데……. 일단 접고서 대학부터 간 다음에 다시 생각해봐야지 뭐! 포기할 수도 있고. 너는 구했어?"

"나는 한 군데 알아봐두기는 했지만……."

만나면 할 말이 줄줄 나올 것 같았는데 그렇지가 않았다. 생각과 달리 대화가 자주 끊겼다. 강후는 길 건너편 텅 빈 버스 정류장을 바라보며 마음을 가다듬었다.

"갑자기 연락이 뚝 끊어지니까 이상하더라. 두범이도, 그리고 너도."

"두범이 오빠하고는 며칠 전에 통화했어!"

"그래?"

두범이하고는 연락을 하고 있었던 모양이었다. 강후는 기분이 약간 다운되는 듯했으나 금세 평정심을 되찾았다. 이상하게 질투심이 일지 않았다. 이성이 아닌 동성의 친한 친구에게 듣는 듯 마음의 동요가 거의 없이 편안했다.

"근데 두범이 오빠 학교 그만둔대."

"뭐? 왜?"

음료수 캔을 들려다 말고 깜짝 놀랐다. 보라의 입을 바라보며 설명을 기다렸다.

"자세히는 모르고, 아버지가 구두 병원 정리하고 새엄마랑 가게 차리는데 돈이 부족해서 두범이 오빠가 선배한테 급하게 빌렸나 봐. 그래서 그 돈부터 갚은 다음에 다시 다니든지 한대. 근데 그보다도 내 추측엔 은림이 언니 일로 충격을 받아서 당분간 멀리……!"

보라가 급히 입을 닫았다. 그러더니 눈망울이 촉촉해지며 코를 훌쩍였다. 눈물이 흘러내리기 전에 강후가 다시 물었다.

"건축기사가 꿈이라더니, 학교 그만두고 뭘 해서 돈을 번대?"

"울산에 내려가서 특수 용접 배우려나 봐. 돈 꿔준 선배 형이 그걸 하고 있는데, 위험하기는 해도 배워두면 괜찮은가 봐. 나중에 군대 가서도 대우를 받는대."

"특수 용접? 그게 뭐야?"

생전 처음 듣는 말이었다. 의아한 표정으로 보라의 얼굴을 살폈다. 전체적으로 예쁜 얼굴이지만 코가 너무 높고 턱이 뾰족해 어딘지 모르게 차가운 느낌을 주었다. 오른쪽 뺨 가운데 검은 점을 찾으려 했으나 어두워서 보이지 않았다.

"잠수복 입고 바닷속으로 들어가서 용접하는 거래."

"물속에서? 물속에서 어떻게 용접을 해?"

눈이 휘둥그레졌다. 용접은 불이나 전기로 하는 걸로 알고 있는데, 물속에서 어떻게 용접을 한다는 건지 이해가 되지 않았다.

"낸들 아나? 그러니까 특수 용접이겠지 뭐!"

보라가 고개를 뒤로 젖히고 음료수를 한 모금 마셨다. 강후도 따라 한 모금 마셨다. 또 대화가 끊기고 침묵이 이어졌다. 두 사람은 아무 말 없이 과자만 하나하나 집어 먹었다. 은림이 누나 생각에 보라도 마음이 무거운 게 틀림없었다. 둘은 의도적으로 은림이 누나 얘기는 하지 않았다.

굵은 빗방울이 더 많이 떨어졌다. 그에 질세라 노란 은행잎들도 서너 장씩 시멘트 인도 위로 떨어져 내렸다. 아스팔트로 떨어진 은행잎들은 차량 바퀴에 연이어 밟히며 조각조각 찢겨졌다. 그 모습에 강후의 이맛살이 심하게 뒤틀렸다.

"빗방울이 참 굵다. 꼭 별이 떨어지는 것 같아! 유리구슬 같기도 하고."

보라가 가로등 불빛에 반사되어 반짝이며 떨어지는 빗방울들을 보면서 말했다.

"참 어둡다. 오늘 밤 밤하늘은 왜 저리 어두울까?"

"별이 다 떨어져 내렸기 때문에, 개미지옥으로!"

강후의 대답에 보라는 더 이상 말을 하지 않았다. 다시는 열지 않을 것처럼 입을 꾹 다물었다. 돌조각인 양 미세한 움직임조차 없었다.

둘 사이에 또다시 어색한 침묵이 흘렀다. 침묵의 깊이에 반비례해서 별이 떨어지는 소리가 점점 크게 들렸다. 유리구슬이 깨지는 소리가 끝없이 이어졌다.

"우산 펴야겠다."

한참 만에 보라가 우산을 펼쳤다.

"과자는 여기 올리고. 이리 바짝 와!"

보라가 과자를 무릎 위에 올린 뒤 자기 쪽으로 다가오라 말했다. 강후는 바짝 다가가 보라와 붙어 앉았다. 빨간 우산 속에 나란히 앉아 떨어지는 빗방울과 은행잎을 바라보았다. 어쩌다 오가는 행인들이 힐끔거렸다. 저만큼 가다가 멈춰 서서 뒤를 돌아보는 사람도 있었다. 가출한 불량 청소년으로 여기는 눈치였다.

"우산 줘! 내가 들게."

우산을 넘겨받아 앞을 내려 행인들이 볼 수 없게 가렸다. 행인들의 따가운 시선을 차단하니 분위기가 한결 포근하고 아늑해졌다. 작은 우산 하나로 마치 단둘만의 화강암 성벽이라도 쌓은 듯 안전감을 느꼈다. 하지만 떨어지는 별들이 우산을 사정없이 때려댔다. 바람도 거칠게 우산을 잡아 흔들었다.

빗줄기는 점점 세차지고 바람 역시 점점 거세졌다. 그러나 두 사람은 일어나지 않았다. 그대로 붙어 앉아서 빗소리와 바람 소리 그리고 빠른 속도로 달리는 차 소리를 들었다. 차 소리가 자꾸 강후의 청신경을 자극했다. 점점 마음이 편치 않았다.

"보라야, 좀 춥지 않니?"

"참을 만해! 너는?"

"나도."

우산이 너무 작아 빗방울을 다 막아주지 못했다. 옷이 젖기 시작했다. 우산 끝에서 떨어지는 낙숫물에 운동화는 벌써 축축이 젖어버렸다. 고개를 숙여 아래를 살폈다. 보라의 신발이 보였다.

"어? 너 샌들 새로 샀네?"

"응! 내가 스스로 돈을 벌어서 산 최초의 물건이야. 여름용이 아니라 좀 무겁기는 한데 맘에 들어서 샀어! 어때?"

보라가 두 다리를 들어 샌들을 내보였다. 전체적으로 하얀색에 파란색 끈이 두 개씩 달린 비닐 샌들이었다. 흰나비 모양의 작은 장식도 달려 있었다. 나비 날개에도 굵은 빗방울이 연속해서 떨어졌다. 날개를 부러뜨리기라도 하려는 듯 집중적으로 강타했다.

"예쁘다!"

강후는 지저분한 자기 운동화를 감추면서 대답했다. 그리고 슬그머니 고개를 들어 보라를 보았다. 보라와 눈길이 딱 마주쳤다. 동시에 살며시 웃었다.

"보라야! 나, 너한테 할 말이 있는데."

"그래? 해봐!"

"저, 나, 전학 가려고 해! 은림이 누나가 다니던 보건복지고 간호과로."

"으응! 부모님께 허락 받았어?"

"아니, 아직! 엄마한테는 말을 했는데 아버지한테는 아직 못했어!"

엄마한테 전해 들어 알고 있을 텐데 아버지는 예전과 변함없이 입을 꾹 다물고 있었다. 지난번 2학기 중간고사 성적표를 보고도 아무 말이 없었다. 반에서 15등을 벗어난 형편없는 성적이었다. 물론 공부를 안 한 탓도 있지만 강후는 일부러 중간고사를 제대로 보지 않았다. 그것은 아버지가 자기한테 더 이상 큰 기대를 갖지 않게 하려는 계산된 행동이었다.

은림이 누나가 말했듯이 일에는 순서가 있었다. 우선순위를 정해 차분히 하나하나 해결해나갈 것이었다. 먼저, 이따가 피로회복제라도 사 들고서 세탁소로 찾아가 아버지한테 자기 뜻을 확실히 전달할 작정이었다. 자신이 먼저 닫혀 있는 마음의 철문을 열고 허심탄회하게 대화를 해볼 것이었다. 어쩌면 다소 말다툼이 있을지도 몰랐다. 그렇더라도 분명하고 단호하게 말을 할 각오가 되어 있었다. 내가 갈 길은 내가 택하는 것이니까! 그리고 내가 책임지는 것이니까! 아무튼 아버지와 담판부터 지어야 될 것 같았다.

"나, 꼭 남자 간호사가 될 거야. 그게 내가 가야 할 길이라는 확신이 섰어!"

한때 애완견에 푹 빠진 적이 있어서 수의사가 되어 동물병원을 차리는 건 어떨까, 하는 생각을 잠시 해봤었다. 그러나 강후는 자기 주제를 잘 알기에 가능성이 거의 없다는 결론에 도달했다. 하지만 간호사는 꼭 되고 싶었다. 은림이 누나가 꿈꿨던 대로 간호조무사를 거쳐 반드시 정식 간호사가 될 것이었다. 그런 다음에 청소년 노동 인권 문제도 깊이 있게 공부해볼 작정이었다. 자꾸 그쪽으로 마음이 끌렸다. 전에 은림이 누나가 외쳤던 건배사가 크게 들렸다. 속으로 따라 외쳐보았다. '우리나라 모든 알바 청소년들의 단결, 단합, 건강을 위하여!'

"보라 너도 꼭 멋진 만화가가 되어야 해!"

"그러고는 싶지만……."

보라의 목소리가 축 처졌다. 얼굴색이 어둡게 변했다.

"우리도 사실 집안 형편이……."

보라가 말을 다 하지 않고 꼬리를 끊었다. 끝내 집 형편 얘기는 하고 싶지 않은 모양이었다. 자꾸 뒷말을 얼버무렸다.

"우리 아버지는 조그마한 세탁소 하시고, 엄마는 코딱지만 한 미용실 하셔!"

강후가 먼저 사실을 밝혔다. 사실을 털어놓았는데도 전혀 창피하지 않았다. 오히려 속이 후련했다. 보라가 실망을 한다고 해도 괜찮았다. 그러나 보라는 표정 변화가 없었다. 무덤덤한 얼굴로 아스팔트를 내달리는 차량들만 바라보았다.

"내일 저녁엔 두범이 오빠네 집에 한번 찾아가 보려고 해! 어떻게 지내고 있는지, 언제 울산에 내려갈 건지……. 너도 같이 갈래?"

"내일 저녁…… 에 나, 다른 약속이 있어!"

강후는 거짓말을 하고 말았다. 물론 두범이가 보고 싶기는 했다.

참다운 친구는 두범이 한 명뿐이라고 여기고 있으니까. 그리고 영금이는 잘 있는지, '영금이네 닭발'은 얼마나 진행되었는지도 궁금했다. 제주도로 2박 3일 신혼여행을 갔다 온 영금이 엄마는 한성자동차정비소 옆 골목에 빈 가게를 얻었다. 식탁 네 개를 놓으면 꽉 찰 정도의 손바닥만 한 가게로 은림이 누나의 제안에 따른 것이었다. 한 달 내로 점포를 다 꾸며서 장사를 시작할 거라고 그랬는데 조금 늦어지는 모양이었다. 당연히 닭발나라 오리발 사장의 악랄한 방해가 있겠지만, 옆에서 응원해주는 착한 사람들이 많으니까 잘 해나가리라 믿었다.

목이 말랐다. 두범이는 나중에 단둘이 만나는 게 좋겠다는 생각을 하며 음료수 캔을 들고 마시려는 순간,

"어어!"

거센 비바람에 강후는 그만 우산을 놓쳐버렸다. 강후의 손을 떠난 우산은 인도 위를 떼굴떼굴 굴러갔다.

"잡아 올게!"

벌떡 일어나 쫓아갔다. 우산은 저만치 앞 은행나무 가로수 밑둥치에 걸려 버둥거렸다. 다가가서 잡으려고 허리를 굽혔다.

"이런!"

또다시 바람에 날린 빨간 우산은 노란 은행잎이 수북이 쌓인 아스팔트 가장자리를 따라 미끄러지듯 달아났다. 달아나는 속도가 점점 더 빨라졌다.

"저거 어쩌지?"

"강후야, 그냥 두고 돌아와. 위험해!"

보라가 소리쳤다. 그래도 강후는 찻길로 한 걸음 들어서서 우산을 뒤쫓았다. 하지만 우산은 더욱 빨리 월계교차로 쪽으로 달아났다. 승용차들이 씽씽 달려 더 이상은 쫓을 수가 없었다. 걸음을 멈추고 월계교차로 쪽을 바라봤다. 그곳에 은림이 누나 모습이 떠올라 어깨가 바르르 떨렸다.

은림이 누나가 사고를 당한 곳은 바로 십자가 모양의 월계교차로였다. 지난 9월 27일 목요일 밤 11시 55분경이었다. '번개파닭'의 오토바이를 타고 배달을 가던 중 뒤에서 과속으로 달려온 두 대의 스포츠카에 추돌을 당한 것이었다. 그 충격으로 은림이 누나는 유언 한마디 남기지 못하고 그 자리에서 사망하고 말았다. 그런 사고사가 너무 흔한 일이 되어서 그런지 누나의 죽음에 사람들은 별 관심을 가져주지 않았다. 아무 일도 없었던 것처럼 교차로는 금세 잔잔해져버렸다. 허망한 죽음이었다. 백번 천번 부정을 했지만 세상에는 분명 그런 허무한 죽음도 있었다. 꿈에서조차 생각해보지 않은 죽음은 그처럼 아주 가까이에, 너무 가까이에 도사리고 있었다. 은림이 누나는 알바에 찌들어 살다가 숯불 연기처럼 그렇게 한순간에 사라져버렸다. 애초부터 존재하지 않았다는 듯 흔적도 없이. 그것이 강후를 더욱 슬프게 했고 오랫동안 괴로움으로 잠을 못 이루게 했었다.

장례식장에서 만난 은림이 누나 아버지는 놀랍게도 휠체어에 앉은 중환자였다. 몸이 쇠꼬챙이처럼 말라 있었고 얼굴이 백설보다도 창백했다. 근육위축증으로 벌써 6년째 투병 중이라는 말이었다. 전에 다니던 화학 공장의 담당 업무 때문에 발병한 게 확실한데도 임시직이라 산업재해 판정을 못 받았다는 소리였다. 엄청난 병원비를 댈 수가 없어 집으로 옮겨놓고 은림이 누나가 전담 간호를 하고 목욕도 시켜줬다며 누나 엄마는 대성통곡을 했다. 누나의 병약한 엄마는 쌍문 전철역에서 일용직 청소부 일을 하고 있었다. 어린 동생도 세 명이나 되었다. 오랜 기간 실제적인 가장 역할을 했으면서도 누나는 그런 내색을 조금도 내비치지 않았다.

"은림이 아버지가 가족들에게 짐이 되기 싫다고 세 번째 자살을 시도하다가 나한테 들켰어! 그래서 죽으려면 나도 같이 죽자고 둘이서 뒤엉켜서 엎치락뒤치락……. 둘째딸 성림이가 놀라서 지 언니를 부르고, 면목동 골목 시장에서 양말 장사하는 고모를 부르고, 고모가 달려와 아버지 병간호도 제대로 못한다고 은림이랑 나를 마구 나무라고……. 난리도 그런 난리가 없었어! 에고! 불쌍한 우리 은림이! 이젠 알바를 하지 않아도 되는 하늘나라에 가서 편하게 살아야 하는데, 거기도 알바가 있으면 어쩌누?"

본인은 말을 안 했지만, 저번에 딱 한 번 갔었던 지하 노래방에서 누나가 그렇게 침울해했던 건 바로 아버지의 세 번째 자살 시도 사건 때문이었다. 그런 사실을 알고 강후는 더욱 슬프게 울었다. 두 눈이 통통 붓도록 울음을 그치지 못했었다. 그날 강후는 누나와 달리 별다른 어려움 없이 순탄하게 살아온 자기 자신이 몹시도 부끄러웠다. 그리고 깨달았다. 자기는 우물 안 개구리에 불과했다는 것을. 작고 보잘 것 없고 철도 없고 꿈도 없는 못난 개구리. 아메리칸 에스키모도 헝가리안 쿠바스도 절대 아니었다. 그저 세상을 모르고 천방지축 날뛰며 젖비린내나 풍겼던, 못생긴 하룻강아지였을 뿐이었다.

"은림이 누나!"

강후는 나직이 누나의 이름을 불러보았다. 가슴에 깊이 새겨진 존경스럽고도 아름다운 그리고 사랑하는 이름, 용은림! 눈물이 빗물과 섞여 뺨을 타고 흘렀다. 처음 만났을 때의 은림이 누나가 생각났다. 당당하고 씩씩했던 그 모습이 눈동자가 시리도록 그리워졌다.

"누나! 사랑해!"

큰 소리로 외쳤다. 캄캄한 밤하늘을 향해 누나에게 꼭 하고 싶었던 말을 그제야 전했다. 일시적으로 일어나는 충동적 감정이 아닌, 마음 가장 깊은 곳에서 우러나오는 진심을 전했다.

빗줄기를 맞으며 터벅터벅 보라에게 돌아갔다. 벤치에서 일어나서 기다리고 있던 보라는 이미 온몸이 흠뻑 젖은 상태였다. 강후 역시 마찬가지였다. 머리끝에서 발끝까지 빗물로 샤워를 해 마른 곳이라곤 없었다. 강후는 보라의 젖은 모습을 보고 희미하게 웃었다. 그러나 조금 억지스런 웃음이었다. 마음속의 슬픔을 감추기 위한. 보라도 강후의 젖은 모습을 보고 살짝 웃었다. 보라 역시 웃음이 자연스럽지 못했다. 가슴속에 일렁이는 슬픔으로 그들의 웃음은 금세 지워지고 말았다. 억지로라도 더 웃어보려고 애써보았지만 은림이 누나를 생각하니 더 이상 웃음이 나오지 않았다. 아마도 오랫동안 웃음을 잃고 살아야 할 것 같았다.

"춥다. 이제 가야겠다."

"바래다줄까?"

강후는 지번에 만났던 보라 아버지를 떠올리며 나지막이 물었다.

"아니야. 혼자 가도 돼! 새벽 시간도 아닌데 뭐!"

"음! 그럼…… 잘 가!"

"그래! 너도 잘 가!"

짧은 인사를 건넨 보라가 몸을 돌렸다. 직감적으로 마지막 인사임을 느낀 강후는 어둠 속으로 멀어져가는 보라의 뒷모습을 바라보았다. 우산도 없이 비를 맞으면서 터덜터덜 걷는 보라가 안쓰러웠다. 잎이 다 떨어져 앙상한 세 번째 은행나무 밑에까지 보라가 갔을 때, 보라야! 잠시 동안이었지만 너를 좋아했었어! 그 때문에 즐거웠었고. 하지만 사랑은……! 속말을 남긴 채 몸을 돌렸다. 그리고 자기가 가야 할 길을 살폈다. 어둠이 짙게 펼쳐진 앞길에 비가 내리고 바람마저 몰아쳤다. 게다가 몸은 점점 무거워져 땅 밑으로 꺼져버릴 것만 같았다. 그러나 강후는 어금니를 악물고서 두 주먹을 움켜쥐었다. 이어 고개를 바로 세운 다음 월계교차로를 향해 한 걸음 한 걸음 신중하게 걸었다. 굵은 빗줄기가 끊임없이 시야를 가렸다. 거친 맞바람이 가슴팍을 우악스레 밀쳐댔다. 하지만 강후는 두 눈을 크게 뜨고 다리에 힘을 주어 똑바로 걸었다.

■ **작가의 말**

이 소설은 아르바이드를 하는 청소년들 이야기이다. 몇 년 전 청
소년 알바 문제가 매스컴에 한창 오르내렸을 때 쓰기 시작했다.
지금 이 순간에도 많은 청소년들이 넉넉지 못한 가정환경 때문에
또는 이런저런 개인적 이유로 아르바이트를 하고 있다. 시간을 쪼
개 일을 하면서 학업을 병행하고 있는 것이다. 일을 하며 공부를
하겠다는 그 뜻이 참으로 대견하고 믿음직스럽다.

그런데 안타깝게도 청소년들이 일하는 현장은 열악하기가 그
지없다. 근무 환경과 작업 여건은 차치하고, 무엇보다 업주의 부
당 대우, 인격 모독, 임금 착취, 언어 폭행은 물론 심지어 성추행까
지……. 도를 넘은 경우가 허다하다. 어른으로서 어린 청소년들을
격려하고 응원해주지는 못할망정 그런 짓을 자행하다니. 심히 부

끄럽고 면목이 없는 일이다.

　나는 일부 몰지각한 악덕 업주들의 반성을 촉구하고, 학업과 일을 병행하는 알바 청소년들을 격려 응원코자 이 소설을 썼다. 또한 철없는 17세 주인공 여강후를 통해 알바 청소년들이 처한 현실과 그들의 꿈, 희망, 웃음, 눈물, 우정, 사랑, 좌절, 분노를 이해토록 의도했다. 하지만 내 의도가 글 속에 자연스럽게 녹아들지 않은 것 같아 아쉬움이 크다.

　부족한 글을 책으로 펴내준 자음과모음에 감사를 표한다.

2016년 11월

양호문

별 볼 일 있는 녀석들

© 양호문, 2016

초판 1쇄 발행일 | 2016년 11월 30일
초판 5쇄 발행일 | 2020년 5월 4일

지은이 | 양호문
펴낸이 | 정은영
편   집 | 사태희 이미현
마케팅 | 이재욱 최금순 오세미 김하은
제   작 | 홍동근

펴낸곳 | (주)자음과모음
출판등록 | 2001년 11월 28일 제2001-000259호
주   소 | 04047 서울시 마포구 양화로6길 49
전   화 | 편집부 (02)324-2347, 경영지원부 (02)325-6047
팩   스 | 편집부 (02)324-2348, 경영지원부 (02)2648-1311
이메일 | jamoteen@jamobook.com

ISBN 978-89-544-3691-5 (43810)

이 도서의 국립중앙도서관 출판예정도서목록(CIP)은 서지정보유통지원시스템
홈페이지(http://seoji.nl.go.kr)와 국가자료공동목록시스템(http://www.nl.go.kr/kolisnet)에서
이용하실 수 있습니다.(CIP제어번호: CIP2016026616)